源氏物語の表象空間

平沢竜介 HIRASAWA, RYUSUKE

kasamashoin

笠間書院

源氏物語の表象空間◆目次

第五章　六条院の成立

第六章　住吉参詣と石山参詣

はじめに

本書は、第一章で平安時代において文学の世界でなぜ女性たちが活躍したのかという問題を考察し、第二章から第六章までは、『源氏物語』第一部の構想について論ずる。

第一章　王朝女流文学の隆盛

平安時代には『源氏物語』、『夜の寝覚』、『狭衣物語』といった物語文学、『蜻蛉日記』、『紫式部日記』、『和泉式部日記』、『更級日記』などの日記文学、さらには『枕草子』、『栄華物語』といった作品など、女性を作者とした優れた仮名散文作品が多数生み出された。女性たちによって多くの仮名散文作品が生み出された理由ついては、既に様々な指摘がなされているが、本章においては平安時代の文芸観という観点から考察を試みる。

平安時代の初頭九世紀においては、公的な文芸として認められていたのは漢詩文のみであったが、延喜五年（九〇五）に我が国最初の勅撰和歌集である『古今和歌集』が奏覧されると、和歌も公的な文芸として認められるようになる。その結果、漢詩文と和歌は律令官人である男性が表立って行える公的な文芸となったのに対し、それ以外の仮名散文は私的な文芸、すなわち律令官人たる男性が専らにすることができない文芸という地位に留まらざるを得ない状況が出現した。

紀貫之は我が国最初の仮名散文作品『土佐日記』を著したが、彼は『土佐日記』が戯れに書かれた作品であると装うことによって、はじめて自己の表現したいものを仮名散文で表現した。ただし、当時の男性にとってはこれが限界であり、男性が私的な文芸とされる仮名散文を専らにすることは許されなかった。それに対し、女性は私的な世界で生活していくほか道が無かったため、私的な文芸とされる仮名散文を専らにしても世間から非難されることはなかった。道綱の母は『蜻蛉日記』を著し、自らの私的生活を仮名散文で率直に表現した。『土佐日記』は、女性が男性の真似をして日記を書くという建前を取ったため、日次の日記とならざるを得なかったが、『蜻蛉日記』は日次という形式を取らず、むしろ私小説に近い世界を表現することになった。『蜻蛉日記』の成立以降、多くの女性たちが私的世界を仮名散文で記す日記文学作品を生み出すことになる。

また、現存する平安時代初期の物語は、男性作者によって書かれたものと推定されるが、それらの作者の名が知られるものは存在しない。当時の男性にとって仮名で物語を書くことは余技であり、物語作品に心血を注ぐということはできなかったのであろう。紫式部の著した『源氏物語』はその点において画期的なものであった。紫式部は女性であるが故に、物語に全精力を傾けることができ、かつ彼女の持つ優れた才能、資質も相俟って、それまでの男性の手になる物語に比して格段に優れた物語、『源氏物語』を生み出した。これ以降、女性の作者による優れた物語文学、さらには『枕草子』や『栄華物語』といった仮名散文作品が次々と生み出されることになる。平安時代、仮名散文文学は私的な文芸として位置づけられたことによって、男性は専らにし得なかったが、女性はそれに全力を傾注することで、優れた仮名散文作品を創作することができたのである。

第二章から第六章まで

第二章から第六章までは、『源氏物語』第一部の構想について論じたものであるが、それらは全て拙著『王朝文学の始発』（笠間書院、平成21年）第四章「『源氏物語』と『古事記』日向神話」で論及した光源氏の絶対的な王者性、いわゆる潜在王権が、東、山、仏を表象する紫の上、末摘花と西、海、神を表象する明石の君を娶ることによって確立したとする理論を前提として論を進める。

『王朝文学の始発』第四章の概要

若紫巻冒頭で源氏は虐病の治療のため北山の聖の下に赴き、治療の合間に北山山頂から都を眺望する。源氏が「絵にいとよくも似たるかな。かかる所に住む人、心に思ひ残すことはあらじかし」と述べると、供人たちは「「これはいと浅くはべり。他の国などにはべる海山のありさまなどを御覧ぜさせてはべらば、いかに御絵いみじうまさらせたまはむ」、「富士の山、なにがしの岳」など語りきこゆるもあり。また西国のおもしろき浦々、磯のうへを言ひつづくるもありて、よろづに紛らはしきこゆ」という叙述が続く。「なにがしの岳」は浅間山と想定されることから、河添房江は「「富士の山、なにがしの嶽」は、つづく「西国のおもしろき浦々、磯のうへ」に対峙する包括的な表現」であり、「この東と西の水平軸、そして山と海の垂直軸の二元にこそ、王権の支配のコスモロジーが集約的にたち顕れているのではないか」と指摘し、東と西の水平軸が国土支配の軸とされる背後に大嘗祭の国土支配の論理を想定する。それを承けて、私は山と海の垂直軸が国土支配の軸とされる根拠を『古事記』の日向神話に求めた。

『古事記』の日向神話では、アマテラスオホミカミの孫にあたるホノニニギノミコトが葦原中国に降臨した後、山の神オホヤマツミノカミがニニギの妻として送ったコノハナノサクヤビメ、イハナガヒメの二人の娘のうち、美しい妹コノハナノサクヤビメのみを娶り、醜い姉イハナガヒメを父の下に返す。ホノニニギとコノハナノサクヤビメの間に生まれたホデリノミコト（ウミサチビコ）とホヲリノミコト（ヤマサチビコ）の間で海幸山幸神話が語られ、ホヲリノミコトが海の神ワタツミノオホカミの娘トヨタマビメを娶り、その二人の

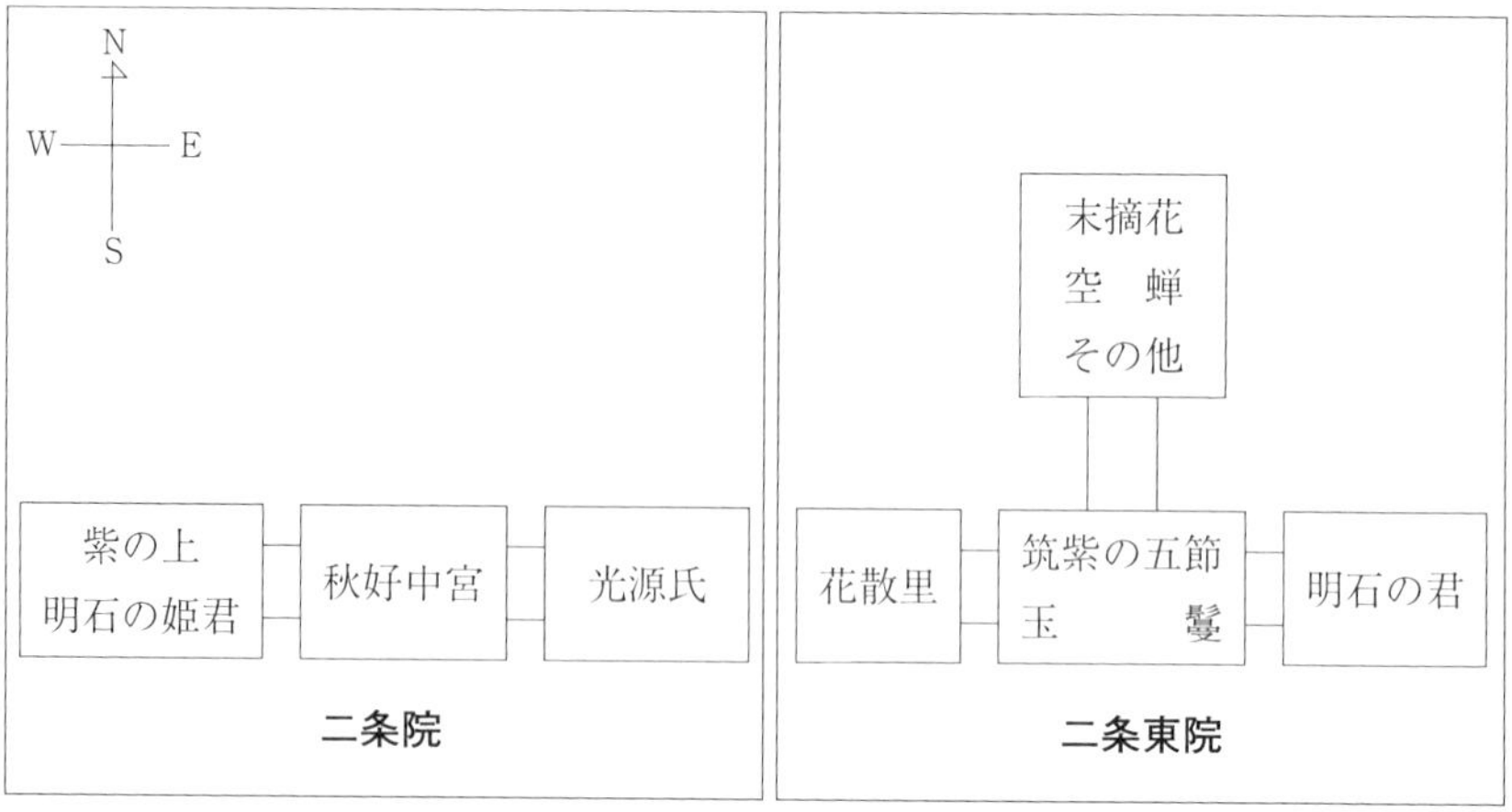

間に生まれたウガヤフキアヘズノミコトがトヨタマビメの妹タマヨリビメを娶ることで生まれた子が初代天皇である神武天皇となる。

源氏十八歳の年を描いた若紫巻、末摘花巻で、源氏は紫の上、末摘花と関係を持つが、紫の上は美しく、末摘花は醜い。かつ末摘花が紫の上より年長である。また、末摘花の醜貌を見て以降、源氏は末摘花を経済的に援助するのみで男女の関係を解消する。『古事記』の日向神話では、ホノニニギは醜いイハナガヒメを娶ることはないが、源氏と紫の上、末摘花の関係は、それ以外の部分では日向神話におけるホノニニギとコノハナノサクヤビメ、イハナガヒメの関係と同一である。源氏と明石の君の関係と海幸山幸神話の類似性については、既に『花鳥余情』やそれを敷衍した石川徹の指摘がある。（『平安時代物語文学論』（笠間書院、昭和54年）第十一章「光源氏須磨流謫の構想の源泉——日本紀の御局新考——」）。

また、紫の上や末摘花には東、山、明石の君には西、海という属性が賦与されていると同時に、紫の上や末摘花には仏の庇護を思わせる記述が多々認められ、明石の君には住吉の神の庇護が認められる。

これらの事実を勘案すると、紫の上と末摘花は東、山、仏、明石の君は西、海、神を表象し、源氏はこれらの女性を娶ることによって、その絶対的な王者性を獲得することになると考えられる。

第二章　二条東院構想

澪標巻で源氏は二条東院の造営を思い立つが、その前後の記述より二条院と二条東院のそれぞれの殿舎には住まう人物は右の図のようになると推定される。

この図の人物配置から、二条院に住む女性は二条東院に住む女性に比べて格の高い女性であり、二条院には紫の上以外源氏と男女の関係を持つ女性は居住しない。物語作者はこれによって、源氏と紫の上の愛情を絶対的なものとしようと企図したのであろう。なお、末摘花は正確には二条院・二条東院空間の東北に配置されることとなるが、彼女の醜貌は邸の鬼門を護るにふさわしいものであった。

源氏の絶対的な王権は、東、山、仏を表象する紫の上、末摘花と西、海、神を表象する明石の君を娶ることによって確立するのであるが、図の配置では紫の上は二条院・二条東院空間の西、明石の君は二条院・二条東院空間の東に位置することになり、東と西に配置される人物がその表象する方位と反対の方位に配置されている。しかし、二条院・二条東院空間の西の端の二条院の西の対に東、山、仏を表象する紫の上を置き、東の端の二条東院の東の対に西、海、神を表象する明石の君を配置することによって、二条院に東・西、山、仏、二条東院に東・西、海、神という属性を賦与することができる。さらに、二条院に東、海、神を表象する秋好中宮、西、海、神を表象する明石の姫君を迎え入れることで、二条院は東・西、山・海、仏・神を表象する空間となり、二条東院に東、山、仏を表象する末摘花、西、山、仏を表象する玉鬘を入居させることで、二条東院も東・西、山・海、仏・神を表象する空間となる。二条院・二条東院空間の西に紫の上、二条院・二条東院空間の東に明石の君を配置するという構想は、二条院・二条東院空間に東・西、山・海、仏・神という属性を遍在させるために不可欠なものであった。

拙著『王朝文学の始発』では、紫の上をコノハナノサクヤビメ、末摘花をイハナガヒメ、明石の君をトヨタマビメに比定したが、だとすると若紫巻、末摘花巻は連続して執筆された巻となる。また、若紫巻の記述から紫の上が東、春、明石の君が西、秋を表象すると想定され、末摘花巻からは末摘花が東、北、冬を表象し、花散里とおぼしき女性が南、夏を表象する女性として登場することが予想される。海竜王の邸は四方四季の邸であるとされるが、図に示された二条院・二条東院空間は四方四季を表象する女性が住まうことで、四方四季の邸、すなわち海竜王の邸となっている。とすると、この邸の主光源氏は海竜王となる。若紫巻北山山頂の場面において、明石の君が海竜王の后となるとの発言がなされるが、このことは既に若紫巻において源氏が四方四季の邸を造営することが構想されていたことを意味しよう。さらに、若紫巻で東、春を表象することが予定されていた紫の上が、二条院の西の対に迎え入れられるということは、この時点で二条院の東に二条東院が造営され、その東の対に西、秋を表象する明石の君が入居することが予定されていたことを想像させる。二条東院の西の対に花散里、北の対に末摘花が入居し、明石の姫君が紫の上のもとに引き取られることも予定されていたであろう。これらの事実を勘案すると、二条院の東に二条東院を造営し、二条院と二条東院を合わせて四方四季の邸を造営しようという構想の大枠は、既に若紫巻、末摘花巻執筆開始時点で成立していたと想定される。

第三章　明石の君の大堰移住

松風巻冒頭で二条東院が完成するが、明石の君は予定されていた二条東院の東の対に入居せず、明石から大堰の山荘に移り住む。大堰の山荘は兼明親王の山荘が準拠とされる。源氏が初めて大堰の山荘を訪れた際、庭に降り立ち遣水の手入れをするが、その場面で明石の君の母である尼君と遣水が主顔をしている、遣水が昔のことを知っているとの歌の贈答がなされる。この遣水に焦点を当てた歌の贈答は、兼明親王が大堰の山荘を建てた際、裏手の亀山に水の出ることを祈願したところ、直ちに水が湧き出したという有名な故事を連想させる。その時の祭文は『本朝文粋』にも収められた有名なものであるが、その祭文の中に「伏して此の山の形を見れば、亀を以て体と為せり。夫れ亀は玄武の霊、司水の神なり。甲虫三百六十の属、北方に在りて、霊亀之が長為り。或いは背に蓬宮を負ひて、幾千里といふことを知らず、或いは身蓮葉に遊びて、幾万年といふことを知らず。神霊の至誠無量なる者なり。他の山水有らざるといふこと莫し、此の山豈に水に乏かるべけんや。夫れ水は秋の気を庚の金に稟けて、正位を北方に盛んにし、春の味を震の木に養いて、末流を東南に帰す。群品之が為に亭毒し、万物之が為に生育す」という表現が認められる。これによれば大堰の地は水の地、すなわち北、冬を表象する地ということになる。明石の君が二条東院の東の対に入らず大堰に移住したことは、彼女が西、秋を表象する女性から北、冬を表象する女性に変化したことを意味しよう。この時点で二条東院構想は放棄されたのである。また、右に引用した祭文によると、大堰は仙境でもあった。松風巻の所々に大堰が仙境であり、そこに通う源氏も神仙であるとの記述が見出せる。また、自らが造営した嵯峨野の御堂に立ち寄った源氏は「御寺に渡りたまうて、月ごとの十四五日、晦日の日行はるべき普賢講、阿弥陀、釈迦の念仏の三昧をばさるものにて、またまた加へ行はせたまふべきことなど定めおかせたまふ」と描かれるが、普賢講と釈迦の念仏の三昧は源氏が普賢菩薩や釈迦の在家の姿である転輪聖王に比定されることから、自らのための法会と解されるのに対し、阿弥陀の念仏三昧は明石の君のためになされるものと解される。大堰という山里に移住したことによって、明石の君は山という属性を持つようになるとともに、西方極楽浄土の教主である阿弥陀如来の庇護を受けることとなり、明石の君は西、海、神という属性の他に、西、山、仏という属性を持つこととなる。また、それに呼応するかのように、絵合巻で秋好中宮を養女とした紫の上は、東、山、仏という属性の他に、東、海、神という属性を得ることになる。

第四章　北山と大堰、桂——紫の上と明石の君の登場——

紫の上が物語に初めて登場するのは北山であるのに対し、明石の君が物語の舞台である都に登場するのは大堰、桂である。北山は鞍馬山に比定されるように京の北でも東に位置し、大堰と桂は京の西に位置して、紫の上が東、明石の君が西を表象するのと対応する。また、源氏は北山で紫の上、大堰で明石の君と出逢い、その後北山と桂で遊宴が催されるという叙述の流れも双方一致する。源氏は北山で仏法における俗世の理想の王である転輪聖王とされ、大堰で「夜光りけむ玉」とされる明石の姫君を得て神々の王である海竜王となるというように、北山と大堰は源氏の王者性が顕現する場となり、その後源氏の王者性への賛嘆が北山と桂において、源氏自身の琴の琴の演奏や管弦の遊び、和歌の唱和等によってなされる。北山と大堰、桂では東、山、仏を表象する紫の上と西、海、神を表象する明石の君に対応する形で、片や仏法の世界の王者、片や神の世界の王者として、山と海、東と西、春と秋、昼と夜、太陽と月という対照性を示しつつ、源氏の王者性への賛嘆がなされるが、このことは東、山、仏を表象する紫の上と西、海、神を表象する明石の君を娶ることによって、源氏の絶対的な王者性が確立するとする推定を補強する根拠となろう。

第五章　六条院の成立

明石の君の大堰移住によって、明石の君は二条東院構想で予定されていた西、秋を表象する女性から、北、冬を表象する女性へと変更されることになった。明石の君に北、冬という表象を与えたことで、二条東院構想で東、北、冬を表象することになっていた末摘花は四方四季を表象する女性から外されることになり、秋を表象していた明石の君に代わって秋好中宮が薄雲巻の春秋優劣論を経て、秋を表象する女性となる。ただし、六条院が完成すると、春を表象する紫の上は南の町に住み、夏を表象する花散里は東の町に住むことになる。五行思想では春は東、夏は南であるのに、六条院の季節と方位の配置は五行思想と矛盾を来す。

六条院の四人の女性の配置は、

①わざわざ大堰に移住させせまでして、北、冬という表象を与えた明石の君は六条院に北側に配置せざるを得な

くなったこと

②当時格の高い人物の住居は邸の南側に配置するとされていたことから、紫の上や秋好中宮といった格の高い女性は六条院の南側に、彼女たちより格の劣った花散里や明石の君は六条院の北側に配置しなければならなかったこと

③紫の上と明石の君、秋好中宮と玉鬘がそれぞれ一対の関係にあると同時に、紫の上、秋好中宮の格が明石の君、玉鬘の格より優位であることから、紫の上と明石の君、秋好中宮と玉鬘をそれぞれ一対の存在として組み合わせ、紫の上や秋好中宮を南に配置しなければならなかったこと

④さらに明石の君を大堰に移住させる根拠となった兼明親王の祭文に、明石の君の住む大堰は水（北、冬を表象する）の地であり、東南の方角に水を流して木（東、春を表象する）の地を繁栄させるという表現があることから、紫の上の住む町を明石の君の住む町の東南に配置せしめなければならなかったこと

などを総合的に考慮して決定されたのであろう。その結果、春を表象する紫の上が南の町、夏を表象する花散里が東の町に住むことになり、五行思想の季節と方位の対応とは異なる配置とはなったが、四方四季の邸が完成され、これによって源氏はあらゆる時間と方位を支配することになる。また、六条院の東の町は丑寅の町、南の町は辰巳の町、西の町は未申の町、北の町は戌亥の町というように、六条院は東、西、南、北だけでなく、東北、東南、西南、西北の町を持つことであらゆる方位を示すと同時に、山と海という垂直軸を表象する女性も住まうことで源氏はあらゆる空間を支配することになる。

源氏は釈迦の俗世の姿である転輪聖王や普賢菩薩とされ、紫の上は薬師如来、明石の君は阿弥陀如来、玉鬘は長谷観音の庇護を受け、秋好中宮は季の御読経を行うことによって、六条院は「生ける仏の御国」と称される。源氏が海竜王となり、紫の上は都の北の賀茂神社、秋好中宮は都の東の伊勢神宮、玉鬘は都の南の石清水八幡宮

（後に春日大社）、明石の君は都の西の住吉神社の神に庇護されることによって、六条院は神が庇護する邸となり、かつ神仙境ともなる。六条院のこうしたあり方が源氏の王者性をさらに絶対的なものとする。

また、六条院の紫の上が住む辰巳の町は、寝殿と東の対の他に二つの西の対が建てられ、秋好中宮の住む未申の町と花散里の住む丑寅の町は、寝殿と東と西に対屋が一つずつ建てられるのに対し、明石の君の住む戌亥の町は北側が御倉町となり、殿舎は対屋が二つ建てられるのみで、他の町に設けられた池も存在しない。このことは、六条院において紫の上と明石の君との間に著しい身分の格差があることを端的に示しているが、さらに源氏が紫の上の居住する辰巳の町に住むことによって源氏と紫の上の愛情関係は絶対的なものとなり、六条院の秩序が確立する。

第六章　住吉参詣と石山参詣

源氏が明石から帰京し、都で政治の中枢の座に就いた年の秋、住吉と石山に願はたしの参詣が相次いで行われる。源氏が須磨で暴風雨と雷に襲われた際、源氏は住吉の神に願を掛けており、住吉参詣はその願はたしと考えられるが、石山寺への参詣は物語のそれ以前に源氏の願掛けの記述には認められないため、なぜ物語のこの時点で石山寺への願はたしの参詣を語らなければならなかったのか理解に苦しむ。住吉神社は都の西に位置し、海、神を表象する社であるのに対し、石山寺は都の東の山にある寺である。とすると、若紫巻、末摘花巻で東、山、仏を表象する娘である紫の上、末摘花と西、海、神を表象する明石の君を娶ることが、源氏の絶対無比の王者性を保証する根拠として想定されていたことが想起される。源氏が都で絶対的な王者としての道を歩み出すことが確定した時点で、物語の論理として源氏は彼に王者性を与えてくれた東、山、仏を表象する石山寺と西、海、神を表象する住吉神社に願はたしの参詣を行うことが要請されたのではなかろうか。

なお、都の西にある住吉神社への参詣では、源氏は西の明石から海路住吉に参詣する明石の君と難波で出逢い、歌を贈答し、石山参詣では都の東の山中にある逢坂の関で、東国常陸から帰京し、その後尼となる空蝉と再会を果たし、後に歌を贈答する。この二つの出逢いにおいても、東、山、仏を表象する女性と西、海、神を表象する女性との出逢いが対照的に描かれており、源氏の王者性が東、山、仏を表象する女性と西、海、神を表象する女性を娶ることで保証されているという論理を改めて確認することができる。

第一章　王朝女流文学の隆盛

——文芸観という観点から

一　従来の諸説

平安時代になると、女性の手になる優れた文学作品が数多く出現するようになる。例えば、『蜻蛉日記』『和泉式部日記』『紫式部日記』『更級日記』といった日記文学、『源氏物語』『狭衣物語』『夜の寝覚』といった物語や『栄華物語』といった歴史物語、さらには『枕草子』といった特殊な形態をとった文学作品が生み出されてくる。このような女流文学の隆盛は、日本文学においては平安時代以前にも以後にも認めることはできない。平安時代になぜこのように女性の手になる優れた文学作品が多数成立することになったのか。従来この問題に関しては、様々な観点からその解明が試みられてきた。

藤岡作太郎は、

後宮には、上に皇后、中宮あり、数人の女御、更衣その下にありて、互いに君寵を争えば、いずれも力めて才色ある女房を集めて、威勢を張らんとす。若殿上人は、或いは異性相引く自然の性より、或いは宮人の眷顧を得て立身の種とせんとの慾より、競うて女房の局々を音ずれて談笑すれば、和歌に、管弦に、女房の抱負と技倆とはなかなかに高くして、上達部に譲らず。（中略）かく後宮の陪侍を名誉とし、婦人の学芸を奨励すれば、才媛淑女の彬々として輩出せること、平安朝の如きは、古今東西に比類なし。処女は婉柔なる態度を以て男子を悩殺し、宮女は卓越せる才識を以てこれを羞殺し、婦人の勢力の大なること、後人の夢想する能わざるところなり。

と述べ(1)、後宮の成立が女流文学の隆盛の大きな要因となったと指摘する。これを承けて角田文衛は、

こうした世界史上の奇蹟を招来した基本的な理由は、日本女性の優れた資質は別として、第一には長期にわ

たった平和、第二には藤原氏北家摂関家流の制覇による政局の安定、第三には国家の文治政策、第四には中央集権的支配体制と、貴族生活の基盤をなす荘園経済とが深刻な矛盾を来たさずに共存していた偸安的な清安さに求めることができよう。そのほか、婦人の社会的地位が比較的高かったこと、国風文化——仮名文字の考案や和歌の復活などを含めて——が興隆する気運にあったこと、宮廷が文芸サロン化する傾向をとったことなども指摘されるが、ともかく平安時代における女流文学の隆昌は、世界史上の偉観といっても過言ではないのである。

と、さらに多くの要因を指摘する(2)。
また、西郷信綱は『日本古代文学史』（旧版）において次のように述べる(3)。

まず以て注目されるのは、女流作家が例外なくいわゆる「受領の娘」、すなわち中流貴族たる地方官の娘であった点である。（中略）上流貴族の生活は、現世の享楽にみちたりた、精神性のない堕落した、脂肪ぶとりの生活であって、そういうところからは文学は絶対にうまれない。（中略）ところがまた一ばん下積みの下級貴族のあいだからも文学はうまれてこなかった。崩壊してゆく貴族社会の矛盾は、実は彼らの上にこそもっとも深刻に作用したのではあったけれど、彼らはそのことを反省することができず、パンのため上流貴族らに駆使される佞臣酷吏の徒となって右往左往したからである。当代貴族社会の矛盾を意識の上の事実としてはっきり感受し、それを批判し反省し内面的にふかめていったのは、受領階級とよばれた中流貴族層にぞくする知識人たちであった。地方人民の生活にふれたこの層のなかからのみ文学の作者はあらわれた。だがそれにしても、それが主に女性であったのはなぜであろうか。

社会の矛盾やゆきつまりを空想をまじえないで、なまみのまま生活の中で体験するのは、一般に男性よりはむしろ女性であろう。父が死んでも、夫に別れても、自力にともしい女性の身にとっては、それは直ちにせちがらい運命となってあらわれる。とくに男女の関係がきわめてゆるやかで、男にはたくさんの女があり、女は相手のかよってくるのを待つというならわしの当時では、いつ通いじがたえ果てるともしれぬ不安と嫉妬に、女性はひどく苦しまねばならなかった。（中略）かくしていわば受領の娘とよばれる女性の身の上には、解体していく古代世界の苦悩が二重にからんで落ちかかっていたのであり、彼らが文学の創造に向ったのも、自分と現実とのあいだに存するこうした混沌たる苦悩、和解しがたい矛盾を何とか克服しさろうとする心のけんめいな闘いに外ならなかった。（中略）実生活にそくしたそういう具体的感覚、ねばっこい実証的意識を男性貴族たちの多くは所有していなかった。それは女性にたいする男性の社会的優位にもとずく安易な楽天性からもくるのではあるが、しかし一ばん大きな理由は、男性貴族の精神が大陸の思想・文化によって抽象化・観念化され、現実を文学的に、すなわち生き生きと具体的・直観的に形象する能力を多くは喪失していた点にもとめられる。（中略）そうして彼らは、仮名文字を女文字として軽蔑し、なお漢詩文の空虚な教養主義的修辞学から充分には解放されていなかった。

西郷は平安時代に女性の文学が盛んになった理由として、平安時代の中流貴族いわゆる受領層、特にその中でも女性たちに社会の矛盾が強くのしかかったこと、及び男性貴族が「現実を文学的に、すなわち生き生きと具体的・直観的に形象する能力を多くは喪失していた点」をあげるのであるが、さらにその後改訂を施して出版した『日本古代文学史』（同時代ライブラリー）では、

摂関制が古代日本における官僚制の弱さと表裏しつつ、ますます官僚制を解体させるものであったことは前述した。またそのもとにおける知識人官僚の動向についても一言した。しかし摂関制はそれ故に女の文学を呼びおこす機縁となった。政治のやりかたとしてもそれは公的であるよりは私的なのだが、それが文学史にとくにかかわるのは、後宮を中心とする女の世界、つまり官僚制からいえば私の世界であるところのものを

歴史の前面におし出した点である。（中略）それに、物語には実は、読み手を甘くくすぐったというだけでは汲みつくせない点がある。第一は、女房のあいだに仮名文字が普及していたため散文の物語が求められたこと。（中略）第二は、女房社会が多くは中流層の出身者からなっていたこと。上流に寄生しながらもかれらの精神の内部には、解体期の中流層に固有な挫折感や煩悶があった。（中略）上層者流からは散文の作家は一人も出てきていない。和歌なら別だが、散文の精神はそれほど甘くない。かといって、上層の走狗となりかけまわらざるをえぬ下層には、みずからを顧るゆとりがなかった。結局、この解体期の織りなす諸矛盾を受けとめ、反省し、表現する能力をもちあわせていたのは中流の知識人であった。そしてそのさい、かれらのもつ漢学が娘を散文の世界に目覚めさせる薫染としてあったように思う。（中略）この期の女の文学の開花のしかたはほとんど爆発的である。このエネルギーがどこから来るかが問題だが、わたしはそれは女の未開の伝統から来ていると考える。

父権の支配下では女はいつでも私の存在である。これは古代の日本もかわりがない。しかし官僚制のひ弱さにたいする伝統貴族の強さ、それと表裏する藤氏摂関制の成立という道筋は、古典古代に固有な女の奴隷化が日本ではあまり進んでいなかったことを思わせるにたる。（中略）女の世界には古い未開の伝統が伝わってきており、それが平安中期にどっと爆発的に花咲く機会をつかんだのではなかろうか。その機会となったのが後宮を中心にする女房社会の形成である。それは女たちのサロンでもあり、社交界でもあり、文壇でもあった。

このことはしかし精神史としていえば、古神道の世界からの女の解放の過程と表裏していたようである。（中略）しかしそこには歴史のにがい逆説がしかけられていた。なぜなら神道の世界からの女の解放は、女をこれまでつなぎとめていた氏族的な生活紐帯からの解放でもあったからだ。（中略）仏法とても救いになったわけではない。五障の雲にへだてられ、女人の往生はかないがたいとされていた。それに加え、現世における一夫多妻制のもたらす不幸や、経済的な自立力の弱さを考えあわせると、まるで女は自由に苦悶するために目覚めたようなものである。だがこの自由な苦悶という逆説、そこに発揮されたエネルギーが散文をきたえる動因であったわけで、そのとき作品をかくことが精神のたたかいという様相をかりに帯びるにしても不思議ではなかった。

むろん、この苦悶は女のものであっただけではなく、観念上の反応という点では男の知識人の方が一枚上であったように見える。しかし文学で一そうものをいうのは観念よりは感受性、または生活感覚である。そしてこの段になると男には「なほ男は、もののいとほしさ、人の思はむことは知らぬなめり」（枕草子）と清少納言に冷やかされてもしようのない節があった、いや、あると現在形でいうべきか。これは概して男の社会的優位に由来するのであるが、男が漢詩文を範とする知識主義にまだ足をとられ、現実の生活を充分に凝視していなかったこととそれはつながる。私的なものとしての女の世界には、これに比べると、古くからの日常生活に根ざした、あえていえば日本的な感受性があり、それが不幸の意識と結びつき、現実を危機的にとらえることを可能にしたといえる。

というように平安時代における女流文学隆盛を、後宮を中心とする女房社会の形成、仮名文字の普及、個人としての自由に目覚めた中流貴族階級の女性たちが背負わされた苦悶、女性の感受性、生活感覚といった要因によって説明しようとする。(4)

以上、先学の研究の一部を取り上げたに過ぎないが、これらを見ても平安時代における女流文学の隆盛が様々な要因によって説明されているのが理解されよう。しかし管見の限りでは、この問題を平安時代の文芸観という観点から論じたものはないように思われる。そこで本稿では、平安時代の文芸観という観点から、平安朝文学における女流文学の隆盛という問題を改めて考えてみたいと思う。

二　和歌が公的な文芸となる

『古今集』の序文には、仮名序、真名序ともに、『古今集』が成立する以前、平安時代初頭における和歌の社会的地位に関する記述がなされている。まず仮名序には、次のような記述が存在する。(5)

今の世の中、色につき、人の心、花になりにけるより、あだなる歌、はかなき言のみいでくれば、色好みの家の埋れ木の、人知れぬこととなりて、まめなる所には、花薄穂に出すべきことにもあらずなりにたり。

引用した部分の後半部においては、「色好みの家の埋れ木の、人知れぬこととなりて」という表現と、その直後の「まめなる所には、花薄穂に出すべきことにもあらずなりにたり」という表現が対置されている。後者「まめなる所には、花薄穂に出すべきことにもあらずなりにたり」という表現の「まめなる所」とは、「公的な場所」を指すとするのが一般的な解釈であり、「まめなる所には、花薄穂に出すべきことにもあらずなりにたり」とは、和歌が公的な場には出せないものとなっていたことを示していると理解される。とすると、それに対置された表現である前者「色好みの家の埋れ木の、人知れぬこととなりて」という表現は、和歌が私的な場でしか用いられないものとなってしまったことを表しているということになる。「色好みの家の埋れ」とは、和歌が恋の場における贈答の手段として用いられたことを指すと考えられるが、確かに恋の場における贈答は私的な事柄というべきもので、この表現は和歌が私的な世界の中でも主として男女の仲を取り持つものとして使用されていたことを示していると考えることができよう。

平安時代の初頭は漢詩文全盛の時代であった。特に九世紀前半には『凌雲集』、『文華秀麗集』、『経国集』という勅撰漢詩集が編まれ、伝統的な文芸である和歌が公的な場に登場するという記録は全くと言っていいほど認められない。ただし、『万葉集』以来、男女の恋の仲立ちとして和歌が詠じられ、恋の贈答以外にも実生活の様々な場面において詠まれているという事実は、『古今集』以後の時代においても一貫して認められる現象であり、このことより漢詩文全盛の時代にあっても、和歌は男女の恋の贈答などを中心に私的な生活の様々な局面で詠じられてきたと想像される。九世紀後半、仁明朝以降になると、和歌が貴族社会の中で次第に重要な位置を占める兆候が認められるようになり、宇多天皇の時代になると、天皇の周辺で「是貞親王家歌合」や「寛平御時后宮歌合」といった大規模な歌合が催され、『新撰万葉集』といった和歌と漢詩を併記した勅撰集にも匹敵する書物も編纂されるようになる。しかし、これらとてみな私的な催しや撰集であって、和歌が公的な文芸としての立場を確立するのは、我が国最初の和歌による勅撰集、『古今集』の編纂を俟たねばならなかった。仮名序の先に引用した箇所の後半部分「色好みの家の埋れ木の、人知れぬこととなりて、まめなる所には、花薄穂に出すべきことにもあらずなりにたり」という表現は、『古今集』成立以前においては、和歌は私的な場においてのみ用いられる私的な文芸であり、公的な場に出すことが許されるような公的な文芸とはなりえていなかったという状況を、大枠において正確に捉えているといえるであろう。

また、真名序には次のような記述が存する。

及下彼時変二澆漓一。人貴中奢淫上。浮詞雲興。艶流泉涌。其実皆落。其花孤栄。至レ有下好色之家。以レ此為二花鳥之使一。乞食之客。以レ此為中活計之謀上。故半為二婦人之右一。難レ進二大夫之前一。

「好色之家。以此為花鳥之使」とは、歌が恋の贈答といった場面で用いられたことを示すであろうし、「乞食之客。以此為活計之謀」とは、遊芸の徒が和歌によって生計を立てていたことを示すと考えられる。また、「故半為婦人之右。難進大夫前」という表現のうち、「大夫」とは「婦人」という語と対をなしていることを考慮すると、律令官人たる貴族社会の男性一般を指したものと見ることができよう。とすると、「故半為婦人之右。難進大夫之前」という表現は、直訳すれば和歌は貴族社会の女性にのみ用いられ、貴族社会の男性の前には出しえなくなったということになる。

しかし、現実には和歌が貴族社会の男性に全く詠まれなくなったという事態は想定しがたい。先にも述べたように、万葉の時代から平安時代に至るまで、男女の恋愛は和歌を仲立ちとしてなされていたのであるから、貴族社会の男性が和歌を全く詠まなくなったということは到底考えられない。にもかかわらず、真名序が「故半為婦人之右。難進大夫之前」という表現をとったのは、当時の貴族社会の男性は、女性と同様私的な生活領域を持つ私人であるとともに、国家の公務に携わる律令官人としての公人という面をもあわせ持っており、真名序の「故半為婦人之右。難進大夫之前」という表現は、私的な生活しか持たない女性が私的な文芸である和歌を詠むことは当然のことであるが、公人としての立場を持つ男性が、公然と私的な文芸である和歌を詠むことは認められず、私人としてのみ和歌を詠むことが許されるという状況を表現しているのではないだろうか。

というのも、平安時代には、公的なもの、中国的なものを男性で象徴し、私的なもの、日本的なものを女性で象徴するという考え方が存在していたからである。例えば、平安時代には漢字を男手、平仮名を女手と呼んだが、これは男は漢字ばかりを用い、女が仮名ばかりを用いたことを意味するのではない。築島裕は

平安中期（十世紀）には、女流文学の極盛を来し、その為に、その当時の女流文学は、平安時代文学全体の中でも、その代表のやうな観を呈してゐる。確に、女流文学は優れた文学作品として、賞揚され憧憬の的となっただけの価値はあるであろう。唯、それを以て直に平仮名といふ文字や平仮名文体の発達までも女流作家の功に帰することは早計であろう。平仮名は、女性ばかりでなく、男性もこれを用ゐた。寧ろ、早期の平仮名文は、恐らく男性の手に成ったのであり、それが漸次女性も嗜むやうになって行ったと見るべきである。

平仮名文学の最盛期と雖も、男性の手に成った平仮名文は決して少くない。唯、男性は時に応じて漢文によって己が意見を具申し、書簡文を認め、公文書を認めるなどのことを必要とした一方、歌合の折、その他遊宴の席などで、平仮名による和歌を記し、又、女の許へ平仮名の消息、歌などを書贈ったのである。それに対して、女性は、漢文を用ゐる折を持たなかった。私的には漢詩文を嗜む才女はあったにしても、少くとも公の席に出て漢詩文を弄ぶことは極めて稀なことであった。平仮名が女手と呼ばれたのは、このやうな意味に於てなのである。女手とは、〝女性専用文字〟といふ意味では決して無く、〝女性も使用し得る文字〟の意であったと解せねばならない。

平仮名といふ文字は、先づ男性によって作出され、又、平仮名文という文体も、もとを正せば男性の創作物だったのであって、それを女性が徐々に模して行ったといふことなのであろう。現在遺存してゐる平仮名の初期の資料は、何れも男性の手に成ったものの如くであり、その上、平安中期以降に出現する所の歌切の類を見ても、貫之・道風・公任・教長など、男性の筆者の名で伝へられるものは多いが、女流の筆者の名で伝へられるものは、紫式部・清少納言など極く少数に過ぎない。尤もこれら古筆切の類は、その所伝に必ずしも信を置くことの出来ないものであるし、平仮名を書綴った人物と、平仮名による和歌和文の作者とは、本来別個のものの筈であるが、平仮名が男性と縁の深いものであることは、この点からも察知し得るといふものであらう。

と指摘する。(6) 築島は、男性は漢字と平仮名の双方を用いることができ、漢字を用いて漢詩漢文を制作するとともに、平仮名を用いて和歌和文を作ることができたのに対し、女性は平仮名しか用いることができず、平仮名で和歌和文を作ることしかできなかったことから、漢字を男手と呼び、漢字を使用することのできない女性でも使用し得る文字の意で平仮名が女手と呼ばれることになったと言うのである。漢字を男手、平仮名を女手と称することは、男性は漢字だけ、女性は平仮名だけを用いたことを意味するのではない。男手、女手とは、男性は漢字と平仮名を用いることができ、第一義的な生活の場である公的な場においては漢字を用い、第二義的な私的な場において平仮名を用いたのに対し、私的世界しか持ち得なかった女性は平仮名を用いることしかできなかったことから付けられた呼称と見るべきであろう。

また、千野香織は平安時代における美術には

公＝唐絵＝男性性

私＝やまと絵＝女性性

という二重構造が存在したとし、男性は「公」と「私」の二つの領域を使い分けていたのに対し、女性は「私」の世界に閉じこめられていたことから、公の世界を男性で表し、私の世界を女性で表すという構図が存在するに至ったと指摘する。(7)

男手、女手および唐絵、やまと絵の対比は、いずれも公と私の対比が男と女の対比によって表されているものであり、しかも女によって象徴される女手、やまと絵は女のみが行うものでなく、男も行いうるものであるという点、『古今集』真名序の「故半為婦人之右。難進大夫前」という表現と呼応する。

これらのことを勘案すると、『古今集』真名序の「故半為婦人之右。難進大夫前」という表現は、先に推測したように漢詩文が公的なもので、和歌は私的なものであることを示したものであり、和歌が男性に全く行われなくなったことを示したものでないことが確認できよう。とすると、真名序の「故半為婦人之右。難進大夫之前」という表現は、先に引用した仮名序の「まめなる所には、花薄穂に出すべきことにもあらずなりにたり」と同様の状況、すなわち和歌が恋の贈答などを中心に私的な場で詠まれて、公的な場には出し得なくなった状況を示していると解することができよう。

以上、『古今集』の仮名序、真名序の平安時代初頭における和歌の社会的地位に関する記述の分析から、次のようなことが推測できよう。

(1)平安時代の社会には、公的な場と私的な場という区別が存在した。

(2)文芸もまた、公的な場に出せる公的な文芸と公的な場に出せない私的な文芸に分けられていた。

(3)公的な文芸は漢詩文であり、それ以外のものは私的な文芸とされた。

(4)男性も私的な文芸を行うことがあったが、それはあくまでも私的な立場においてであり、公的な律令官人として表立って私的な文芸を行うことは許されなかった。

平安時代の国家は、律令制のもとに存在する国家、すなわち律令によって整備された官僚機構が政務を司り、律令という法に基づいて統治、運営される国家であった。故にその官僚組織およびその官僚組織が司る政務が公的なもの、個人および個人的な関係に基づく諸活動は私的なものと見なされた。また律令官人の多くは男性であったため、男性は律令官人として公的な活動に従事するとともに私的な生活領域を有したのに対し、女性の多くは律令制に基づく官僚組織に組み込まれることなく、公的な活動に従事しえなかったが故に、私的な生活領域しか持たない存在とならざるを得なかった。(1)の平安時代の社会が公的な場と私的な場に分けられていたというのは、平安時代の社会がその基盤を律令制に置いているところからの当然の帰結であろうし、(2)、(3)の文芸が公的な文芸と私的な文芸に分けられ、公的な文芸は漢詩文で、それ以外は私的な文芸とされていたというのも、律令制が中国から移入されたものであるが故に、中国の文字や文章、すなわち漢字漢文は公的なものと見なされ、それ以外のもの、例えば和歌や和文は私的なものと見なされたということであろう。(4)の男性も私的な文芸を行うこともあったが、それはあくまでも私的な立場においてであり、公的な律令官人として表立って私的な文芸を行うことは許されなかったという点も、男性は公的な律令官人という面と一人の生活者としての私人という立場を持っていたが、彼らの第一義的な活動の場は公的な場であり、私的な生活領域は彼らにとって第二義的な意味しか持たないものであったからであろう。律令制の発祥地中国においても、「漢代から隋唐時代の公私論は（中略）概していえば、公と私は社会生活における異なった領域として二つながら機能する場が承認されていた。（中略）とはいえ、それは公の圧倒的優位のもとでの私の容認であって、両者が競合したさいはつねに公を優先すべきことが説かれた」という状況にあったから(8)、それを移入した日本においても、公的な律令官人としての身分を持つ男性貴族にとって公的な活動がより優位なものとして尊重されるのは当然のことであったであろう。

ところが、『古今集』が我が国初の勅撰和歌集として編纂されると、それまでの

公的な文芸　　漢詩文
私的な文芸　　和歌、和文

という図式に変化が生じることとなる。勅撰という行為は天皇の命によって、詩歌、文章を撰することであるから、これは公の事業である。しかも和歌を対象とした勅撰集が選ばれるということになると、勅撰の対象となる和歌自体も公的なものと認められたことになる。すなわち、『古今和歌集』が撰進されたことによって、文芸の社会的地位の図式は

公的な文芸　　漢詩文、和歌
私的な文芸　　和歌以外の和文

という形になったのである。このようにして、和歌が公的な文芸として認められたということは、律令官人たる男性も和歌を表立って詠ずることができるようになったことを意味する。もちろん、和歌が公的な地位を獲得したからといっても、やはり格としては漢詩文の方が一段上の存在であったようだが、それにしてもそれまで私的なものとしてさげすまれてきた和歌が、貴族社会で高い評価を受けるようになったことにかわりはない。『古今

集』の成立以後に生じた、公的な文芸＝漢詩文・和歌、私的な文芸＝和歌以外の和文という意義付けは以後平安時代を通じて変わることはなかった。

三　日記文学の誕生と女流日記文学の隆盛

ところで、王朝女流文学の隆盛を最も端的に表しているのは、王朝女流日記文学の存在であろう。平安時代には、『蜻蛉日記』を初めとして『和泉式部日記』、『紫式部日記』、『更級日記』といった優れた女流日記文学が生み出され、平安文学における女性作家の存在の大きさを強く印象づけている。しかし、この日記文学というジャンルを開拓したのも、実は男性であった。日記文学の嚆矢は『土佐日記』である。しかしなぜ、男性の手によって拓かれた日記文学がそれ以降男性作家によって引き継がれることなく、女性作家のものとなってしまったのであろうか。その理由は、『土佐日記』そのものが本来持っていたところの日記文学というジャンルの特性によると思われる。

では、その日記文学の特性とはどのようなものであるのか、『土佐日記』を通して検証してみたいと思う。『土佐日記』は紀貫之が土佐から帰京してまもなく書かれたと推定される作品であるが、なぜ貫之は『土佐日記』のような、それまでの文学作品とは形態を異にする作品を書こうとしたのであろうか。

貫之は土佐を出発して都に到着するまでの旅の間、彼の心の中に存した感情を十全に表現したい欲望に駆られていたのではなかろうか。しかも貫之が土佐から帰京直後、貫之の胸中に存した感情は、和歌や和歌の連作のようなものでは表現しえないものであったのではなかろうか。そのような感情を表現するには、散文それも自己の感情そのものを自由に表現できる和文による散文で表現することが必要であった。仮名和文によって、自己の心情を自由に表現し、旅の体験を書きたいという欲求、これが貫之に『土佐日記』を書かしめた動機であったと思われる。

しかし、仮名散文によって自己の心情を表現するという試みは、それまでなされたことはなかった。もちろん、そうした文学形態を確立するだけの基盤が整っていなかった、つまり散文文学が未発達であったという事情もあるが、それと同時に、仮名散文によって個人の心情を表現するということは、当時においては二流の文芸と見做され、律令官人たる男性が表立って行えるものではなかったという理由も存在した。そうした状況で自己の心情の表白を中心とした仮名和文による旅の記録をどうしたら書くことができるのか。そこで貫之が考案したのが、女性に日記を書かせるという方法ではなかったか。当時男性官人たちは日記をつけていた。しかし、それは漢文による日記であり、公的な出来事に関する記録であり、彼らの私的な生活を記すものではなかった。

男もすなる日記といふものを、女もしてみむとてするなり。

『土佐日記』をこう書き始めた時、[9] つまり女が日記を書くのだと宣言した時、この日記は男性の書く漢文による公的世界の記事を記す日記とは異なった性格の日記、すなわち女性に許される仮名散文の日記であり、書かれる内容は私的な生活領域に関わることに限られる日記ということが、自ずと導き出されたであろう。女が日記を書くという、この『土佐日記』冒頭の一文によって、『土佐日記』は仮名和文により私的な世界を表現するという新たな表現領域を獲得したのである。それまで存在せず、特に男性官人が容易に書くことのできなかった、仮名和文による私的世界の表現が、この『土佐日記』冒頭の一文によってたやすく拓かれることになったのである。

しかし、貫之は女性になりきったまま、この日記を書き通そうとはしなかった。彼が、表現したかったのは、彼自身の感情や生活体験であり、ある女の感情や生活体験ではなかった。事実、日記のほとんどの部分は貫之自身が書き手となって文章を書いているといっていい状態で書かれている。もちろん、女性が日記の書き手であることを示す記述は、日記の所々に散見し、日記の書き手が女性であるという作品の冒頭で示された姿勢は、作品の最後まで一応保たれている。しかし、日記の多くの部分は貫之その人自身の感懐を記したものと読めるのであり、貫之が書き手を女にすることにそれほど意を払っていなかったことが推測される。

例えば、日記冒頭近くの十二月二十五、二十六日条を引用してみよう。

　二十五日。守の館より、呼びに文持て来たなり。呼ばれて到りて、日一日、夜一夜、とかく遊ぶやうにて明けにけり。（十二月二十五日）

　二十六日。なほ守の館にて饗宴《あるじ》しののしりて、郎等までに物かづけたり。漢詩、声あげていひけり。和歌、主も客人も、こと人もいひあへりけり。漢詩はこれにえ書かず。和歌、主の守のよめりける、

　　みやこ出でて君にあはむと来しものを来しかひもなく別れぬるかな

となむありければ、帰る前の守のよめりける、

　　しろたへの波路を遠く行き交ひてわれに似べきはたれならなくに

こと人々のもありけれど、さかしきもなかるべし。とかくいひて、前の守、今のも、もろともに降りて、今の主も、前のも、手取り交して、酔ひ言にこころよげなる言して、出で入りにけり。（十二月二十六日）

この箇所では、「漢詩はこれにえ書かず」というように、この日記の書き手が女性であることがほのめかされているが、新任の国守の館に、国守の館を引き渡した貫之側の女性が招かれるということがあるであろうか。そのような事態は当時にあってはありえないことであり、この部分は貫之が書き手となって自らをも第三者として書いた部分と考えるのが妥当であろう。

また、二月五日条には

かくいひて、ながめつつ来るあひだに、ゆくりなく風吹きて、漕げども漕げども、後へに退きに退きて、ほとほとしくうちはめつべし。楫取のいはく、「この住吉の明神は、例の神ぞかし。ほしき物ぞおはすらむ」とは、いまめくものか。さて、「幣を奉り給へ」といふ。いふに従ひて、幣奉る。かく奉れれども、もはら風やまで、いや吹きに、いや立ちに、風波のあやふければ、楫取、またいはく、「幣には御心のいかねば御船も行かぬなり。なほ、うれしと思ひ給ぶべきもの奉り給べ」といふ。また、いふに従ひて、いかがはせむとて、「眼もこそ二つあれ、ただ一つある鏡を奉る」とて、海にうちはめつれば、口惜し。されば、うちつけに、海は鏡の面のごとなりぬれば、ある人のよめる歌、

ちはやぶる神の心を荒るる海に鏡を入れてかつ見つるかな

いたく、「住江」「忘草」「岸の姫松」などいふ神にはあらずかし。目もうつらうつら、鏡に神の心をこそは見つれ。楫取の心は、神の御心なりけり。（二月五日）

とあるが、ただ一つしかない鏡を海に投げ入れる決断をするのにふさわしい人物は、この旅においては貫之をおいて他にはない。この部分は、貫之が日記の書き手になっているとしか考えられない。

貫之が表現したかったのは、彼自身の心情である。そのためには、彼が表現の主体とならねばならない。しかし、彼自身が表現主体となり、自らの心情を切実に表現すれば、彼は私的な世界を専らにし、二流の文芸を専らにしていることとなり、世間から非難を受けずにはすまないであろう。第一仮名散文で日記を書くこと自体が問題とされる。そこで貫之は日記の書き手を女性とする方法を選んだ。そうすることによって、貫之は仮名散文によって私的経験世界を表現することのできる場を確保した。かつ、このように女性を日記の書き手として設定し、貫之自身が文章の書き手となった場合、この日記は書き手の混乱を引き起こし、まともに書かれた作品ではないとの印象をそれを読む者に与える。彼が多くの場面で日記の書き手となっても、作品の所々に書き手が女性であ

ることをにおわす表現を配しておけば、この作品は貫之のまじめな述作ではなく、戯れに書かれたものとの印象を読者に与える。それだけではない。貫之は日記の随所に、当時男性だけが用いた訓読語をわざと用い、女性が男性の真似をして日記を書いているように見せる工夫も施している。さらに、亡児を哀傷する記事、和歌に関する記述、人々に対する批評的な記述、その他旅での様々な感懐が記されることは、『土佐日記』がある統一したテーマを持った作品との印象を与えることを妨げる。これら様々な記述の混在は、この作品に統一した印象を与えず、手すさびに書かれたとの印象を与える。さらに作品の随所に認められる滑稽な諧謔的表現も、この作品がいい加減に書かれたものとの印象を強く与える。例えば、

二十四日。講師、馬のはなむけしに出でませり。ありとある上、下、童まで酔ひ痴れて、一文字をだに知らぬ者、しが足は十文字に踏みてぞ遊ぶ。（十二月二十四日）

といった駄洒落のような諧謔表現や

さて、十日あまりなれば、月おもしろし。船に乗り始めし日より、船には紅濃く、よき衣着ず。それは、海の神に怖ぢてといひて、何の葦蔭にことづけて、老海鼠のつまの貽鮨、鮨鮑をぞ、心にもあらぬ脛にあげて見せける。（一月十三日）

といったやや下品な好色的くすぐりなども、滑稽表現の一つと捉えてよいであろう。また、一月十三日の記述は書き手が男性であることを想像させる点で、書き手の混乱をも生じさせている。

このように『土佐日記』は、作品がいい加減に書かれたような印象を与える仕組みが随所に織り込まれている上に、作品の最後は

忘れがたく、口惜しきこと多かれど、え尽くさず。とまれかうまれ、とく破りてむ。（二月十六日）

という表現によって閉じられる。このように作品が構成された時、『土佐日記』は、読者にとってもはや貫之が

まともに書いた作品と読まれることはないであろう(10)。

しかし、この作品を詳細に分析してみると、この作品は周到な構成意識をもって書かれていることを示す箇所が随所に認められる。

例えば、『土佐日記』において漢詩に言及された場面について見てみると、

(1)漢詩、声あげていひけり。和歌、主も客人も、こと人もいひあへりけり。漢詩はこれにえ書かず。和歌、主の守のよめりける、

みやこ出でて君にあはむと来しものを来しかひもなく別れぬるかな

となむありければ、帰る前の守のよめりける、

しろたへの波路を遠く行き交ひてわれに似べきはたれならなくに

こと人々のもありけれど、さかしきもなかるべし。（十二月二十六日）

(2)この折に、ある人々、折節につけて、漢詩ども、時に似つかはしきいふ。また、ある人、西国なれど甲斐歌などいふ。「かくうたふに、船屋形の塵も散り、空行く雲も漂ひぬ」とぞいふなる。（十二月二十七日）

(3)むべも、昔の男は、「棹は穿つ波の上の月を、舟は圧ふ海の中の空を」とはいひけむ。聞き戯れに聞けるなり。また、ある人のよめる歌、

水底の月の上より漕ぐ舟の棹にさはるは桂なるらし

これを聞きて、ある人のまたよめる、

かげ見れば波の底なるひさかたの空漕ぎわたるわれぞわびしき（一月十七日）

(4)男どちは、心やりにやあらむ、漢詩などいふべし。船も出ださで、いたづらなれば、ある人のよめる、

磯ふりの寄する磯には年月をいつともわかぬ雪のみぞ降る

この歌は、常にせぬ人の言なり。また、人のよめる、

風による波の磯には鶯も春もえ知らぬ花のみぞ咲く

この歌どもを、すこしよろし、と聞きて、船の長しける翁、月日ごろの苦しき心やりによめる、

立つ波を雪か花かと吹く風ぞ寄せつつ人をはかるべらなる

（一月十八日）

(5)二十日の夜の月出でにけり。山の端もなくて、海の中よりぞ出で来る。かうやうなるを見てや、昔、阿倍仲麻呂といひける人は、唐土にわたりて、帰り来ける時に、船に乗るべきところにて、かの国人、馬のはなむけし、別れ惜しみて、かしこの漢詩作りなどしける。飽かずやありけむ、二十日の夜の月出づるまでぞありける。その月は、海よりぞ出でける。これを見てぞ仲麻呂のぬし、「わが国に、かかる歌をなむ、神代より神もよん給び、今は上、中、下の人も、かうやうに、別れ惜しみ、喜びもあり、悲しびもある時にはよむ」とて、よめりける歌、

青海原ふりさけみれば春日なる三笠の山に出でし月かも

とぞよめりける。かの国人、聞き知るまじく、思ほえたれども、言の心を、男文字にさまを書き出だして、ここのことば伝へたる人にいひ知らせければ、心をや聞き得たりけむ、いと思ひのほかになむ賞でける。唐土とこの国とは、言異なるものなれど、月のかげは同じことなるべければ、人の心も同じことにやあらむ。

（一月二十日）

(6)男たちの心なぐさめに、漢詩に「日を望めば都遠し」などいふなる言のさまを聞きて、ある女のよめる歌、

日をだにも天雲近く見るものをみやこへと思ふ道のはるけさ

また、ある人のよめる、

吹く風の絶えぬ限りし立ち来れば波路はいとどはるけかりけり

（一月二十七日）

というように、漢詩について言及がなされた場合、その後に必ず和歌が詠まれている。これは、漢詩と和歌とは同等のものであることを主張するために、意図的になされた記述であると考えられる[11]。

また、鈴木知太郎は『土佐日記』の構成上の特徴の一つとして、その対照的手法を指摘し、その具体例の一つとして以下のように記号を付した本文示す[12]。

十六日。けふのようさつかた京へのぼるついでにみれば、イやまざきのこひつのゑも、まがりのおほちのかたもかはらざりけり。ロ「うりびとのこころをぞしらぬ。」とぞいふなる。かくて京へいくに、ハしまさかにて、ひとあるじしたり。かならずしもあるまじきわざなり。たちてゆきしときよりは、くるときぞひとはとかくありける。これにもかへりごとす。よるになして京にはいらんとおもへば、いそぎしもせぬほどにつきいでぬ。かつらがは、つきのあかきにぞわたる。ひとびとのいはく、ニ「このかは、あすかがはにあらねば、ふちせさらにかはらざりけり。」といひて、あるひとのよめるうた、

ひさかたのつきにおひたるかつらがはそこなるかげもかはらざりけり

また、あるひとのいへる、

あまぐものはるかなりつるかつらがはそでをひでてもわたりぬるかな

また、あるひとよめり。

かつらがはわがこころにもかよはねどおなじふかさにながるべらなり

京のうれしきあまりに、うたもあまりぞおほかる。よふけてくれば、ところどころもみえず。京にいりたちてうれし。いへにいたりて、かどにいるに、つきあかければ、いとよくありさまみゆ。ホききしよりもまして、いふかひなくぞこぼれやぶれたる。いへにあづけたりつるひとのこころも、あれたるなりけり。なかが

きこそあれ、ひとついへのやうなれば、のぞみてあづかれるなり。さるは、たよりごとに、ものもたえずえさせたり。こよひ、「かかること。」と、こわだかにものもいはせず。いとはつらくみゆれど、こころざしはせんとす。ヘさて、いけめいてくぼまり、みづつけるところあり。ほとりにまつもありき。いつとせむとせのうちに、千とせやすぎにけん、かたへはなくなりにけり。トいまおひたるぞまじれる。おほかたの、みなあれにたれば、「あはれ。」とぞひとびといふ。おもひいでぬことなく、おもひこひしきがうちに、チこのいへにてうまれしをんなごのもろともにかへらねば、いかがはかなしき。リふなびともみなこたかりてののしる。かかるうちに、なほかなしきにたへずして、ひそかにこころしれるひとといへりけるうた、

　ヌむまれしもかへらぬものをわがやどにこまつのあるをみるがかなしさ

とぞいへる。なほあかずやあらん、またかくなん。

　みしひとのまつのちとせにみましかばとほくかなしきわかれせましや

わすれがたく、くちをしきことおほかれど、えつくさず。（二月十六日）

鈴木は、この本文の記号を付した部分について、

（一）イとロ　不変と変（自然と人事）
（二）ハとニ　変と不変（人事と自然）
（三）ニとホ・ヘ・ト　不変と変（自然と人事と自然・自然）
（四）トとチ　生と死（いづれも変）
（五）チとリ　死と生（いづれも変）
（六）リとヌ　生と死（いづれも変）

というように、対照的な構成がなされているとし、さらにこうした対照的な構成も巨視的に見ると、

「不変」の中心におかれたのはニの「あすかがは」であり、「変」の中心とせられてゐるものはホ以下の部分であろう。そのことは前者が三首の歌を連ねることによって、その「不変」を繰返して強調し、後者が「変」の事実を幾重にも積み上げ、それらの結集した力を最後におかれた亡児を悼む二首の歌に流し込んで、親としての永遠の嘆きを嘆いてゐることによっても推察せられよう。

とする。

『土佐日記』を子細に分析してみると、この他にも周到な構成意識を持って書かれた部分が多く存在するのであり、『土佐日記』が貫之の手すさびに書かれたという印象は、むしろ意図的に施された偽装によってもたらされたものと考えられる。

『土佐日記』はいい加減な態度で書かれたものと装うことによって、貫之の真に表現したいものを作品の中に封じ込めた作品と見ることができよう。そもそも『古今集』という歌集をあれほど精緻な構造体として組織した貫之が、いくら戯れに書いたとはいえ、これほどいい加減な文章を書くことはありえないのではなかろうか。貫之が真に表現したかったのは、亡児哀傷という表現に仮託した、土佐赴任中に亡くなった兼輔をはじめとする和歌文学の庇護者たちに対する貫之の哀惜の念であったのであろう。しかし、貫之はその哀惜の念を率直に表現することはできなかった。『土佐日記』のような私的な経験を仮名散文で表現するといった文章を、もし貫之がまともに書いたとしたら、貫之は私的な世界を専らにする者として、当時の貴族社会から厳しい非難を受けずにはすまされなかったであろう。そこで、貫之は『土佐日記』がいい加減に書かれた作品であるかのように見せかけて、その中に彼の本当に表現したいことを封じ込めたのではなかろうか(13)。

当時律令官人であった男性が、私的な経験を仮名散文で書くとしたら、これが限界であった。『土佐日記』の後、男性による仮名散文の日記文学が書かれなかった理由はそこにあろう。つまり、当時の文芸観からすれば貫之のように偽装を施す以外、仮名散文によって自己の心情を率直に表現することは許されず、男性律令官人が仮名散文でそれ以上自己の心情を切実に表現することは認められないことであった。

私的な経験を仮名散文で自由に書けるのは、私的世界しか持ち得ず、それを専らにしうることが許された女性たちであった。『土佐日記』に続く本格的な日記文学として、道綱母という女性の手になる『蜻蛉日記』が生まれてくる必然はそこにあった。

『蜻蛉日記』の冒頭は日記の序文ともいうべき文章から始まる。(14)

かくありし時過ぎて、世の中にいとものはかなく、とにもかくにもつかで、世に経る人ありけり。かたちとても人にも似ず、心魂もあるにもあらで、かうものの要にもあらであるも、ことわりと思ひつつ、ただ臥し起き明かし暮らすままに、世の中に多かる古物語のはしなどを見れば、世に多かるそらごとだにあり、人にもあらぬ身の上まで書き日記して、めづらしきさまにもありなむ、天下の人の品高きやと問はむためしにもせよかし、とおぼゆるも、過ぎにし年月ごろのこともおぼつかなかりければ、さてもありぬべきことなむ多かりける。

また、上巻末尾は次のように締めくくられている。

かく年月はつもれど、思ふやうにもあらぬ身をし嘆けば、声あらたまるもよろこぼしからず、なほものはかなきを思へば、あるかなきかのここちするかげろふの日記といふべし。

ここで道綱母は、この作品を「日記」、「かげろふの日記」と呼んでいる。『土佐日記』では、「男もすなる日記」という言葉に対応するかのように、日次の形式が採られ、土佐から京の自宅に戻るまでの記録が、一日も欠かすことなく綴られていた。それに対し、『蜻蛉日記』は、時間の推移を追いつつ自己の記録を記すという点では共通するものの、毎日の記録という性質、つまり一日も欠かすことなく記事を記すという姿勢は放棄されている。

それどころか、明確な日付けを伴うことなく多くの記事が書き進められている。にもかかわらず、道綱母はこれを日記と命名している。彼女が『土佐日記』の本質をどの程度まで理解していたかは不明だが、少なくとも自己の体験に基づく私的な経験を記したものを、日記と称して差し支えないという認識に達していたのは事実であろう。

このような日記文学に対する認識の相違は一見たいした相違でないように思われるが、そこには日記文学という概念に変更を加える大きな変化が存在した。日記文学が日次の記録でなくともよい、正確な日付を伴わなくてもよいという認識の成立は、正確な日付に拘束されることなく、自己の体験を自由に書くことのできる文学形式、いわば近代の私小説同様の文学形式が日記という名称のもとに成立したことを意味する。ここに日記とは、自己の体験を時間の推移のもとに綴る表現形式という認識が獲得されたのである。その意味で『蜻蛉日記』の成立は、それ以後の女流日記文学の発生を促す重要な契機となった。日記文学という形式は、男性の日記とは異なり、特定の日付への意識を強く持つことなく、自己の体験を語りうる文学形式であり、しかもそこでは仮名散文によって自らの体験を自由にありのまま記すことができる。男性にとって、このような私的な体験を仮名散文で記すということは、『土佐日記』の例で見たように容易なことではなかった。しかし、女性にとっては、このような形式のもとで自らの体験を真摯に綴ることは許されていた。男性は律令官人という制約上、このような私的世界を仮名散文で記すことは憚られたが、女性たちは私的な世界しか持たず、私的な生活それ自体に専念することに何の憚りもなかった。『蜻蛉日記』以後、次々と『和泉式部日記』、『紫式部日記』、『更級日記』といった自らの切実な体験を記した女性の手による日記文学が生み出されることとなるのはこのような事情によるものと思われる。

四　仮名散文文学への女性の進出

当時仮名散文文学としては、日記文学の他に『竹取物語』のような作り物語も存在したが、平安時代におけるこれらの物語は、『三宝絵詞』によれば、「木草山川鳥獣魚虫など」が人間のように話をし、情けを示すようなものから、男女の恋物語の類まで幅広い内容を持ち、「女の御心をやるもの」と評されていた。このことは、当時これら物語は女性が専らにするものであり、律令官人たる男性がまともに取り組むものではないと考えられていたことを示している。『竹取物語』『落窪物語』『うつほ物語』といった、現存する初期の物語は全て男性の手になったものと考えられる。しかし、それら男性作者の名は、現在に至るまで伝えられていない。そのことも男性が物語を制作することは、手すさびの余技といった程度のものであり、男性が物語制作に真剣に取り組むという意識が存在しなかったことを示しているのではなかろうか。

それら男性の手によって生み出された物語の水準をさらに一層の高みに引き上げたのは、紫式部という女性作家の手によって生み出された『源氏物語』であった。『源氏物語』の誕生によって、物語文学は近代小説に比肩しうるほどの文学的価値を獲得することになったといえよう。このような高度な文学的達成は『源氏物語』の作者紫式部の個人的な才能や資質に帰するところが大きいであろうが、それと同時にそれまで多くの物語文学を作ってきた男性によってではなく、紫式部という女性によってそれがなされたことにも注目する必要がある。男性にとって物語とは、『三宝絵詞』が言うように「女の御心をやるもの」と意識され、それは彼らがまともに取り組むべきものではなく、余技として創作するものと意識されていた。物語とは、男性にとって全身全霊を傾けて創作するに値しないものであった。それに対し、女性は物語に全身全霊を打ち込むことが許されていた。紫式部においても、物語創作ははじめは所在ない心を紛らわす程度のものであったかもしれないが、『源氏物語』を執筆するにつれて、物語は彼女が全身全霊を傾けて専念するに値するものとなっていったと推測される。『源氏物語』蛍巻の有名な物語論で、源氏は物語に熱中する玉鬘に対し次のように言いかける。(15)

あなむつかし。女こそものうるさがらず、人に欺かれむと生まれたるものなれ。ここらの中にまことはいと少なからむを、かつ知る知る、かかるすずろごとに心を移し、はかられたまひて、暑かはしき五月雨の、髪も乱るるも知らで書きたまふよ　（蛍(3)二一〇―二一一）

これは、『三宝絵詞』に記された物語とは「女の御心をやるもの」との表現をそのまま承けた発言とみることができ、当時の男性貴族の物語に対する態度を示したものといえよう。ただし、源氏の物語を軽く見る態度に玉鬘が反発すると、源氏が次のように発言を修正するのは注目に値しよう。

「骨なくも聞こえおとしてけるかな。神代より世にあることを記しおきけるななり。日本紀などはただかたそばぞかし。これらにこそ道々しくくはしきことはあらめ」とて笑ひたまふ。

「その人の上とて、ありのままに言ひ出づることこそなけれ、よきもあしきも、世に経る人のありさまの、見るにも飽かず聞くにもあまることを、後の世にも言ひ伝へさせまほしきふしぶしを、心に籠めがたくて言ひおきはじめたるなり。よきさまに言ふとては、よきことのかぎり選り出でて、人に従はむとては、またあしきさまのめづらしきことをとり集めたる、みなかたがたにつけたるこの世の外のことならずかし。他の朝廷のさへ、作りやうかはる、同じ大和の国のことなれば、昔今のに変るべし、深きこと浅きことのけぢめこそあらめ、ひたぶるにそらごとと言ひはてむも、事の心違ひてなむありける。　（蛍(3)二一二―二一三）

源氏は物語は昔から世間に起こったことを書き記したもので、道理にかなった詳しい事柄が書いてあるのだと言い、ありのままを書いたのではないにしても、この世に生きている人の有様を書き記したもので、日本紀などはほんの一面しか表現していないと明言する。ここには、男性社会で重んじられている日本紀というような史書も実社会の一面をすくい取ることしかできないものであり、人間の本当の姿は物語の中に描かれているとする考え方が見て取れる。と同時に物語は私的な文芸であり、二流のものであり、漢詩文こそ正当な一流の文芸だとする当時の一般的な通念に対する厳しい批判の目がある。日本紀のような史書では、すくい上げることのできない、人間の真実、それを表現するのが物語だとする主張には、当時の文芸観に対する、紫式部の痛烈な批判が籠められていると見てよいであろう。

紫式部はこのような自負を持って『源氏物語』を書いたのであり、それは物語を二流の文芸と認識し、それを書くことを余技と考えていた男性とは、遙かに異なる次元で物語を制作していたということを示している。紫式部の物語にかける強い思いが『源氏物語』をそれ以前の物語作品とは異質の高いレベルの文学作品となさしめる要因の一つになったことは容易に推測されよう。『源氏物語』が成立した後、『狭衣物語』や『夜の寝覚』といった女性作者の手になると思われる優れた物語が登場することも見逃すことはできまい。

『源氏物語』とともに王朝文学の双璧とされる『枕草子』は、その文学形態において、それに先行する作品を見出しがたい。短い章段を積み重ねる構成の方法は、『伊勢物語』『大和物語』といった歌物語に類似するが、歌物語は歌の詠歌状況を示す短い散文とそれに続く歌で構成されており、歌が各々の章段の中心をなす。それに対し、『枕草子』は歌を含む章段もあるが、散文表現が中心であり、散文によって表現される事柄が各章段の眼目となる。『枕草子』のような文学形態は、作者清少納言によって創始された文学形態と言うことができよう。このような独自な文学形態が女性の手によって創出されたことは注目されるが、ここにも女性が自由に仮名散文を操ることができたという当時の社会事情が反映していると考えられる。当時の男性が『枕草子』のような形式の仮名散文を書くとしたら、やはり二流の文芸である仮名散文を専らにしているとの誹りをまぬがれえなかったであろう。そのような男性たちにとって、『枕草子』のような短い仮名散文の集積で一つの文学作品を作ろうなどという試みは不可能であった。

見てきたように、日記文学や物語文学は男性もその制作に関与したものであった。しかし、日記文学では男性が私的世界を専らにすることを許されないため、『土佐日記』以後男性が執筆する道は閉ざされたし、物語文学も男性にとっては余技でしかなく、全精力を注ぎ込むに足るものではなかった。仮名散文に全精力を注ぎ込むことのできたのは、公的な社会から疎外され、私的世界しか持ち得なかった女性であった。平安時代に女流文学が隆盛を誇った理由は、本章冒頭部分で概観したように様々あげられており、それらの要因はそれなりに説得力を持つものであるが、それと同時にこれまで述べてきたような観点、すなわち当時は漢詩漢文と和歌のみが公的な文芸として認められ、仮名散文は私的なものとして男性が専らになしえないものとされていたという事実も、平安時代に女性による文学が盛んになった大きな要因の一つとしてあげることができるのではないだろうか。

1　藤岡作太郎『国文学全史1平安朝篇』（平凡社、東洋文庫、昭和46年）
2　角田文衛『日本の後宮』（学燈社、昭和48年）143頁。
3　西郷信綱『日本古代文学史』（岩波書店、岩波全書、昭和26年）第三章、三（旧字は新字に改めた）
4　西郷信綱『日本古代文学史』（岩波書店、同時代ライブラリー、平成8年）第三章、三
5　『古今和歌集』は、『新編日本古典文学全集』に拠る。
6　築島裕『平安時代語新論』（東京大学出版会、昭和44年）第二編、第二章、第一節
7　千野香織「日本美術のジェンダー」（『美術史』43巻2号、平成6年3月）
8　溝口雄三他編『中国思想文化辞典』（東京大学出版会、平成13年）Ⅱ政治・社会、公私の項、執筆担当は池田知久、

溝口雄三。

9 『土佐日記』は、『新編日本古典文学全集』に拠る。

10 拙著『古今歌風の成立』（笠間書院、平成11年）第二部、第一章

11 樋口寛「「土佐日記」に於ける貫之の立場」（『古典文学の探究』成武堂、昭和18年、『日本文学研究資料叢書　平安朝日記Ⅰ』所収、有精堂、昭和46年）

12 鈴木知太郎「土左日記の構成―特に対照的手法について―」（『語文』８輯、昭和35年5月、『日本文学研究資料叢書　平安朝日記Ⅰ』所収、有精堂、昭和46年）

13 同注10。

14 『蜻蛉日記』は、『新編日本古典文学全集』に拠る。

15 『源氏物語』は、『新編日本古典文学全集』に拠る。

第二章　二条東院構想

一　源氏が予定した入居者

二十八歳の夏、光源氏は明石から京に召還される。翌年の二月、朱雀帝が譲位し冷泉帝が即位すると、源氏は内大臣に任命され、それ以降源氏を中心とする政治体制が着々と整備されていく。そのような状況の中、源氏は二条東院の造営を思い立つ。(1)

二条院にも同じごと待ちきこえける人を、あはれなるものに思して、年ごろの胸あくばかりと思せば、中将、中務やうの人々にはほどほどにつけつつ情を見えたまふに、御暇なく外歩きもしたまはず。二条院の東なる宮、院の御処分なりしを、二なく改め造らせたまふ。花散里などやうの心苦しき人々住ませむなど思しあてて つくろはせたまふ。(澪標(2)二八四―二八五)

政権の中枢に復帰した源氏は、様々な女性達のもとへ外歩きをする暇も無くなったので、離れて暮らす花散里など、かつて関係のあった女性達を身近に置きたいと思い、二条院の東に位置する故桐壺院の御殿の改築に取りかかる。

源氏が二条東院の造営を思い立った日付は、正確に知ることはできないが、右に引用した文章の直前に「同じ月(二月)の二十余日、御国譲りのことにはかなれば」とあり、引用した文章の直後に懐妊した明石の君の様子を探るため明石に使いを遣わした時期が「三月朔日のほど」とあることからすると、二月二十余日から三月朔日の間ということになろうか。

引用した箇所では「花散里などやうの心苦しき人々住ませむ」と、二条東院に住まわせる人々の筆頭に花散里が挙げられているが、源氏の脳裏には流離の地で再会を誓った明石の君も二条東院の住人として予定されていたと想像される。事実、物語は二条東院の造営が始められたことを告げた後、次のように語り始める。

まことや、かの明石に心苦しげなりしことはいかにと思し忘るる時なければ、公私いそがしき紛れにえ思すままにもとぶらひたまはざりけるを、三月朔日のほど、このころやと思しやるに人知れずあはれにて、御使ありけり。とく帰り参りて、「十六日になむ。女にてたひらかにものしたまふ」と告げきこゆ。めづらしきさまにてさへあなるを思すにおろかならず。などて京に迎へてかかることをもせさせざりけむと口惜しう思さる。

宿曜に「御子三人、帝、后かならず並びて生まれたまふべし。中の劣りは太政大臣にて位を極むべし」と勘へ申したりしこと、さしてかなふなめり。おほかた、上なき位にのぼり世をまつりごちたまふべきこと、さばかり賢かりしあまたの相人どもの聞こえ集めたるを、年ごろは世のわづらはしさにみな思し消ちつるを、当帝のかく位にかなひたまひぬることを思ひのごとうれしと思す。みづからも、もて離れたまへる筋は、さらにあるまじきことと思す。あまたの皇子たちの中にすぐれてらうたきものに思したりしかど、ただ人に思しおきてける御心を思ふに、宿世遠かりけり、内裏のかくておはしますを、あらはに人の知ることならねど、相人の言空しからず、と御心の中に思しけり。いま行く末のあらましごとを思すに、住吉の神のしるべ、まことにかの人も世になべてならぬ宿世にて、ひがひがしき親も及びなき心をつかふにやありけむ、さるにては、かしこき筋にもなるべき人のあやしき世界にて生まれたらむは、いとほしうかたじけなくもあるべきかな、このほど過ぐして迎へてん、と思して、東の院急ぎ造らすべきよしもよほし仰せたまふ。

（澪標(2)二八五―二八六）

「まことや、かの明石に心苦しげなりしことはいかにと思し忘るる時なければ」という表現からは、帰京後の源氏の心に明石の君への思いが消えることがなかったことが窺われる。さらに、二条東院の造営を思い立った直後の三月初旬、源氏は明石の君が女子を出産したことを知らされる。源氏は、多くの相人達が自らを「上なき位にのぼり世をまつりごちたまふ」と予言していたことが実現したことで、かつて宿曜によってなされた「御子三人、帝、后かならず並びて生まれたまふべし。中の劣りは太政大臣にて位を極むべし」という予言も実現可能と思われるようになり、かつ源氏と明石の君との出逢いが住吉の神の導きであったことなどを思い合わせると、明石の君との間に生まれた女子が将来后となるであろうことを確信する。明石の君の出産を聞いた直後の「などて京に迎へてかかることをもせさせざりけむと口惜しう思さる」という表現は、将来后となるであろう明石の姫君を明石という片田舎で出産させてしまったことに対する源氏の後悔の念の表出であろうし、「東の院急ぎ造らすべきよしもよほし仰せたまふ」という表現は、明石の君とその姫君を出来るだけ早く都に迎え入れようとする意志の現れといえよう。

明石での別れに際しての再会の誓い、帰京後の明石の君への思い、また明石の君の出産を聞いた直後の「などて京に迎へてかかることをもせさせざりけむと口惜しう思さる」「東の院急ぎ造らすべきよしもよほし仰せたまふ」といった表現を勘案すると、明石の君を二条東院に迎え入れようとする源氏の思惑は既に二条東院の造営を思い立つ時点で存在したと想像される。

ただし、後に二条東院に引き取られることになる末摘花は、二条東院の造営開始時にはその入居は予定されていなかった。源氏が末摘花との再会を果たすのは、都に召還された翌年、源氏二十九歳の四月、すなわち源氏が二条東院造営を思い立った二月より後のことであり、その時の様子は蓬生巻で次のように語られる。

卯月ばかりに、花散里を思ひ出できこえたまひて、忍びて、対の上に御暇聞こえて出でたまふ。日ごろ降りつるなごりの雨すこしそそきて、をかしきほどに月さし出でたり。昔の御歩き思し出でられて、艶なるほどの夕月夜に、道のほどよろづのこと思し出でておはするに、形もなく荒れたる家の、木立しげく森のやうなるを過ぎたまふ。

大きなる松に藤の咲きかかりて月影になよびたる、風につきてさと匂ふがなつかしく、そこはかとなきかをりなり。橘にはかはりてをかしければさし出でたまへるに、柳もいたうしだりて、築地もさはらねば乱れ伏したり。見し心地する木立かなと思すは、はやうこの宮なりけり。いとあはれにておしとどめさせたまふ。例の、惟光はかかる御忍び歩きに後れねばさぶらひけり。召し寄せて、「ここは常陸の宮ぞかしな」、「しかはべる」と聞こゆ。「ここにありし人はまだやながむらん。とぶらふべきを、わざとものせむもところせし。かかるついでに入りて消息せよ。よくたづね寄りてをうち出でよ。人違へしてはをこならむ」とのたまふ。

（蓬生(2)三四四―三四五）

源氏は花散里のもとを訪ねる途次、偶然末摘花の邸の傍らを通りかかる。大きな松に垂れ下がる藤の香りに誘われて、牛車から顔を出すとそこは末摘花の邸であった。「はやうこの宮なりけり」という表現から、この発見は偶然のものであったことが理解されよう。また、源氏が末摘花がまだこの邸に住んでいるかと訝っていることから、須磨、明石に流離していた間、源氏と末摘花の間に何の連絡も無かったことが確認される。とすると、二条東院の造営を思い立った時、源氏の脳裏に末摘花を二条東院に引き取ろうとする意識はなかったということになる。

一方、源氏が二条東院の造営を思い立った年の五月、源氏が花散里の邸を訪れるという場面が語られた後、

かやうのついでにも、かの五節を思し忘れず、また見てしがなと心にかけたまへれど、いと難きことにて、え紛れたまはず。女、もの思ひ絶えぬを、親はよろづに思ひ言ふこともあれど、世に経んことを思ひ絶えたり。心やすき殿造りしては、かやうの人集へても、思ふさまにかしづきたまふべき人も出でものしたまはば、さる人の後見にもと思す。かの院の造りざま、なかなか見どころ多くいまめいたり。よしある受領など

を選りて、あてあてにもよほしたまふ。（澪標(2)二九九）

という叙述がなされる。ここに登場する「かの五節」とは、物語では筑紫の五節と呼ばれる女性である。源氏が須磨に退去する直前、自らの援助によって慎ましやかな暮らしをしている麗景殿の女御とその妹の邸を訪れる途次、かつて一度だけ関係を持った中川の女の邸の前を通りかかり惟光を遣わすが、女は相手が源氏と知りながらわざとそしらぬ振りを装って源氏との関係を拒むという場面が描かれた折に、彼女は

かやうの際に、筑紫の五節がらうたげなりしはや、とまづ思し出づ。（花散里(2)一五五）

と、源氏にとって忘れがたい女性として物語の舞台に登場する。この文章から、筑紫の五節は中川の女と同等の身分で、筑紫の国と何らかの関係があり、かつ五節の舞姫に選ばれ、源氏とかりそめの逢瀬を交わしたことがあることが推測されるが、その源氏との逢瀬はそれ以前の物語には描かれていない。彼女は須磨巻で筑紫から上京する際、須磨にいる源氏と歌を交わし、明石巻では、

かの帥のむすめの五節、あいなく人知れぬもの思ひさめぬる心地して、まくなぎつくらせてさし置かせけり。

須磨の浦に心をよせし舟人のやがて朽たせる袖を見せばや

手などこよなくまさりにけり、と見おほせたまひて、遣はす。

かへりてはかごとやせまし寄せたりしなごりに袖のひがたかりしを

飽かずをかしと思ししなごりなれば、おどろかされたまひていとど思し出づれど、このごろはさやうの御ふるまひさらにつつみたまふめり。花散里などにも、ただ御消息などばかりにておぼつかなく、なかなか恨めしげなり。（明石(2)二七五―二七六）

と、帰京した源氏と歌を取り交わす。

それに続いて登場するのが、先に引用した澪標巻の場面ということになるが、そこでは筑紫の五節は源氏への思いを断ち切れず、親の勧める縁談にも耳を貸さないと記され、あの中川の女と同様の立場にありながら、それとは対照的に源氏への思いを頑ななまでに貫く姿勢を見せる女性として描かれる。(2) 源氏も帰京後、五節を「また見てしがな」と思うが、なかなか逢うことはかなわない。二条東院の造営を思い立った二月の時点から三ヶ月ほど過ぎたこの五月の時点で、源氏は改めて「心やすき殿造り」すなわち二条東院を造営して、思い通りに養育したい子供などができた時、その後見役として筑紫の五節を二条東院に住まわせようと考える。この表現にのみ着目すると、源氏が筑紫の五節を二条東院に入居させようと思い立ったのはこの五月の時点ということになるが、筑紫の五節が源氏とのかりそめの逢瀬以来、一途に源氏を恋い慕っており、源氏もそうした筑紫の五節を憎からず思っていることからすると、源氏が「花散里などやうの心苦しき人々住ませむ」と思い立った時、筑紫の五節も「心苦しき人々」の一人と考えられていたであろうことは十分想像される。二条東院造営開始時における源氏と筑紫の五節の関係を考えるなら、筑紫の五節は源氏が二条東院の造営を思い立った時点で、二条東院に住まわせようとしていた人々の中の一人であったと考えるのが穏当であろう。

また、後に二条東院に迎え入れられることになる空蝉は、二条東院の造営が開始された時点では夫とともに東国に下っており、源氏と再会を果たすのは源氏二十九歳、関屋巻においてであり、夫を亡くすのはその後のこととなるから、二条東院の造営を思い立った時点では、源氏は空蝉を二条東院に迎え入れることを考えていなかったであろう。

以上、二条東院の造営とそこに入居すると思われる女性達について、物語に描かれた源氏の意識に即して検討してきたが、源氏が「花散里などやうの心苦しき人々住ませむなど思しあててつくろはせたまふ」と二条東院の造営を思い立った時、二条東院に入ることが予定されていたのは、花散里の他には明石の君と筑紫の五節ぐらいで、松風巻の二条東院完成時以後に移り住んだ末摘花や空蝉は、源氏が二条東院の造営を思い立つ時点では、未だ源氏との再会を果たしておらず、源氏の脳裏には彼女たちを二条東院に住まわせようとする意思はなかったということになる。

二　物語作者が予定した入居者とその配置

ただし、こうした読みはあくまでも物語の中に存在する光源氏という人物の意識のあり方に即した読みであって、物語作者の意図は別の所にあったと考えるのが至当であろう。物語作者は、源氏が二条東院の造営を思い立つことを語り始める以前に、二条東院がどのような建物であり、二条院、二条東院のそれぞれの殿舎にどのような人物が入るかということを周到に構想していたと想定される。しかし、それら二条院、二条東院に入る人物全てを源氏の前に登場させてから二条東院の造営開始を語り始めるのは、いたづらに物語の時間を長引かせ、作品を冗長なものとすることが危惧されたが故に、物語作者は二条東院の造営開始後に、当初から予定していた入居者の登場を語るという手法を選択したのであろう。

では、物語作者は二条東院が完成した際に、二条院、二条東院のどの殿舎にどのような人物が入居すると想定していたのであろうか。この問題を明らかにするには、物語本文を丹念に読んで、そこから二条東院完成時以降に二条院、二条東院に入居することが予定されていた人物を推定していく作業が必要となろう。

まず、二条院の東の対には源氏、西の対には紫の上が住む。また、松風巻冒頭の部分では、二条東院の完成とそれに伴ってそこに移り住む人々とその殿舎が次のように紹介される。

東の院造りたてて、花散里と聞こえし、移ろはしたまふ。西の対、渡殿などかけて、政所、家司など、あるべきさまにしおかせたまふ。東の対は、明石の御方と思しおきてたり。北の対はことに広く造らせたまひて、かりにてもあはれと思して、行く末かけて契り頼めたまひし人々集ひ住むべきさまに、隔て隔てしつらはせたまへるしも、なつかしう見どころありてこまかなり。寝殿は塞げたまはず、時々渡りたまふ御住み所にして、さる方なる御しつらいどもしおかせたまへり。（松風(2)三九七）

これによると、二条東院の西の対には花散里、東の対には明石の君が住むことが予定されている。

また蓬生巻末尾部分では、

二年ばかりこの古宮にながめたまひて、東の院といふ所になむ、後は渡したてまつりたまひける。対面したまふことなどはいと難けれど、近き標のほどにて、おほかたにも渡りたまふに、さしのぞきなどしたまひつつ、いと侮らはしげにもてなしきこえたまはず。（蓬生(2)三五五）

と記され、末摘花が二条東院に入居したことが知られる。また、空蝉も関屋巻巻末で出家したことが語られ、玉鬘巻、初音巻で二条東院の北の対に住んでいることが確認される。末摘花や出家した空蝉は源氏からの愛情という面では花散里や明石の君に劣るとしても、いずれも源氏にとって忘れがたい女性であり、既に澪標巻で「二条院の東なる宮、院の御処分なりしを、二なく改め造らせたまふ。花散里などやうの心苦しき人々住ませむなど思しあててつくろはせたまふ」と語られた時点で、二条東院に入ることが予定されていたと想像される。

二条東院の西の対に花散里、東の対に明石の君が入ることは二条東院の造営を語り始める時点で決められていたであろうから、末摘花や空蝉は二条東院のそれ以外の場所、すなわち北の対に入居することが予定されていたのであろう。先に引用した松風巻冒頭部分で、二条東院の北の対を「北の対はことに広く造らせたまひて、かりにてもあはれと思して、行く末かけて契り頼めたまひし人々集ひ住むべきさまに、隔て隔てしつらはせたまへるしも」と二条東院の北の対に複数の女性が入ることが予定されているのも、二条東院の北の対に末摘花と空蝉という二人の女性を入居させることを念頭においての措置と考えられる。

ただし二条東院が完成した後、明石の君は明石から大堰の山荘に移り住むこととなり、以後二条東院に入らず、それから四年後源氏が新たに六条院を造営したのを機に、大堰の山荘から六条院に移り住むことになる。従って、松風巻冒頭に記された源氏の思惑は実現することなく終わるのであるが、その松風巻の冒頭部分で示された人物の配置と北の対を「かりにてもあはれと思して、行く末かけて契り頼めたまひし人々集ひ住むべきさまに」するという表現、及びその後の物語で二条東院の北の対に移り住むことになった人物を勘案すると、物語作者は二条東院の造営を構想した当初は、二条東院の東の対に明石の君、西の対に花散里、北の対に末摘花、空蝉を住まわせることを予定していたと想像される。

また、もし仮に明石の君が大堰に移らず、二条東院の東の対に入っていたとしても、彼女と源氏との間に生まれた明石の姫君は、二条院の西の対に住む紫の上のもとに養女として迎え入れられることが予定されていたであろう。既に拙稿でも指摘したように、『源氏物語』は若紫巻執筆時点で、紫の上が東、山、仏、明石の君が西、海、神を表象し、この二人の女性を娶ることが源氏の国土支配の正当性を示す根拠となると措定されている以上、明石の君は紫の上と同等の重みを持って物語の中に定位される必要がある。(3) 紫の上が源氏との絶対の愛で結ばれるとするなら、紫の上と同等の重みを持つ明石の君もその絶対の愛に相当する何かを与えられなければならない。とすればそれは、明石の君の娘である明石の姫君が、紫の上の養女となり、入内して皇后となり、将来天皇となる皇子を生むという、松風巻以降の物語の展開を考える他ない。

さらに、筑紫の五節も先に引用した「思ふさまにかしづきたまふべき人も出でものしたまはば、さる人の後見にもと思す」（澪標(2)二九九）という記述から、二条東院に入ることが予定されていたはずである。また、この「思ふさまにかしづきたまふべき人」が誰かについては、右に引用した澪標巻の記事の少し前の部分に「宿曜に「御子三人、帝、后かならず並びて生まれたまふべし。中の劣りは太政大臣にて位を極むべし」と勘へ申したりしこと、さしてかなふめり」とあることからすると、源氏の子供とは考えがたい。源氏には、澪標巻のこの宿曜の予言が記された時点で既に夕霧、冷泉帝、明石の姫君の三人の子供がおり、源氏は宿曜の言葉を信じて明石の姫君を都に引き取ろうと考えているのであるから、この「思ふさまにかしづきたまふべき人」が源氏の子供でないことは明らかである。とすれば、五節が後見する子は養女と想定するのが妥当であろう。(4)

筑紫の五節が「かしづく」養女の候補としては、まず六条御息所の娘である秋好中宮（前坊と六条御息所の間に生まれた彼女は、正確には入内以前は前坊の姫君、斎宮、前斎宮、入内後は斎宮の女御、梅壺の御方などと呼ぶべきであろうが、本書では秋好中宮という一般に用いられている呼称に統一する）が挙げられよう。だが、伊井春樹は

秋好中宮の場合は二条院の方に引き取り、「語らい聞えて過ぐい給はむに、いとよき程なるあはひならむ」（澪標）と、紫上にその世話を託している。紫上は「嬉しき事に思して御わたりの事をいそぎ」（同）、また「かしこ（紫上）には、年経ぬれどかかる人もなきがさうざうしく覚ゆるままに、前の斎宮のおとなびものし給ふをだにこそ、あながちに扱ひ聞ゆめれば」（薄雲二・三〇四頁）とあるように、秋好中宮に対して親のように振舞っているのである。これでは五節など入り込む余地などまったくあるはずがない。（中略）后がねの女性であるからには、五節のような受領階級の娘には秋好中宮を後見させるわけにはいかない。

として、五節が後見する女子が秋好中宮であることを否定する。さらに伊井は

光源氏は朱雀院への気がねから、「二条の院に渡し奉らむ事をもこの度は思しとまり」（絵合二・二六四頁）ったが、その裏では着々と計画を進行させている。二条院へ迎え自邸から入内させたいと願ったことは、世間にはっきりと光源氏の養女であると公言し、秋好中宮に一層の重みを与えようと意図したものであろう。しかし、朱雀院との関係からさすがにそこまでは踏み切れなかった。二条院に引き取り、光源氏が公然と親ざ

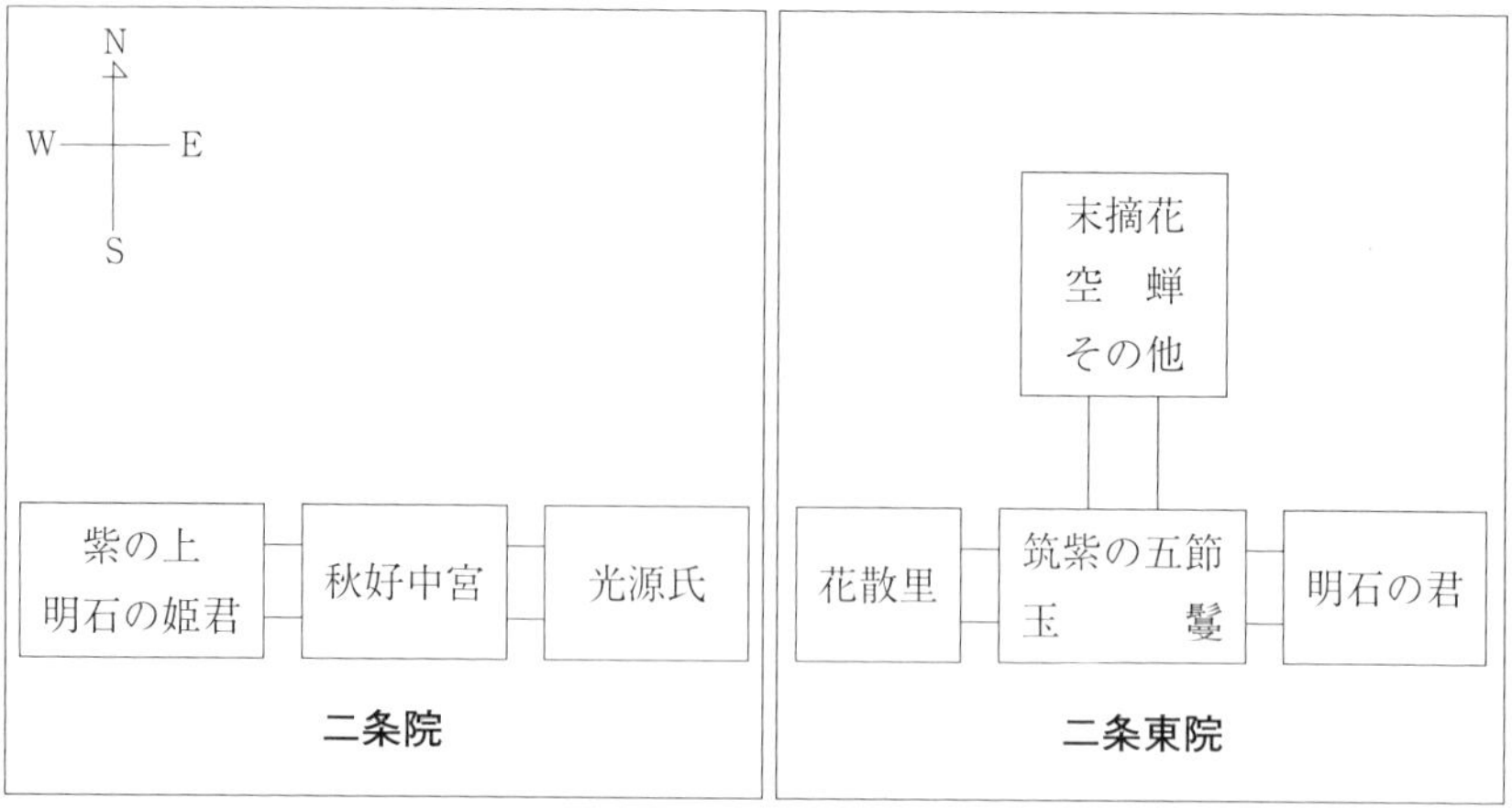

まに振る舞うようになるのは、入内させて既成事実を造りあげて後になってからである。

と指摘する。(5) 薄雲巻に「秋ごろ、二条院にまかでたまへり。寝殿の御しつらひいとど輝くばかりしたまひて、今は、むげの親ざまにもてなして扱ひきこえたまふ」（薄雲(2)四五八）とあるように、源氏は入内後、秋好中宮を二条院の寝殿に引き取り親のように振る舞っている。もし二条院、二条東院が当初計画していた通りに完成したとしたら、秋好中宮は里下がりの折には、二条院の寝殿に住むことになっていたと想像される。(6)

また、先に指摘したように、澪標巻で源氏が筑紫の五節を思い出した折の「心やすき殿造りしては、かやうの人集へても、思ふさまにかしづきたまふべき人も出でものしたまはば、さる人の後見にもと思す」（澪標(2)二九九）という感懐は、二条東院を造営し、そこに筑紫の五節を住まわせ、しかるべき養女の後見をさせようとしたものと理解するのが妥当であろう。とすると、二条東院にも源氏の養女となるべき娘が入ることが予定されていたということになる。二条院に養女として秋好中宮を住まわせることが予定されていたとすると、二条東院には物語で秋好中宮と対照的な存在として描かれてきた玉鬘が養女として入居することが予想される。(7)

とすると、二条東院において、筑紫の五節と玉鬘の住む場所はどこになるのか。日向一雅は「源氏にとって秋好の入内が六条御息所の遺言に応える事であったように、玉鬘を後見することも横死させた夕顔の鎮魂のため必要であった」とし、「このような二人の一方が二条院寝殿に入ったとすれば、他方が二条東院寝殿に入ることには十分な理由があった」とする。(8) 後に見るように二条東院構想では、対称性を重んじる人物配置がなされていることを考慮すると、玉鬘が二条東院の寝殿に入るという日向の指摘は妥当なものと言えよう。

以上述べてきた二条東院構想における二条院、二条東院の人物配置を図示すると右のようになる。

三　二条院・二条東院空間の人物配置の意図

二条東院の構想が思い描かれた時、物語作者の脳裏には右に示した図とほぼ同様の構図が出来上がっていたと推測される。ところで、二条院に二条東院を付け加えて成立した空間（本稿ではこれ以降、この空間を二条院・二条東院空間と呼ぶ）に、図に示したように女性たちを配置することは、どのような意味を持つのであろうか。

源氏が二条東院の造営を思い立った時の様子は次のように語られていた。

　二条院にも同じごと待ちきこえける人を、あはれなるものに思して、年ごろの胸あくばかりと思せば、中将、中務やうの人々にはほどほどにつけつつ情を見えたまふに、御暇なくて外歩きもしたまはず。二条院の東なる宮、院の御処分なりしを、二なく改め造らせたまふ。花散里などやうの心苦しき人々住ませむなど思しあててつくろはせたまふ。（澪標(2)二八四―二八五）

この記述によると、二条東院は源氏が自ら外歩きをする暇が無くなったため、二条院から離れて暮らすかつて関係のあった女性たちで、かつ源氏の須磨、明石への流離といった辛い境遇の中でも、源氏への思いを変えることのなかった女性たち全員を一つの場所に集めようと意図して造営が始められたということになる。

とすると、二条院に住む人と二条東院に住む人との間には、自ずから格の相違が生じてくる。二条院の東の対に住む源氏と西の対に住む紫の上は、物語の中心的存在であり、最も重みのある存在である。寝殿に迎え入れられる秋好中宮は、二条院完成時には冷泉帝の後宮で筆頭格の女御であり、少女巻で中宮となる。紫の上に養女として引き取られた明石の姫君は、后がねの姫君として養育され、後に今上帝の中宮となる。このように、二条院に暮らす人々は物語の中で主人公、または最高の位に就く人々であり、物語において最上級の格を備えた人々ということができよう。

それに対し、二条東院の西の対に住む花散里は麗景殿の女御の妹であり、身分としては上の品に属するが、源氏からの愛情は紫の上にはもちろんのこと、東の対に住む明石の君に比べても劣っている。また、明石の君は、源氏から深く愛されてはいるが、播磨国の国守となり、その後播磨国に住み着いた明石の入道の娘であり、身分としては花散里や末摘花に著しく劣っている。花散里と明石の君の二人は、身分、源氏からの愛情という観点から見た場合、どちらか一方は優れているが、もう一方では劣っている女性ということになる。

北の対に住む人々は、

北の対はことに広く造らせたまひて、かりにてもあはれと思して、行く末かけて契り頼めたまひし人々集ひ住むべきさまに、隔て隔てしつらはせたまへるしも、なつかしう見どころありてこまかなり。（松風(2)三九七）

と語られるように、源氏とかりそめの交渉を持ち、将来を約束した女性達が集められている。これらの女性達の中で、名前が分かるのは末摘花と空蝉である。末摘花は常陸の宮の娘で、身分の上では優れているが、容貌が醜く、性格も頑なで古風な面ばかり目立ち、源氏からの愛情は薄い。源氏は末摘花の境遇を憐れんで生活を援助しているに過ぎない。花散里がその控え目で穏やかな性格故、源氏の気の置けない話し相手として寓されているのと比較すると、末摘花に対するの源氏の対応は格段に劣っている。また空蝉は、伊予介の後妻となったことで中流階級に転落した女性である。明石の君に比べれば身分的には格上となるが、源氏からの愛情は明石の君に劣っており、容姿も取り立てて優れておらず、二条東院に入居した時には既に出家している。以上の点から末摘花や空蝉は、源氏が「かりにてもあはれと思して、行く末かけて契り頼めたまひし人々」の中に入るべき存在として、二条東院の北の対に入れられることになったのであろう。寝殿に入居することが想定されていた玉鬘も、頭中将と夕顔の間に生まれた娘であり、最終的には髭黒の妻となるが、前坊と六条御息所の間に生まれた秋好中宮と比較すれば、血筋は明らかに劣っていると言わざるを得ない。

源氏と紫の上の絶対的な愛を描くためには、紫の上と源氏と関係を持つ他の女性たちの間には、あきらかな区別を設けねばならなかった。そのため、物語作者は紫の上以外の源氏と男女の関係を持つ女性たちを源氏の住む二条院に入居させなかった。物語作者は二条院の近くに新しい邸を造ることによって、源氏の近くに源氏と関係を持つ女性たちを住まわせることを可能にしたのである。紫の上の他に二条院に住むことが許された女性は、源氏と紫の上の養女となる秋好中宮と明石の姫君のみであった。

＊

また、二条院・二条東院空間に住まう女性のうち、紫の上、明石の君、花散里、末摘花の四人には、それぞれに春、夏、秋、冬の四つの季節と東、西、南、北の四つの方位が割り当てられている。

若紫巻冒頭、瘧病を患った源氏が加持を受けるため北山の聖のもとを訪れたのは、「三月のつごもりなれば、京の花、盛りはみな過ぎにけり。山の桜はまだ盛りにて、入りもておはするままに、霞のたたずまひもをかしう見ゆれば」（若紫⑴一九九―二〇〇）と語られる春の終わり、山の桜の盛りの時期である。源氏はこの北山で紫の上を見出すことになるのであり、紫の上が物語に登場する季節は春である。北山は桜の花盛りであり、幼い紫の上はその桜に喩えられ、それ以降の物語でも終始一貫して桜の花に喩えられる。紫の上は春という季節と分かちがたく結びつけられている。また、北山で見出された紫の上であるが、彼女が春という季節と強い結びつきを持つということは、五行思想からすれば、東という方位と結びつくことを意味する。さらに、既に拙稿において指摘した東と西の水平軸、山と海の垂直軸の二元による国土支配という枠組みにおいて、彼女に東という属性が賦与されていた事実を考慮するならば、紫の上と東、春の結びつきはより明確に認められよう(9)。

末摘花も源氏が北山で紫の上を見出した年に、源氏と巡り合うことになる女性であるが、東と西の水平軸、山と海の垂直軸の二元による国土支配という観点から見ると、紫の上がコノハナノサクヤビメに比定されるのに対し、末摘花はイハナガヒメに比定され、紫の上と同様、東、山、仏という属性が賦与されることから(10)、東という方位を表象すると考えられる。

しかし、物語本文を注意深く読むと、彼女は春というより冬という属性が強く賦与されていることが理解されよう。源氏が末摘花の異様な容貌を初めて見たのは、雪の降りしきる夜、末摘花と二度目の逢瀬を遂げた、その翌朝であった。

からうじて明けぬる気色なれば、格子手づから上げたまひて、前の前栽の雪を見たまふ。踏みあけたる跡もなく、はるばると荒れわたりて、いみじうさびしげなるに、ふり出でて行かむこともあはれにて、「をかしきほどの空も見たまへ。つきせぬ御心の隔てこそわりなけれ」と恨みきこえたまふ。まだほの暗けれど、雪の光に、いとどきよらに若う見えたまふを、老人ども笑みさかえて見たてまつる。「はや出でさせたまへ。あぢきなし。心うつくしきこそ」など教へきこゆれば、さすがに、人の聞こゆることをえいなびたまはぬ御心にて、とかうひきつくろひて、ゐざり出でたまへり。見ぬやうにて外の方をながめたまへれど、後目はただならず、いかにぞ、うちとけまさりのいささかもあらば、うれしからむと思すも、あながちなる御心なりや。

まづ、居丈の高く、を背長に見えたまふに、さればよと、胸つぶれぬ。うちつぎて、あなかたはと見ゆるものは鼻なりけり。ふと目ぞとまる。普賢菩薩の乗物とおぼゆ。あさましう高うのびらかに、先の方すこし垂りて色づきたること、ことのほかにうたてあり。色は雪はづかしく白うて、さ青に、額つきこよなうはれたるに、なほ下がちなる面やうは、おほかたおどろおどろしう長きなるべし。痩せたまへること、いとほしげにさらぼひて、肩のほどなど、痛げなるまで衣の上まで見ゆ。何に残りなう見あらはしつらむと思ふものから、めずらしきさまのしたれば、さすがにうち見やられたまふ。頭つき、髪のかかりはしも、うつくしげにめでたしと思ひきこゆる人々にもをさをさ劣るまじう、袿の裾にたまりて引かれたるほど、一尺ばかり余りたらむと見ゆ。

（末摘花(1)二九一―二九二）

蓬生巻でも、源氏と再会を果たす直前の場面に、

霜月ばかりになれば、雪、霰がちにて、外には消ゆる間もあるを、朝日夕日をふせぐ蓬、葎の蔭に深う積もりて、越の白山思ひやらるる雪の中に、出で入る下人だになくて、つれづれとながめたまふ。はかなきことを聞こえ慰め、泣きみ笑ひみ紛らはしつる人さへなくて、夜も塵がましき御帳の中もかたはらさびしくもの悲しく思さる。

かの殿には、めづらし人に、いとどもの騒がしき御ありさまにて、いとやむごとなく思されぬ所どころにはわざともえ訪れたまはず。まして、その人はまだ世にやおはすらむとばかり思し出づるをりもあれど、たづねたまふべき御心ざしも急がであり経るに、年かはりぬ。

（蓬生(2)三四三―三四四）

という記述が認められる。末摘花が初めて源氏に自らの容貌を見られた朝、また、源氏が明石から帰京した約一年後、源氏と再会を果たす直前という彼女にとってきわめて重要な場面で、他の女性達が登場する場面ではほと

んど描かれることがない冬、しかも雪の場面が描写されていることは注目に値しよう。

さらに、末摘花を象徴する植物として松が描かれることも注目される。末摘花と源氏の最初の逢瀬の場面では、

八月二十余日、宵過ぐるまで待たるる月の心もとなきに、星の光ばかりさやけく、松の梢吹く風の音心細くて、いにしへのこと語り出でてうち泣きなどしたまふ。いとよきをりかなと思ひて、御消息や聞こえつらむ、例のいと忍びておはしたり。（末摘花(1)二七九）

と松が描かれ、また、源氏が末摘花の醜い容姿をはっきりと目撃した後、末摘花の邸を後にする場面では、

御車寄せたる中門の、いといたうゆがみよろぼひて、夜目にこそ、しるきながらもよろづ隠ろへたること多かりけれ、いとあはれにさびしく荒れまどへるに、松の雪のみあたたかげに降りつめる、山里の心地してものあはれなるを（末摘花(1)二九五）

とあり、それに続いて、

橘の木の埋もれたる、御随身召して払はせたまふ。うらやみ顔に、松の木のおのれ起きかへりてさとこぼるる雪も、名にたつ末のと見ゆるなどを、いと深からずとも、なだらかなるほどにあひしらはむ人もがなと見たまふ。（末摘花(1)二九六）

という叙述がなされる。蓬生巻でも、源氏と再開を果たす契機となったのは、末摘花の邸の松の枝に垂れ下がって咲いている藤の花であったし、末摘花と再会を果たした源氏が末摘花の邸を出て行く際にも松の木が描かれた後、源氏と末摘花は「松」に「待つ」を掛けた歌を贈答する。『源氏物語』が書かれた当時、松は常緑の植物を代表し、冬を象徴する景物と考えられていた。

以上、末摘花と雪や松という冬の景物の結びつきを考えると、末摘花は、東、山、仏という属性を有する一方で、冬という属性を賦与されていたと考えられる。また、冬という季節は、五行思想では方位は北に当たる。と

すると、末摘花は冬という季節の他に、東と北の二つの方位を表象することになる。

明石の君は、若紫巻で源氏の供人の一人である良清の語りによって物語に初めて登場する。明石の君が住むのは都から遠く離れた西方の明石の浦であり、彼女はこのことより西という属性を賦与されていると考えられる。また、彼女が源氏と初めて逢瀬を持ったのは秋であり、源氏が都に召還され明石の君と別れたのも秋であった。また、彼女が明石から都に上ることを決意し、大堰に移り住んだのも秋である。これら彼女にとって重要な意味を持つ出来事が秋になされていることは、彼女が秋という属性を有していることを想定させる。また、西という方位は五行思想では秋を表すから、これらのことより、明石の君は西、秋を表象する存在と見なすことができよう。

花散里は、花散里巻で初めて物語に登場する。花散里巻は、源氏二十五歳の夏、五月雨の晴れ間に、源氏が麗景殿の女御とその妹の三の君を訪ねる様が語られる極めて短い巻であるが、そこには、五月雨、郭公、橘といった夏の代表的景物に彩られた一日が描かれており、それによって花散里に夏という属性が与えられていると読み取ることができる。また、物語で彼女が花散里と呼ばれるのは、源氏が麗景殿の女御の邸を訪ねた際、庭に咲いていた橘の花に由来するが、彼女がその夏に咲く橘の花に因んだ名で呼ばれていることも、彼女が夏という季節に結びつけられていることを示していよう。花散里にどのような方位が賦与されているのか、物語の記述から直接窺い知ることはできないが、五行思想で夏は南に当たることから、南という属性を賦与されていると考えるのが自然であろう。

以上の検討より、紫の上には東、春、明石の君には西、秋、花散里には南、夏、末摘花には東、北、冬という方位と季節が与えられていると考えられる。

先にも述べた通り、末摘花は源氏からの愛情が紫の上より劣っていることから、二条東院に住まわせられたと推定されるが、彼女が表象する東という方位も二条東院に置かれるにふさわしいものとして機能したであろう。

と同時に、末摘花は北という方位も表象している。彼女が二条東院の北の対に配置されたのは、彼女が表象するもう一つの方位、北によったと考えることができよう。なお、末摘花は末摘花巻に登場した時点で、その容貌が醜いとされるが、二条院・二条東院空間において、二条東院の北の対は二条院・二条東院空間の東北に位置する。邸の東北は鬼門であり、悪霊等の進入を防ぐためには、醜い末摘花が二条院・二条東院空間の東北の位置に配される必要があったのではなかろうか[11]。

花散里の住むのは二条東院の西の対であるが、二条院と二条東院を合わせて考えると、花散里の住む二条東院の西の対は二条院と二条東院のほぼ中央ということになる。しかも、二条東院には北の対がある。この北の対との関係で考えれば、花散里の住む二条東院の西の対は南に位置することになる。先に述べたように、花散里は南という方位を表象すると考えられるが、彼女が住まうことになった二条東院の西の対は、二条院・二条東院空間の南の位置に当たり、彼女の表象する南という方位と一致する。

すなわち、二条院・二条東院空間は、東に西、秋を表象する明石の君、西に東、春を表象する紫の上、南に南、夏を表象する花散里、北に東、北、冬を表象する末摘花が住むというように、四方、四季を表象する女性たちによって構成される空間を構築することを企図して構想されたと考えられるのである。

＊

さて、これまでの考察から、紫の上が東、春を表象し、明石の君が西、秋を表象することが確認されたが、それと同時に先に指摘したように、東と西の水平軸、山と海の垂直軸の二元による国土支配という枠組みにおいては、紫の上と末摘花は東、山、仏という属性を有し、明石の君は西、海、神という属性を有しており、紫の上は東、明石の君は西という方位を表象していた[12]。しかし、二条院・二条東院空間における女性達の配置を見ると、東という方位を表象する紫の上が二条院の西の対、すなわち二条院・二条東院空間の西の端に住み、西という方位を表象する明石の君が二条東院の東の対、つまり二条院・二条東院空間の一番東に位置する場所に住むことになり、紫の上、明石の君が表象する方位と二条院・二条東院空間においてこの二人が配置される方位が正反対になっていることが見て取れる。紫の上が東を表象し、明石の君が西を表象するなら、紫の上は二条院・二条東院空間の東、すなわち二条東院の東の対に住み、明石の君は二条院・二条東院空間の西、すなわち二条院の西の対に住むというのが最も自然な配置と考えられる。にもかかわらず、物語作者は、なぜそのような配置を取らなかったのであろうか。

まず最初に考えられる理由は、二条院・二条東院空間の東北は鬼門にあたることから、そこに醜い容貌を持つ末摘花を配し、二条院・二条東院空間全体を護る必要があったということである。末摘花を二条院・二条東院空間の東北に配するには、末摘花の住む邸を二条院・二条東院空間の東側に配置する必要がある。が先に述べたように、源氏と紫の上だけを一つの邸に住まわせようとすると、末摘花が住む邸はそれとは別の建物となり、そこには明石の君や花散里も住むことになる。とすると明石の君、花散里、末摘花等が住む邸は源氏と紫の上が住む二条院とは別の邸で、かつその邸は二条院の東に造営されることが必要となる。このような理由から明石の君、花散里、末摘花等が住む邸は二条院の東に建てられたのではないだろうか。

二条院の東に二条東院を造営し、その北の対に末摘花を住まわせれば、二条院・二条東院空間の東北、鬼門にあたる位置に醜い末摘花を配置することが可能となり、二条院・二条東院空間の安全は確保される。次いで、二条東院の東の対と西の対のどちらかに、明石の君を入れ、もう一方の対に花散里を入居させれば、二条東院の主要な殿舎に入る女性の配置が確定する。二条東院の西の対は、二条東院のみで考えると、二条東院の西の端というこ とになるが、二条院・二条東院空間全体から見ると中央に位置し、二条東院の北の対と南北の関係を形成している。二条東院の東の対も二条東院の北の対の南に位置しているが、二条院・二条東院空間全体で見るならば、二条東院の西の対が二条院・二条東院空間の中央に位置するのに対し、東の対は東の端に位置し、二条東院の北の対に対する南としては、二条東院の西の対の方がふさわしい。こうした事情から、二条東院の西の対には南、夏を表象する花散里が入り、東の対に西、秋を表象する明石の君が入居させられることになったのではなかろうか。

二条東院の東の対に西を表象する明石の君が入居するとなると、二条院の東の対よりも西の対に東を表象する紫の上が住ませる方が、二条院・二条東院空間の東の端と西の端に西と東を表象する女性が位置し、バランスのよい配置が形成されることになる。つまり、二条院・二条東院空間の東北に末摘花を配置しなければならないとの事情から、必然的に二条院・二条東院空間の東に西を表象する明石の君、西に東を表象する紫の上が配置されるということになったと考えられる。

また、二条院・二条東院空間の東の端である二条東院の東の対に西を表象する明石の君、西の端である二条院の西の対に東を表象する紫の上が入居することについては次のように考えることも可能であろう。

もし二条院・二条東院空間の東の位置に紫の上を住まわせるとすると、紫の上が位置する東という方位と紫の上が表象する東という属性が合致するのみならず、紫の上が表象する東、山、仏という属性に東という方位に賦与されることになる。また、二条院・二条東院空間の西に明石の君を住まわせるとすると、明石の君が配置された西という方位と明石の君が表象する西という属性が合致し、明石の君が表象する西、海、神という属性に西という方位に与えられることになる。東と西という方位に、それぞれの方位を表象する人物を配置すれば、東という方位に東、山、仏という属性が賦与され、西という方位に西、海、神という属性が賦与されることとなり、その結果、東、山、仏という空間と西、海、神という空間が、それぞれ独立した空間として二条院・二条東院空間の東と西に別個に創出されることになる。もちろん、このようにして創造された空間も絶対的な王者の住まう空間としてふさわしいものと捉えることができよう。

しかし、このように東と西でそれぞれ独立して存在する空間よりも、東と西を入れ替えることで、融合、調和するより包括的な空間を創造する方が、あまねく全土を統治する王者光源氏にふさわしい空間を創出できるのではないだろうか。物語作者はそのように考えて、あえて二条院・二条東院空間の東の端に西を表象する明石の君、西の端に東を表象する紫の上を配置したのではなかろうか。紫の上を二条院・二条東院空間の西にあたる二条院の西の対に配せば、西という方位に紫の上が表象する東、山、仏という属性を賦与することが可能となる。また、明石の君を二条院・二条東院の東にあたる二条東院の東の対に配せば、東という方位に明石の君が表象する西、海、神という属性を付け加えることができる。物語作者は、二条院、二条東院を合わせた空間の東側に西、海、神を表象する明石の君を据え、西側に東、山、仏を表象する紫の上を住まわせることで、二条院・二条東院空間の東の空間、つまり二条東院に東・西、海、神という属性を与え、西の空間、つまり二条院に東・西、山、仏という属性を賦与することで、二条院・二条東院空間全体に東と西が融合した一つの空間を生成することを意図したのではなかろうか。

しかも、二条院の西の対に住む紫の上のもとには、源氏と明石の君の間に生まれた明石の姫君が養女として迎え入れられる。明石の姫君は明石の君の娘であるから、当然のことながら西、海、神という属性を有しており、明石の姫君を二条院の西の対に迎え入れることで、二条院・二条東院空間の西側にある二条院は、東・西、山・海、仏・神という属性をあまねく備えた空間として機能する。また、明石の君が住む二条東院には、北の対に末摘花が住んでいる。末摘花は、既に指摘したように、紫の上がコノハナノサクヤビメに比定されるのに対し、イハナガヒメに比定され、かつ末摘花巻および蓬生巻の描写から、紫の上同様、東、山、仏を表象している(13)。従って、二条東院に末摘花を居住させるということは、二条東院が東・西、海、神という属性の他に、末摘花が表象する東、山、仏といった属性を有する空間であることを示すことになる。このように東、山、仏を表象する紫の上と西、海、神を表象する明石の姫君を二条院・二条東院空間の西に配置し、西、海、神を表象する明石の君と東、山、仏を表象する末摘花を二条院・二条東院空間の東に配すると、東と西、山と海、仏と神という属性が混じり合って、二条院・二条東院空間は東・西、山・海、仏・神という属性があまねく存在する空間となる。

さらに、二条院の寝殿には、秋好中宮が入居し、二条東院の寝殿には玉鬘が迎え入れられる。秋好中宮は伊勢の斎宮であったことから、東、海、神という属性を有し、玉鬘は九州で育ち、長谷観音のご利益によって源氏の邸に引き取られることから、西、山、仏という属性を持つと考えられる(14)。二条院に住む紫の上の東、山、仏、そこに迎え入れられる明石の姫君の西、海、神という属性に、東、海、神という属性を持つ秋好中宮が加わり、二条東院に住む明石の君の西、海、神、末摘花の東、山、仏という属性に、玉鬘の西、山、仏という属性が加わると、二条院、二条東院それぞれの空間はさらに東・西、山・海、仏・神という属性が融合して、全体として東・西、山・海、仏・神という属性があまねく存在する空間となり、国土全域を支配する絶対的な王者光源氏にふさわしい相貌を呈することになる。

仮に先に想定したように、二条院・二条東院空間の東側に紫の上、西側に明石の君を住まわせた場合、明石の姫君を紫の上のもとに移し、末摘花を明石の君の住む西側の領域に配し、秋好中宮を二条院・二条東院空間の東側、玉鬘を二条院・二条東院空間の西側に位置せしめたとしても、紫の上を二条院・二条東院空間の西、明石の君を二条院・二条東院空間の東に位置せしめる空間ほどには東・西、山・海、仏・神という属性が融合する空間は形象しえないであろう。紫の上が東、明石の君が西という配置では、東という方位と東、山、仏という属性、西という方位と西、海、神という属性の結びつきがあまりにも強固で、明石の姫君と末摘花の交換、秋好中宮と玉鬘の入居といった程度の調整では、東の空間と西の空間それぞれが持つ自立性を突き崩すことはできず、紫の上を二条院・二条東院空間の西、明石の君を二条院・二条東院空間の東に位置せしめる空間のような様々な属性が融合した空間は創出しえないであろう(15)。

二条院の東に二条東院を建てることによって、源氏と男女の関係を持つ紫の上以外の女性たちを二条東院に住まわせ、源氏と紫の上の愛を絶対的なものにすること、四方四季を表象する四人の女性を住まわせること、二条院・二条東院空間の鬼門にあたる東北の方角に醜い末摘花を配置し、邪悪なものの侵入を防ぐこと、また二条院・二条東院空間の西の方位に、東、山、仏を表象する紫の上、東の方位に西、海、神を表象する明石の君を住まわせ、それぞれの女性が表象する方位と居住する空間の方位を入れ替えることによって、二条院・二条東院空間全体を東・西、山・海、仏・神といった属性があまねく備わる空間とすることなどを併せ考慮して、物語作者は二条東院を構想したと考えられる。

四　四方四季を表象する女性という構想の成立時期

ところで、二条院の東に二条東院を造営し、二条院の西の対に紫の上、二条東院の東の対に明石の君、西の対に花散里、北の対に末摘花を配して、四方四季の邸を造営するとともに、二条院に明石の姫君、秋好中宮、二条東院に玉鬘等の人物を入居させるという二条東院構想は、物語執筆のどのような時点で物語作者によって構想されたのであろうか。それにはまず、二条院・二条東院空間に住まう四人の女性それぞれに春、夏、秋、冬の四つの季節のいずれかと、東、西、南、北の四つの方位のいずれかを賦与し、二条院の西の対に紫の上、二条東院の東の対に明石の君、西の対に花散里、北の対に末摘花を住まわせる二条東院構想の根幹とも言うべき構想の成立について考えることが必要となろう。

まず、四人の女性にそれぞれの方位と季節が与えられた時期について見てみると、紫の上は若紫巻で登場して以降、常に東、春という属性を与えられている。明石の君は若紫巻で都の西、明石の浦に住むと紹介され、以後この地名で呼ばれることが多いことから西という方位を賦与されていると考えられる。五行思想で西は秋に相当すること、明石の君が初めて源氏と逢う季節や源氏が帰京し明石の君と離別する季節、さらに明石から大堰に移住する季節が秋であることなどからすると、明石の君は秋という属性を与えられていると考えられる。末摘花は、常陸の宮の娘であることから東という属性が与えられると想定されるが、末摘花巻以降の記述においては冬という属性が賦与されている。五行思想では冬は北に相当するから、末摘花は東、北、冬という属性を有していると想定される。紫の上、明石の君は若紫巻、末摘花は末摘花巻に登場しており、その若紫巻、末摘花巻の記述からだけで彼女たちが表象する方位と季節は推定される。

河添房江は、若紫巻の北山山頂の場面における源氏の供人たちの噂話から、「東と西の水平軸、そして山と海の垂直軸の二元」に源氏の「王権の支配のコスモロジーが集約的に立ち顕れている」と指摘し、「東と西の水平軸」による支配の根拠を大嘗祭に求めた(16)。それを承けて私は「山と海の垂直軸」による支配の根拠を『古事記』の日向神話に求め、若紫巻で登場する紫の上をコノハナノサクヤビメ、末摘花巻に登場する末摘花をイハナガヒメに比定した(17)。もし、この想定が正しいとするとコノハナノサクヤビメとイハナガヒメは同時に物語に登場しなければならない。ということは、若紫巻と末摘花巻は、ともに源氏十八歳の年の出来事を記した巻であるが、紫の上がコノハナノサクヤビメ、末摘花がイハナガヒメに比定されるとすると、紫の上が物語に初めて登場する若紫巻と末摘花が物語に初めて登場する末摘花巻は、連続して書かれたものでなければならないということになる。先に若紫巻で紫の上が東、春、明石の君が西、秋を表象し、末摘花巻で末摘花が東、北、冬を表象することが推定されるとしたが、だとすると若紫巻、末摘花巻という連続した巻に、紫の上、明石の君、末摘花という三人の重要な人物が物語に初めて登場し、それぞれの方位と季節が措定されているということになる。

ただし、南、夏の属性を賦与される花散里の登場は、若紫巻、末摘花巻よりかなり後の花散里巻である。花散里巻は、須磨巻の直前に位置する巻であるが、花散里はその巻頭部分で

麗景殿と聞こえしは、宮たちもおはせず、院崩れさせたまひて後、いよいよあはれなる御ありさまを、ただこの大将殿の御心にもて隠されて過ぐしたまふなるべし。御妹の三の君、内裏わたりにてはかなうほのめきたまひしなごりの、例の御心なれば、さすがに忘れもはてたまはず、わざともてなしたまはぬに、人の御心をのみ尽くしはてたまふべかめるをも、このごろ残ることなく思し乱るる世のあはれのくさはひには思ひ出でたまふには、忍びがたくて、五月雨の空めづらしく晴れたる雲間に渡りたまふ。

（花散里(2)一五三―一五四）

と登場する。花散里巻はこの冒頭部分に示された「五月雨の空めづらしく晴れたる雲間」という夏のある日の出来事が語られる極めて短い巻であるが、そこには五月雨、郭公、橘の花といった夏の景物がふんだんに取り入れられており、花散里という呼称も橘の花に由来するというように、花散里には夏という属性が強く賦与されており、そこから彼女に南という属性も賦与される。

花散里巻では、花散里は桐壺帝在位中に姉の麗景殿女御とともに内裏で暮らしていた頃、源氏とかりそめの関係を持ち、桐壺院崩御後、姉の女御と同じ邸に暮らしていたが、経済的に恵まれなかったことから、姉妹は源氏の経済的な庇護のもとで細々と暮らしていると語られる。源氏は花散里に格別深い恋愛感情を持っているわけではないが、花散里は麗景殿女御とともに、桐壺帝在位中の懐かしい時代を共有し、心置きなく語り合える、源氏にとってかけがえのない存在として語られる。

源氏と花散里の関係は、桐壺帝在位中のこととされるから、源氏と花散里の関係はかなり以前からのもの、少

なくとも桐壺帝が譲位する以前、つまり花宴巻以前と推測されるが、その花散里が花散里巻になって突如登場するということは、物語作者がここに至って花散里を急遽物語に登場させる必要に迫られたことを意味しよう。

先にも引用した松風巻冒頭部分に

東の院造りたてて、花散里と聞こえし、移ろはしたまふ。西の対、渡殿などかけて、政所、家司など、あるべきさまにしおかせたまふ。東の対は、明石の御方と思しおきてたり。北の対はことに広く造らせたまひて、かりにてもあはれと思して、行く末かけて契り頼めたまひし人々集ひ住むべきさまに、隔て隔てしつらはせたまへるしも、なつかしう見どころありてこまかなり。寝殿は塞げたまはず、時々渡りたまふ御住み所にして、さる方なる御しつらいどもしおかせたまへり。（松風(2)三九七）

とあるように、源氏が須磨、明石での流離を経験し都に戻った時、源氏の失脚、都からの退避という辛い状況の中でも源氏を見捨てず、彼のことを思い続けていた女性たちを源氏の近くに住まわせようとして造営を思い立ったのが二条東院であった。とすると、二条東院に入る女性は、源氏が須磨に退去する以前に、源氏と関係を持っていなければならない。しかも、二条院・二条東院空間は、四方四季の邸となることが予定されているにも関わらず、源氏が須磨に退去する直前まで、物語には南、夏を表象する女性が登場していない。とすれば、須磨巻以前に、どうしても南、夏を表象し、かつ須磨退去の直前に源氏と関係を持ったとするよりも、それ以前、源氏が栄華を謳歌していた桐壺帝在位中から関係を持ち、源氏が不遇な時期を迎えても源氏への思いを抱き続けた女性の登場が要請されよう。花散里巻の記述からは、花散里がそうした要件を十全に満たした女性ということができよう。

ただし、見てきたように、南、夏を表象する花散里の登場は、若紫巻、末摘花巻から七年後の花散里巻を俟たなければならなかった。だとすると、四方四季を表象する女性の構想が顕在化するのは花散里巻ということになり、その構想はその時点で着想されたとするしかない。

しかし、末摘花巻を丁寧に読むと、物語作者が末摘花巻執筆時点で、将来南、夏を表象する女性を物語に登場させることを意図していたことを窺わせる記述が見出される。源氏が末摘花の容貌を初めて確認した朝、末摘花の邸を後にする場面は次のように描かれる。

御車寄せたる中門の、いといたうゆがみよろぼいて、夜目にこそ、しるきながらもよろづ隠ろへたること多かりけれ、いとあはれにさびしく荒れまどへるに、松の雪のみあたたかげに降りつめる、山里の心地してものあはれなるを、かの人々の言ひし葎の門は、かうやうなる所なりけむかし、げに心苦しくらうたげならん人をここにすゑて、うしろめたう恋しと思はばや、あるまじきもの思ひは、それに紛れなむかしと、思ふやうなる住み処にあはぬ御ありさまはとるべき方なしと思ひながら、我ならぬ人はまして見忍びてむや、わがかうて見馴れけるは、故親王のうしろめたしとたぐへおきたまひけむ魂のしるべなめり、とぞ思さるる。

橘の木の埋もれたる、御随身召して払はせたまふ。うらやみ顔に、松の木のおのれ起きかへりてさとこぼるる雪も、名にたつ末のと見ゆるなどを、いと深からずとも、なだらかなるほどにあひしらはむ人もがなと見たまふ。（中略）世の常なるほどの、ことなることなさならば、思ひ棄ててもやみぬべきを、さだかに見たまひて後はなかなかあはれにいみじくて、まめやかなるさまに常におとづれたまふ。黒貂の皮ならぬ絹、綾、綿など、老人どもの着るべき物のたぐひ、かの翁のためまで上下思しやりて奉りたまふ。かやうのまめやか事も恥づかしげならぬを、心やすく、さる方の後見にてはぐくまむと思ほしとりて、さまことにさならぬうちとけわざもしたまひけり。（末摘花(1)二九五―二九六）

源氏は荒れ果てた末摘花の邸を見るにつけ、雨夜の品定めで左馬頭の言った葎の門に住む「思ひの外にらうたげならむ人」のことを思い出すのであるが、実際には葎の門に住む女は、そのような女とは全く正反対の不器量でまともな会話すらできない女であったことに落胆する。しかし自分以外の男でこの女を世話する者もいないであろう、末摘花の父である亡き常陸宮の魂がここに導いたのであろうと思い、源氏は末摘花への経済面での援助を決意する。

ところで、この場面で注目されるのは、引用した文章の中間部分、「橘の木の埋もれたる、御随身召して払はせたまふ。うらやみ顔に、松の木のおのれ起きかへりてさとこぼるる雪も、名にたつ末のと見ゆるなどを、いと深からずとも、なだらかなるほどにあひしらはむ人もがなと見たまふ」という部分である。この文章は、源氏が末摘花の容姿や態度に落胆しながらも、末摘花と巡り会ったのも、末摘花の父、故常陸宮の魂の導きだったのであろうと思いを巡らす文章のすぐ後に続くものであるが、「名にたつ末の」という表現は、「我が袖は名に立つすゑの松山か空より浪の越えぬ日はなし」（後撰集・恋二・六八三・土佐）という歌を引歌とし[18]、雪を波に見立てて、男の心変わりを嘆いている女性の心情を表していると解釈できよう。末摘花の邸を出る際に、源氏が随身に、雪に埋もれている橘の木を払わせると、それを恨んで松の木がひとりでに起き反り、枝に積もった雪がこぼれ落ちる様を、まるで松の木が橘の木に嫉妬しているようだと見て、源氏はたいそう深い関係ではないにしても、穏やかに受け答えしてくれる人がいたらいいのにと思う。引用した箇所をそのまま解釈すれば右のような理解となるが、「うらやみ顔に、松の木のおのれ起きかへりて」と松が擬人化され、源氏が橘の木に目を掛けるのを嫉妬するという描写は、松が末摘花を象徴すると考えられることからすると、橘もある女性を象徴すると捉えることができるのではなかろうか。とすると、源氏が橘に目を掛けたことで「松がうらやみ顔に起きかへ」ったのを見た後の、源氏の「いと深からずとも、なだらかなるほどにあひしらはむ人もがな」という感懐は、末摘花に対する源氏の失望を表すと同時に、橘に象徴される「いと深からずとも、なだらかなるほどにあひしらはむ人」を源氏が欲していることを意味すると理解することも可能となろう。

右の末摘花巻の引用部分の表現が、橘に象徴され、かつ源氏との愛情関係はさほど深くはないにしても、源氏と穏やかに話ができる女性を源氏が望んでいることを示しているとすると、このような女性と花散里巻に至って初めて登場する花散里は極めて類似する。物語作者は右に引用した末摘花巻の場面を執筆する時点で、既に末摘花と同様、源氏と深い愛情関係では結ばれていないものの、源氏と互いに心を交わし、親しく会話のできる女性、かつ夏の季節を表す橘によって象徴され、それによって南という方位も表象する女性、すなわち花散里のような女性を登場させることを準備していたと考えられる。

花散里が登場するのは源氏が二十五歳となる花散里巻であるが、物語作者は既に若紫巻、末摘花巻、すなわち源氏十八歳の年の物語を執筆する時点で、東、春を表象する紫の上、西、秋を表象する明石の君、東、北、冬を表象する末摘花という三人の女性を登場させるのみならず、末摘花巻で橘の花に象徴され、南、夏を表象する花散里のような女性の登場も視野に入れていたことになる。

五　四方四季を表象する女性の配置決定時期

では二条院の東に二条東院を建て、二条院の西の対に紫の上、二条東院の西の対に花散里、東の対に明石の君、北の対に末摘花を配置し、四方四季の邸を造営しようとする二条東院構想の根幹とも言うべき配置は、物語執筆時点のいつ決定されたのであろうか。

四方四季の邸というと竜宮が想起される。市古貞次は中世の小説類では竜宮が四方四季と記されていることに言及し[19]、三谷栄一は様々な文献、伝承等の資料から、四方四季の邸が竜宮とされている例が多いことを指摘する[20]。また、『栄華物語』巻二十三「こまくらべの行幸」の冒頭部分、高陽院における駒競行幸・行啓の準備の場面で

は、(21)

この世には冷泉院、京極殿などをぞ人おもしろき所と思ひたるに、この高陽院殿の有様、この世のことと見えず、海竜王の家などこそ、四季は四方に見ゆれ、この殿はそれに劣らぬさまなり。

と、海竜王の家を四方四季とする。市古、三谷が四方四季の邸を竜宮とし、『源氏物語』と同時代に執筆された『栄華物語』が、四方四季の邸を海竜王の邸としていることを勘案すると、『源氏物語』が執筆された時代の貴族社会では、四方四季の邸は竜宮であり、そこには海の神の王である海竜王が住んでいると考えられていたことが想像される。

さて、この「海竜王」という語は『源氏物語』の中で何度か用いられるが、その中でも特に印象深いのが、若紫巻の冒頭、北山山頂の場面で、源氏の供人の一人良清が明石の入道とその娘についての噂話をした際、供人の一人が「海竜王」に言及する箇所である。源氏は良清の噂話に出てくる明石の入道の娘に興味を抱き、「さて、そのむすめは」と良清に尋ねる。

「けしうはあらず、容貌心ばせなどはべるなり。代々の国の司など、用意ことにして、さる心ばへ見すなれど、さらにうけひかず。『わが身のかくいたづらに沈めるだにあるを、この人ひとりこそあれ、思ふさまことなり。もし我に後れて、その心ざし遂げず、この思ひおきつる宿世違はば、海に入りね』と、常に遺言しおきてはべるなる」と聞こゆれば、君もをかしと聞きたまふ。人々、「海竜王の后になるべきいつきむすめなり」、「心高さ苦しや」とて笑ふ。（若紫(1)二〇三―二〇四）

良清の答えを聞いて、源氏は「をかし」と思い、供人たちは明石の入道のプライドの高さを嘲笑する。供人の一人が発した「海竜王の后になるべきいつきむすめなり」という言葉は、明石という田舎に生まれ育った娘を都の高貴な人に嫁がせようとする明石の入道の常軌を逸した奇矯な考えを嘲笑したもので、明石の入道の「もし我に後れて、その心ざし遂げず、この思ひおきつる宿世違はば、海に入りね」という言葉を揶揄した巧妙な物言いということができよう。

確かにこの発言は、若紫巻のこの部分だけ読むと、右のような解釈以外成り立ち得ないのであるが、物語作者がこの場面に「海竜王」という言葉を用いたのには、さらに深い意味が隠されていた。若紫巻のこの部分を読んだだけでは、物語中の登場人物はもちろん、若紫巻を読んでいる読者も、明石の君が「海竜王の后」になることなど思いも及ばないであろう。しかし、その後源氏は明石の地に流離し、明石の君を娶ることになる。源氏は超越的な資質を持った人物であり、通常の人間とは考えがたい。しかも、都に帰ると四方四季の邸を造営する。四方四季の邸は竜宮であり、その邸の主は海竜王である。とすると、源氏は海竜王となるのであり、源氏の妻となる明石の君は海竜王の妻ということになる。このような物語の展開を辿っていくと、先に引用した若紫巻における源氏の供人の「海竜王の后になるべきいつきむすめななり」という発言は、若紫巻で持っていた意味とは全く異なった意味を帯びてくる。物語作者は、若紫巻の当該場面では源氏の供人にいかにも気の利いた皮肉を言わせたように見せかけながら、実は将来明石の君が海竜王である源氏と結ばれ、海竜王の妻となることを予告していたのである。だとすると、既に若紫巻の北山山頂の場面が描かれた時点で、源氏は海竜王となり、四方四季の邸に住むことが予定されていたことになる。

源氏の邸を四方四季にするということは、源氏と四方四季を表象する四人の女性を一所に住まわせることを意味する。しかも、一方では源氏と紫の上の結びつきを他の三人の女性たちより強固なものとする必要がある。四方四季を表象する四人の女性を一カ所に住まわせ、かつ源氏と紫の上の結びつきを他の三人の女性と区別して特別なものとしようとするなら、源氏と紫の上が住んでいる二条院の傍らにもう一つの邸を建て、他の三人の女性を住まわせるというのが最も有効な方策となるであろう。しかも、この二つの邸の鬼門にあたる東北に邪悪な霊などの侵入を防ぐため醜い末摘花を住まわせる必要がある。とすると、源氏と紫の上の邸宅の東側に他の三人の女性のための邸宅を造営し、北の対に末摘花を配置する必要がある。ただし、そうした邸宅の配置にした場合、東を表象する紫の上が西の邸宅に住み、西を表象する明石の君が東の邸宅に住むことになる。だが、物語作者はこの矛盾を逆手に取って、東を表象する紫の上を二つの邸宅の西の端、西を表象する明石の君を東の邸宅の東の端に配置する構想を選択した。

先に検討したように、二つの邸の西の端に東を表象する紫の上を配置し、東の端に西を表象する明石の君を配置すると、二つの邸の東に東を表象する紫の上を置き、西に西を表象する明石の君を置くよりも、東と西の邸宅は融合、一体化し、一つのまとまりとしての意味合いを強くする。このように考えた時、物語作者は源氏と紫の上が住む邸である二条院の東に、もう一つの邸宅二条東院を造営し、二条院の西の端に当たる西の対に紫の上、二条東院の東の端にある東の対に明石の君を住まわせ、さらに二条院、二条東院の東北に当たる二条東院の北の対に末摘花を配し、北の対の南側に位置する二条東院の西の対に花散里を据えることを決定したのであろう。

だとすると、若紫巻で紫の上が二条院の西の対に引き取られたという記述は重要な意味を持つ。東という属性を持つ彼女がなぜ二条院の東の対でなく、西の対に迎え入れられたのか。それ以前の物語では源氏が二条院に住んでいることは示されていたが、二条院のどこに住んでいるかは明らかにされていなかった。若紫巻で幼い紫の上を強奪して二条院に迎え入れた時、紫の上が二条院の西の対に迎え入れられたのに呼応する形で、源氏が二条院の東の対に住むことが明示されることになるのだが、東を表象する紫の上が二条院の東の対でなく、西の対に入居するということは、この時点で既に二条院の東に二条東院が造営され、その東の端の東の対に明石の君が住むことが決定されたことを意味するのではなかろうか。しかも、末摘花巻で東、北、冬を表象する末摘花が登場し、南、夏を表象する花散里の登場が予告されている。

先に紫の上に東、春、明石の君に西、秋、花散里に南、夏、末摘花に東、北、冬という属性が割り当てられたのは若紫巻、末摘花巻であることから、源氏に関係の深い四人の女性に四方四季を表象させるという構想が成立したのは若紫巻、末摘花巻執筆時と想定したが、源氏が海竜王になること、つまり四方四季の邸の主となることが若紫巻の北山の場面で予測されること、東、春を表象する紫の上が若紫巻で二条院の西の対に迎え入れられていることなどを考慮すると、二条院の東に二条東院が造営され、その東の対に西、秋を表象する明石の君、西の対に南、夏を表象する花散里、北の対に東、北、冬を表象する末摘花が住むという二条東院構想の根幹とも言うべき構想は既に若紫巻を執筆する以前に構想されていたことを予想させる。

さらに、若紫巻冒頭の北山の場面において、紫の上に東、山、明石の君に西、海という属性が賦与され、源氏の国土支配の正当性の根拠が、この東、山を表象する紫の上と西、海を表象する明石の君を娶ることにあることが提示されるなど、須磨巻、明石巻以降の物語の展開をも視野に収めた、極めて周到な構想のもとに物語を書こうとする姿勢が窺われることを考慮すると、二条院の西の対に紫の上を住まわせ、二条東院の東の対に明石の君、西の対に花散里、北の対に末摘花を入居させるという二条東院構想の根幹ともいうべき構想は、若紫巻が書き始められる時点では、既に物語作者の脳裏に存在していたと想定するのが最も妥当と考えるべきではなかろうか。

六　その他の女性たちの配置決定時期

以上、二条院の東に二条東院を造営し、源氏と四方四季を表象する女性たちをどのように配置するかについての構想が、若紫巻の執筆を開始する以前に決定されていたと推定したが、二条院、二条東院に入るその他の女性たち、すなわち明石の姫君、秋好中宮、玉鬘、空蝉、筑紫の五節といった女性たちは、いつ二条院あるいは二条東院に入居することが決められたのであろうか。

明石の姫君は、明石の君と紫の上を対の存在として描き、源氏が明石の君と出逢い、明石の君が海竜王の后となることが決定した時点で、源氏と明石の君の間に彼女が生まれ、紫の上の養女となることが物語にとって必然となったであろうから、二条東院構想が成立した時点で彼女が二条院の西の対に移り住むことは当然予定されていたと想像される。

玉鬘は、箒木巻の雨夜の品定めにおいて、頭中将の体験談として夕顔について語る場面で物語に始めて登場する。

さるうきことやあらむとも知らず、心には忘れずながら、消息などもせで久しくはべりしに、むげに思ひしをれて、心細かりければ、幼き者などもありしに思ひわづらひて、撫子の花を折りておこせたりし（帚木(1)八二）

まだ世にあらば、はかなき世にぞさすらふらむ。あはれと思ひしほどに、わづらはしげに思ひまとはす気色見えましかば、かくもあくがらさざらまし。こよなきとだえおかず、さるものにしなして長く見るやうもはべりなまし。かの撫子のらうたくはべりしかば、いかで尋ねむと思ひたまふるを、今もえこそ聞きつけはべらね。（帚木(1)八二）

頭中将は、雨夜の品定め以前に夕顔と関係を持ち、子供まで生まれていた。しかし、この幼子は、夕顔巻では源氏と夕顔の馴れ初めから夕顔の死に至るまでの物語においては、全く登場しない。が、夕顔の死後、源氏が侍女の右近に夕顔の素性を尋ね、夕顔があの頭中将の話していた女であると確認した後、右近に「幼き人まどはしたりと中将の愁へしは、さる人や」と尋ねると、右近は次のように答える。

「しか。一昨年の春ぞものしたまへりし。女にていとらうたげになん」と語る。「さていづこにぞ。人にさとは知らせで我に得させよ。あとはかなくいみじと思ふ御形見に、いとうれしかるべくなん」とのたまふ。

ここで、頭中将と夕顔との間に生まれた子供は女の子であり、この時三歳であることが明らかにされる。源氏は右近にその子を夕顔の形見として引き取りたいとの思いを告げるが、物語では、それ以降その幼子に関する話は玉鬘巻まで語られることはない。

（夕顔(1)一八六）

夕顔巻は、源氏と夕顔の逢瀬から死別に至るまでを語ることに重きが置かれており、夕顔巻の大半を占める源氏と夕顔との出逢いから死別までの物語にはこの幼子は全く登場しない。にもかかわらず、帚木巻で語られた幼子は、夕顔の死後その存在が改めて確認される。もし、物語が夕顔巻で源氏と夕顔の邂逅から別れまでを描くことのみをテーマとしていたとするなら、夕顔の死後このような幼子の存在を語る必要はないはずである。にもかかわらず、夕顔巻において頭中将と夕顔の間に生まれた女子の存在が夕顔の死後語られるということは、その子が今後物語に再登場することを予想させる。

ところで、末摘花巻の冒頭では、

思へどもなほあかざりし夕顔の露に後れし心地を、年月経れど思し忘れず、ここもかしこも、うちとけぬかぎりの、気色ばみ心深き方の御いどましさに、け近くうちとけたりし、あはれに似るものなう恋しく思ほえたまふ。

（末摘花(1)二六五）

と源氏が夕顔のかわいらしさを忘れられず、様々の女性に手紙など贈っていると語られ、それに続いて、

かの空蝉を、もののをりをりには、ねたう思し出づ。荻の葉も、さりぬべき風の便りある時は、おどろかしたまふをりもあるべし。灯影の乱れたりしさまは、またさやうにても見まほしく思す。おほかた、なごりなきもの忘れをぞえしたまはざりける。

（末摘花(1)二六六）

と、源氏が空蝉や軒端荻を思い出す場面が描かれる。

さらに、先に引用した末摘花巻で、源氏が雪の朝、末摘花邸を出る場面が描かれた後、次のような叙述がなされる。

世の常なるほどの、ことなることなさならば、思ひ棄ててもやみぬべきを、さだかに見たまひて後はなかなかあはれにいみじくて、まめやかなるさまに常におとづれたまふ。黒貂の皮ならぬ絹、綾、綿など、老人どもの着るべき物のたぐひ、かの翁のためまで上下思しやりて奉りたまふ。かやうのまめやか事も恥づかしげならぬを、心やすく、さる方の後見にてはぐくまむと思ほしとりて、さまことにさならぬうちとけわざもしたまひけり。かの空蝉の、うちとけたりし宵の側目には、いとわろかりし容貌ざまなれど、もてなしに隠されて口惜しうはあらざりきかし、劣るべきほどの人なりやは、げに品にもよらぬわざなりけり、心ばせのなだらかにねたげなりしを、負けてやみにしかな、とものをりごとには思し出づ。（末摘花(1)二九七―二九八）

源氏は、末摘花が世間並みの器量であればそのまま関係を絶ってしまったであろうが、彼女の容貌のあまりの醜さに、そのまま捨て置くこともできず、経済的な面での援助を続けることを決意する。源氏は、末摘花の醜い容貌を見るにつけ、空蝉の器量の悪さを思い出すのであるが、空蝉の身だしなみの良さに競べて、末摘花の無愛想さを嘆くほかない。

末摘花巻では、このように夕顔や空蝉が源氏の回想の中で語られる。こうした表現を前提とすると、夕顔、空蝉は、末摘花巻執筆以前に物語に登場していたことになるが、既に指摘したように、若紫巻と末摘花巻は連続して書かれたと考えられることから、空蝉や夕顔が登場する帚木巻、空蝉巻、夕顔巻、すなわち帚木三帖は、若紫巻執筆以前に書かれた巻ということになる。

ところで先に指摘したように、夕顔巻の夕顔の娘の記述のあり方から夕顔の娘、玉鬘は後の物語に登場することが予測されたが、右に示したように末摘花巻で夕顔や空蝉への言及がなされるということは、物語作者が末摘花巻以降も帚木三帖に語られた物語の内容をそのまま引き継ぐ形で物語を語り続ける意志を持っていたことを示している。とすると、玉鬘は若紫巻以前に成立した二条東院構想に含まれることになり、二条東院構想が成立した時点で、玉鬘は二条東院の寝殿に迎え入れられることが予定されていたと推測される。また、空蝉も同様の理由から二条東院の北の対に入ることが予定されていたと考えられる。

秋好中宮は、前坊と大臣家の娘である六条御息所との間に生まれ、伊勢の斎宮に選ばれるほどの女性であり、身分としては玉鬘より高貴な女性である。しかも父である前坊が亡くなっていることから、母親である六条御息所も亡くなるようなことがあれば、皇族および源氏の最有力者である光源氏の庇護を受け、養女となることが当然予想される。

その秋好中宮の母、六条御息所は、物語では夕顔巻で登場し、夕顔と対比的に描かれる。例えば夕顔巻の冒頭部分は、次のように始まる。

六条わたりの御忍び歩きのころ、内裏よりまかでたまふ中宿に、大弐の乳母のいたくわづらひて尼になりにけるとぶらはむとて、五条なる家たづねておはしたり。（夕顔(1)一三五）

六条御息所が初めて物語に登場するのは、この夕顔巻冒頭の部分である。源氏と夕顔との出逢いを描く巻の冒頭に「六条わたりの御忍び歩きのころ」とわざわざその存在が、しかも初めて紹介されるということ自体、物語作者が六条御息所を夕顔と対比的に描こうとする意図を持っていたことを強く感じさせる。夕顔巻で六条御息所が登場する二度目の場面は、

御心ざしの所には、木立、前栽などなべての所に似ず、いとのどかに心にくく住みなしたまへり。うちとけぬ御ありさまなどの気色ことなるに、ありつる垣根思ほし出でらるべくもあらずかし。（中略）今日もこの蔀の前渡りしたまふ。来し方も過ぎたまひけんわたりなれど、ただはかなき一ふしに御心とま

りて、いかなる人の住み処ならんとは、往き来に御目とまりたまひけり。（夕顔(1)一四二）

とある。ここでは、六条御息所と夕顔の邸が比較され、源氏の思いはまだ六条御息所の方に傾いているようであるが、夕顔への興味も次第に募っている。三度目の登場場面では、

六条わたりも、とけがたかりし御気色をおもむけきこえたまひて後、ひき返しなのめならんはいとほしかし。されど、よそなりし御心まどひのやうに、あながちなることはなきも、いかなることにかと見えたり。女は、いとものをあまりなるまで思ししめたる御心ざまにて、齢のほども似げなく、人の漏り聞かむに、いとどかくつらき御夜離れの寝ざめ寝ざめ、思ししをるることさまざまなり。（夕顔(1)一四七）

というように、源氏が六条御息所と交渉を持つようになると、それ以前の熱意が冷めて、夜離れがちになること、六条御息所が極端にまでものごとを思いつめる性格である上に、自身が源氏より七歳も年上であることに引け目を感じ、世間の噂を気にして、もの思いに沈んでいる様が描かれる。

その一方で、源氏は夕顔との恋にのめり込んでいく。夕顔が間借りしていた五条のむさ苦しい家で夕顔と一夜を過ごした源氏は、翌日夕顔を近くの廃院に伴う。その廃院での夕暮れ時、源氏は桐壺帝を思いやると同時に、六条御息所を次のように思い浮かべる。

内裏にいかに求めさせたまふらんを、いづこに尋ぬらんと思しやりて、かつはあやしの心や、六条わたりにもいかに思ひ乱れたまふらん、恨みられんに苦しうことわりなりと、いとほしき筋はまづ思ひきこえたまふ。何心もなきさし向かひをあはれと思すままに、あまり心深く、見る人も苦しき御ありさまをすこし取り捨てばやと、思ひくらべられたまひける。（夕顔(1)一六二）

ここでは、目の前の夕顔の「何心もなき」様と六条御息所の「あまり心深く、見る人も苦しき御ありさま」が際やかに対比されている。

また、夕顔は廃院で物の怪によって命を奪われるのに対し、六条御息所は生霊となって源氏の正妻である葵の上を取り殺す。ともに霊力によって人が殺されるという点では共通するが、夕顔は殺される側であり、六条御息所は殺す側であるというように、ここでも両者は対照的に描かれる。

さらに若紫巻でも、源氏が六条御息所の邸に向かう途中、都に戻った幼い紫の上と祖母の尼君の住む邸の前を偶然通りかかる場面が次のように語られ、六条御息所の存在が確認される。

秋の末つ方、いともの心細くて嘆きたまふ。月のをかしき夜、忍びたる所にからうじて思ひたちたまへるを、時雨めいてうちそそく。おはする所は六条京極わたりにて、内裏よりなれば、すこしほど遠き心地するに、荒れたる家の、木立いともの古りて、木暗う見えたるあり。例の御供に離れぬ惟光なむ、「故按察大納言の家にはべり。一日もののたよりにとぶらひてはべりしかば、かの尼上いたう弱りたまひにたれば何ごともおぼえずとなむ申してはべりし」と聞こゆれば、（若紫(1)二二五）

六条御息所の娘である秋好中宮が物語に登場するのは葵巻であり、二条東院構想が既に成立していたと推定される若紫巻から四年の時が経過しているが、母六条御息所は夕顔巻、若紫巻でその存在がさりげなく語られ、特に夕顔巻では夕顔と対比的に描かれている。夕顔の娘玉鬘が二条東院構想成立時に二条東院の寝殿に入居することが決定されていたとすると、既に若紫巻以前に登場する六条御息所に娘がおり、その娘が玉鬘と対比的な存在として物語に登場することが予定されていたとしても不思議はない。源氏物語の作者が、対比的な組み合わせを好んで用いる作者であることを考慮すると、玉鬘が源氏の養女として二条東院の寝殿に入ることが予定されているとするなら、六条御息所の娘秋好中宮が源氏の養女として、二条院の寝殿に入ることは十分に予測される。

筑紫の五節は、花散里巻に初めて登場する。源氏が花散里の邸に向かう途中、中川の辺りでかつて一度だけ交渉を持った女の邸の前を通りかかり消息を遣わすが、女の方はわざと知らぬ振りをする。その場面に続いてかやうの際に、筑紫の五節がらうたげなりしはや、とまづ思し出づ。

（花散里(2)一五五）

と源氏は筑紫の五節を思い出す。筑紫の五節は、その後筑紫から上京する際、須磨に蟄居している源氏と歌を遣り取りし、帰京後の源氏とも歌を贈答する。さらに澪標巻では、

かやうのついでにも、かの五節を思し忘れず、また見てしがなと心にかけたまへれど、いと難きことにて、え紛れたまはず。女、もの思ひ絶えぬを、親はよろずに思ひ言ふこともあれど、世に経んことを思ひ絶えたり。心やすき殿造りしては、かやうの人集へても、思ふさまにかしづきたまふべき人も出でものしたまはば、さる人の後見にもと思す。

（澪標(2)二九九）

と記される。この引用部分の「心やすき殿造り」は、その年の春に造営が始まった二条東院のことであり、「思ふさまにかしづきたまふべき人」は既に述べたとおり、玉鬘と想定される。澪標巻のこの箇所で、源氏は筑紫の五節を玉鬘の後見人としようと考えている。玉鬘の入居が予定されているのは、二条東院の寝殿であるから、筑紫の五節も当然二条東院の寝殿に入ることが予定されていたであろう。しかし、松風巻冒頭で二条東院は完成するが、玉鬘はいまだ物語に登場せず、どこにいるのかその所在も知れない。従ってその後見となるべき筑紫の五節も当然二条東院に入居することはない。

しかも、松風巻冒頭で二条東院が完成したにもかかわらず、二条東院の東の対に明石の君が入らず、二条東院は当初の予定通りには完成しない。源氏の新しい住まいは六条院となる。二条院、二条東院が、かつて源氏と関係を持ち、源氏の須磨、明石への流離の際にも、源氏への思いを持ち続けた女性達を一堂に会する場として構想されたのに対し、六条院は春、夏、秋、冬の四つの町に、その季節を表象する源氏と関わりが深い女性をそれぞれ一人ずつ配するという形を取る。

その結果、玉鬘の後見人として、二条東院の寝殿に入るはずであった筑紫の五節は入るべき場所を失った。澪

標巻で筑紫の五節を二条東院に迎え入れようと思った時から四年後、乙女巻で源氏は五節の舞姫を見て、筑紫の五節に歌を贈り、幻巻では紫の上を追憶する一年の中で、五節の日に筑紫の五節を思い出す以外、彼女は物語に登場することはない。花散里巻で急遽物語に登場し、澪標巻の二条東院造営の開始時に、二条東院での活躍が予告された筑紫の五節が、松風巻以降ほとんど活躍する場が与えられないという事実は、二条東院構想が松風巻執筆以前に六条院構想に改変されたことを示す有力な証左となろう。

筑紫の五節が物語執筆のどの時点で、物語作者によって構想されたのかは難しい問題である。玉鬘は母親と死別して後、上流貴族の屋敷で養われる可能性はほとんど無かったであろうから、彼女に上流貴族としての身だしなみや教養を教える人物の存在は既に夕顔が死去した段階から必要とされていたと想像される。ただし、これまで検討してきた女性たちが、若紫巻、末摘花巻執筆時点で、その登場が何らかの形で予告されていたのに対し、筑紫の五節はその存在が花散里巻で言及されるまで、物語に登場する兆候が全く見出せない。この点を考慮すると、筑紫の五節が若紫巻、末摘花巻執筆時に物語作者の脳裏に浮かんでいたかどうかは確定しがたいとするほかない。筑紫の五節あるいはそれに準ずるような人物を、若紫巻、末摘花巻執筆時点で物語作者が構想していた可能性は全くないとはいえないが、これまで検討してきた女性たちの中では、最も低いと言わざるを得ない。

以上、二条院・二条東院空間に入居することが予定されていた女性達の中で、春、夏、秋、冬を表象する四人の女性以外の女性たちが、いつ二条東院構想に組み込まれたのか検討を試みた。ただし、明石の姫君以外の女性については、帚木三帖が若紫巻、末摘花巻の執筆以前に執筆されたことを前提にして検討を行った。もし帚木三帖が若紫巻、末摘花巻の後に執筆され、それ以前に存在していた若紫巻、末摘花巻に、六条御息所、空蝉、夕顔といった人物の存在が加筆されていたとしたら、以上述べてきた推定は成り立たないことになることも断っておかなければなるまい。

七　まとめ

本稿で論じてきたことをまとめると以下のようになる。二条東院構想の大枠は、二条院の東の対に源氏、西の対に紫の上と明石の姫君を住まわせ、二条東院の東の対には明石の君、西の対に花散里、北の対に末摘花を入居させるというものであった。その構想は既に若紫巻執筆以前の段階で成立していた。また、以上のような配置が構想されるのと同時に、二条院の寝殿には、秋好中宮、二条東院の寝殿には玉鬘、北の対に空蝉が入ることも構想されていた可能性がある。筑紫の五節もこの段階で、二条東院の寝殿に入ることになっていた可能性がないわけではない。

二条東院構想は、源氏が明石から帰還した後、かつて源氏と関係があり、須磨、明石に源氏が流離している間も源氏への思いを変えることのなかった女性たちを一堂に会することを目論んだもので、二条院には源氏と最も格の高い女性たちが住み、二条東院にはそれらの女性たちより一段格の劣った女性たちが住むというように住み分けがなされている。本来なら二条院と二条東院を合わせた二条院・二条東院空間の東に、東、山、仏を表象する紫の上、二条院・二条東院空間の西に西、海、神を表象する明石の君が配置されるのが自然と思われるが、紫の上が二条院・二条東院空間の西の端に当たる二条院の西の対に、明石の君が二条院・二条東院空間の東の端に当たる二条東院の東の対に配されるのは、二条院・二条東院空間の西に当たる二条院の西の対に東、山、仏を表象する紫の上、東に当たる二条東院の東の対に西、海、神を表象する明石の君を配し、さらに二条院に西、海、神を表象する明石の姫君、東、海、神を表象する秋好中宮、二条東院に東、山、仏を表象する末摘花、西、山、仏を表象する玉鬘を配することによって、物語作者が二条院・二条東院空間全体に東・西、山・海、仏・神という属性をあまねく賦与しようと意図したからであろう。と同時に、二条院の東に二条東院を造営することで、二条東院の北の対に醜い容貌の末摘花を配置することが出来る。二条院・二条東院空間の東北は鬼門に当たることから、そこに末摘花を配することで悪霊の侵入を防ぐことが企図されたと考えられる。

源氏は、東、山、仏を表象する紫の上と西、海、神を表象する明石の君を娶り、紫の上を二条院・二条東院空間の西、明石の君を二条院・二条東院空間の東に位置せしめることによって、東と西、山と海を支配すると同時に、仏法の世界における世俗の理想の王、転輪聖王となり(22)、神の王である海竜王となる。海竜王である源氏の邸、つまり二条院・二条東院空間は四方四季の邸となるが、この四方四季の邸は、源氏が娶った四人の女性、すなわち東、春を表象する紫の上、南、夏を表象する花散里、西、秋を表象する明石の君、北、冬を表象する末摘花を邸の四方に配置することによって、源氏が全ての方位と全ての時間を支配する王者であることを示すことになる。このように見てくると、二条東院構想とは、光源氏の絶対的な王者性を示す邸宅の造営を意図するものであったということができるであろう。

1　『源氏物語』は、『新編日本古典文学全集』に拠る。

2　神野藤昭夫は「「花散里」巻をどう読むか」(『源氏物語の鑑賞と基礎知識　花散里』所収、至文堂、平成15年)で、源氏が中川の女に拒絶された場面について「新たな男がいるかもしれないのだからという配慮よりも、女の拒否にあうことによって、むやみに女に声をかけたりするべきでない現在の身の上ではないことを、あらためて再認識しているのではないのか。微行からはずれた振る舞いであったということになろう。女の拒否を通して、光源氏は、世間というものを感じ取って、それ以上の振る舞いに出ることを踏みとどまるのである」と指摘する。

3　拙著『王朝文学の始発』(笠間書院、平成21年)第四章、第一節「『源氏物語』と『古事記』日向神話―潜在王権の基軸―」

4　森一郎『源氏物語の方法』（桜楓社、昭和44年）五「二条東院造営―「思ふさまにかしづきたまふべき人も出でものしたまはば」（澪標巻）をめぐって―」、伊井春樹『源氏物語論考』（風間書房、昭和56年）第一章、第四節「五節と花散里の登場の意義―「おもふさまにかしづき給ふべき人」（澪標巻）の構想と二条院から六条院造営への展開について」

5　伊井春樹『源氏物語論考』（風間書房、昭和56年）第一章、第四節「五節と花散里の登場の意義―「おもふさまにかしづき給ふべき人」（澪標巻）の構想と二条院から六条院造営への展開について」

6　深沢三千男『源氏物語の形成』（桜楓社、昭和47年）第一編、第五章「王者のみやび―二条東院から六条院へ（続光源氏の運命）」、伊井春樹『源氏物語論考』（風間書房、昭和56年、）第一章、第四節「五節と花散里の登場の意義―「おもふさまにかしづき給ふべき人」（澪標巻）の構想と二条院から六条院造営への展開について」、日向一雅『源氏物語の主題　家の遺志と宿世の物語の構造』（桜楓社、昭和58年）「六条院世界の成立について―光源氏の王権性をめぐって―」

7　深沢三千男『源氏物語の形成』（桜楓社、昭和47年）第一編、第五章「王者のみやび―二条東院から六条院へ（続光源氏の運命）」

8　日向一雅『源氏物語の主題　家の遺志と宿世の物語の構造』（桜楓社、昭和58年）「六条院世界の成立について―光源氏の王権性をめぐって―」

9　同注3。

10　同注3。

11　林田孝和は『源氏物語の精神史研究』（桜楓社、平成5年）第二編、第六章「源氏物語の醜女」で、「『源氏物語』の女主人公に、末摘花・花散里という源氏の愛妾としては不似合いの醜女を二人も登場させたのも、醜に異常な霊力を観じる原義があるからではなかろうか。結論からいえば、物語作者が醜貌に異常な霊力―魔除けの力を認めたうえで登場させたのではあるまいか。

醜怪な顔には、魔除けの霊能があると古くから信じられている。王朝貴族の誕生儀礼の一つである御湯殿始の儀に際して、産湯に映したり漬けたりする虎の頭・犀角はいうまでもなく、家屋の棟にあげる鬼瓦や床飾りの般若面・天狗面などその端的な例である。鬼瓦は外部から魔性のものが侵入するのを防ぐもので、できるかぎり醜怪なものをあげるのが、原義に適う」と指摘する。

12　同注3。

13　同注3。

14　二条東院構想の時点では、玉鬘は長谷観音の御利益で右近と再会するという構想しか無く、石清水八幡宮の御利益が付け加えられるのは、六条院の構想が得られた以降のことと思われる。

15　二条院の西の対に紫の上、二条東院の東の対に明石の君を配置した場合、二条院と二条東院における属性のあり方を示すと次の図のようになる。

東　西、海、神（明石の君）
西　東、山、仏（紫の上）
東、山、仏（末摘花）
西、山、仏（玉鬘）
東、海、神（秋好中宮）
西、海、神（明石の姫君）

それに対し、二条院の西の対に明石の君、二条東院の東の対に紫の上を配置した場合は

東　東、山、仏（紫の上）
西　西、海、神（明石の君）
西、海、神（明石の姫君）
東、海、神（秋好中宮）
西、山、仏（玉鬘）
東、山、仏（末摘花）

となる。

16　河添房江『源氏物語表現史　喩と王権の位相』（平成10年、翰林書房）Ⅳ光源氏の王権譚、3「北山の光源氏」
17　同注3。
18　『後撰集』は『新日本古典文学大系』に拠る。
19　市古貞次『中世小説の研究』（東京大学出版会、昭和30年）第五章、3
20　三谷栄一『物語史の研究』（有精堂出版、昭和42年）第三編、第三章
21　『栄華物語』は、『新編日本古典文学全集』に拠る。
22　同注3、16。

第三章　明石の君の大堰移住

一　大堰移住の経緯

おおよそ二年半に及ぶ須磨、明石での流謫を終え、都に戻った源氏は政権の中枢に就くとともに、新しい邸宅の造営に取りかかる。それは既に源氏と紫の上が住んでいた二条院の東に一町の新しい邸宅、二条東院を造営するというものであった。この新しい邸宅の造営は、源氏が明石から帰京した夏から半年後の源氏二十九歳春に開始される(1)。

二条院にも同じごと待ちきこえける人を、あはれなるものに思して、年ごろの胸あくばかりと思せば、中将、中務やうの人々にはほどほどにつけつつ情を見えたまふに、御暇なくて外歩きもしたまはず。二条院の東なる宮、院の御処分なりしを、二なく改め造らせたまふ。花散里などやうの心苦しき人々住ませむなど思しあてててつくろはせたまふ。（澪標(2)二八四―二八五）

澪標巻でこのように二条東院造営の開始が告げられたのに続き、物語は明石の君の出産について語り始める。

まことや、かの明石の心苦しげなりしことはいかにと思し忘るる時なければ、公私のいそがしき紛れにえ思すままにもとぶらひたまはざりけるを、三月朔日のほど、このころやと思しやるに人知れずあはれにて、御使ありけり。とく帰り参りて、「十六日になむ。女にてたひらかにものしたまふ」と告げきこゆ。めづらしきさまにてさへあなるを思すにおろかならず。などて京に迎へてかかることもせさせざりけむと口惜しう思さる。

宿曜に「御子三人、帝、后かならず並びて生まれたまふべし。中の劣りは太政大臣にて位を極むべし」と勘へ申したりしこと、さしてかなふなめり。おほかた、上なき位にのぼり世をまつりごちたまふべきこと、さばかり賢かりしあまたの相人どもの聞こえ集めたるを、年ごろは世のわづらはしさにみな思し消ちつるを、当帝のかく位にかなひたまひぬることを思ひのごとうれしと思す。（中略）内裏のかくておはしますを、あらはに人の知ることならねど、相人の言空しからず、と御心の中に思しけり。いま行く末のあらましごと思すに、住吉の神のしるべ、まことにかの人も世になべてならぬ宿世にて、ひがひがしき親も及びなき心をつかふにやありけむ、さるにては、かしこき筋にもなるべき人のあやしき世界にて生まれたらむは、いとほしうかたじけなくもあるべきかな、このほど過ぐして迎へてん、と思して、東の院急ぎ造らすべきよしもよほし仰せたまふ。（澪標(2)二八四―二八六）

源氏は帰京して以後、懐妊したまま別れてきた明石の君のことをずっと心に掛けてきたが、出産が予想される頃、明石に使者を送る。使者から明石の君が無事女子を出産したとの知らせがもたらされると、源氏はかつての宿曜が予言した「御子三人、帝、后かならず並び生まれたまふべし。中の劣りは太政大臣にて位を極むべし」との言葉を思い出す。父桐壺院の死後、様々な苦難を味わい忘れてしまっていたが、自らの子である冷泉帝の即位が実現したことにより、かつての高麗の相人たちによってなされた予言が実現しようとしている。高麗の相人らの予言の実現と明石の君との出逢いが住吉の神の導きであることを考慮すると、源氏は明石の君も特別な宿命を負った女性であり、明石の君との間に生まれた女の子は、宿曜が予言した后となる娘であるとの確信を抱くようになる。源氏は、将来后となるべき娘が明石の片田舎で生まれたことは気の毒で恐れ多いことであると思い、明石の君と娘を都に迎えようと二条東院の造営を急がせる。

その後も源氏は明石にしきりに消息を送り、明石の君に上洛を促す。松風巻冒頭、源氏三十一歳の秋に二条東院が完成する。

東の院造りたてて、花散里と聞こえし、移ろはしたまふ。西の対、渡殿などかけて、政所、家司など、あるべきさまにしおかせたまふ。東の対は、明石の御方と思しおきてたり。北の対はことに広く造らせたまひて、かりにてもあはれと思して、行く末かけて契り頼めたまひし人々集ひ住むべきさまに、隔て隔てしつらはせたまへるしも、なつかしう見どころありてこまかなり。寝殿は塞げたまはず、時々渡りたまふ御住み所にして、さる方なる御しつらひどもしおかせたまへり。（松風(2)三九七）

二条東院が完成すると、二条東院の西の対には花散里が入居し、東の対には明石の君を迎え入れることが予定される。そして、右に引用した二条東院の完成を告げる記述に続いて、物語は明石の人々の様子を次のように語り出す。

明石には御消息絶えず、今はなほ上りぬべきことをばのたまへど、女はなほわが身のほどを思ひ知るに、こよなくやむごとなき際の人々だに、なかなか、さてかけ離れぬ御ありさまのつれなきを見つつ、もの思ひまさりぬべく聞くを、まして何ばかりのおぼえなりとてかさし出でまじらはむ、この若君の御面伏せに、数ならぬ身のほどこそあらはれめ。たまさかに這ひ渡りたまふついでを待つことにて、人笑へにはしたなきこといかにあらむ、と思ひ乱れても、また、さりとて、かかる所に生ひ出で数まへられたまはざらむも、いとあはれなれば、ひたすらにもえ恨み背かず。親たちもげにことわりと思ひ嘆くに、なかなか心も尽きはてぬ。（松風(2)三九七―三九八）

源氏の帰京以後、明石には源氏からの手紙が絶えずあったが、二条東院の完成後は以前にもまして上京を促す手紙が頻繁に送られてくる。明石には源氏がそこまで自分の事を思ってくれるのを身に余る光栄と思う。と同時に、彼女自身源氏に対して強い思いを抱いていたことから、源氏と再び逢えるようになることをこの上ない喜びと感じたであろう。しかし、都の高貴な女性たちでさえ源氏に様々な物思いをさせられていると聞くにつけ、身分の卑しい自分がそのような高貴な女性たちの間に交じってどれだけの寵愛を受けることができよう。自らの身の上のつたなさが知られ、この姫君に恥をかかせることになるだけではあるまいか。時たま源氏がふとやって来る機会を待つ身となって、世間の物笑いの種となり、きまりの悪い思いをすることになりはしないかと思い乱れる。しかし、一方では姫君が明石のような田舎で成長し、人並みにも扱ってもらえなかったら、それも切ないことなので、一途に源氏の申し出を恨み背くこともできない。親たちも娘の嘆きをもっともなことと思い、途方に暮れてしまう。

そのような状況の中、父の明石の入道は明石の君の母の祖父に当たる中務宮が大堰川の近くに所有していた山荘を思い出す。入道はその山荘を急ぎ修築し、二条東院が完成した直後、同じ年の秋に、明石の君の母、明石の君、明石の姫君の三人を大堰の山荘に移り住まわせることにする。

源氏の意に反して、明石の君が上京しても直接二条東院に入らず大堰に移り住んだのは、明石の君が自らの出自の低さ故、都の高貴な女性たちとの交わりを避けたいという心理が働いたからであった。しかし一方で彼女は、高貴な身分の源氏との間に授かった姫君を貴族社会の一員として加えたいという強い気持ちを有していた。また、明石の君は源氏に深い愛情を抱いており、心の中では彼との再会を切望していたし、明石の姫君だけを都に遣わすことは心配であった。明石から都にほど近い大堰という場所に移り住むという決断は、右に述べた明石の君の心情にもっとも添うものであったといえよう。

確かに、二条東院完成直後の明石の君の心境を考慮すると、都の高貴な女性たちとの交じらいを回避しつつ、かつたまさかではあるが源氏の訪れも期待できる場所として、都に近い大堰に移り住むというのは最も穏当な選択ということになるであろう。しかも紫の上の養女として二条院に引き渡す我が娘との距離も、明石よりはずっと近く、娘の様子を窺う上でも大堰はより好都合な場所であった。このように考えると、明石の君が直接二条東院に入らず、大堰に移り住むという選択をしたことは十分説得力を持つように思われる。

二　大堰移住の謎

しかし、明石の君およびその一家の心理的葛藤の結果としての大堰移住という解釈に対し、篠原昭二は明石の君の大堰移住が論理的には無意味なものであったと主張する。篠原は、大堰に移住しても明石の姫君が后候補とはなりえないことは明石にいた時と変わらないし、源氏の訪問できる場所に身を置くことは明石の君の「数ならぬ身の程」を認識させることにもなるであろうから、明石の君が大堰に移住したことは論理的には無意味であったとし、さらに次のように言及する。(2)

物語は姫君の格式に関わっており、姫君は薄雲の巻に至り大井から二条院へ移されるが、何故に明石から直接に移されるのではいけなかったのか。姫君の二条院入りは袴着を紫の上を養母として執り行うということが理由とされて、三十一年冬に行われたが、大井入りは同じ年の秋であった。姫君の后候補としての養育は不可欠であると明石方でも考慮されたとすれば、少なくとも袴着は光源氏の手でと期待されたにちがいないが、そのための準備などぎりぎりの時期を迎えて大井入りは行われたのである。物語としては、二年間の逡巡、そしてこの切羽詰まった時期でのそれも京を離れた大井に入るということに、明石の女の苦悩を表現しているのであるが、それが追い詰められた選択であっただけに、直接の二条院入りを選ぶことも明石の女の思考の可能性としては、つまり物語の筋道としてはありえたであろう。そうして、二条東院において明石の女が後の六条院冬の町におけると同様の御方待遇を受ける物語もありえたであろう。一方にそのように展開する物語を想定してみるならば、物語の筋道においては、大井の物語はいわば物語の回り道であった。何故に回り道が取られたのかと言えば、もとより現にある大井の物語こそが作者の語らなければならない事柄であったからにほかならないであろう。

確かに、都の高貴な女性たちとの交じらいに不安があるにせよ、源氏が勧めているのであるから、明石の君が明石から二条東院の東の対に直接入るという選択をしてもあながち無謀なものとは思われない。また、もし明石の君が大堰に移り住み、明石の姫君だけを紫の上の養女として二条院に住まわせたとしても、ある程度年月が経った後、明石の君が二条東院に入るということも十分考えられたであろう。事実、明石の君は大堰に移ってから四年後、紫の上、秋好中宮、花散里といった錚々たる女性たちが住むことになる六条院に入居している。ならば、大堰に移ってしばらくしてから明石の君が二条東院に入居することも十分可能だったはずである。

物語で明石の入道の口を通して語られる「にはかにまばゆき人中いとはしたなく、田舎びにける心地も静かなるまじきを」（松風(2)三九九）という説明は、明石の君の心理に即して考えればそれなりの説得力を持つといえるであろうが、篠原が言うようにそれが「切羽詰まった時期」での「追い詰められた選択」であったとするなら、大堰という回り道を取らずに直接二条東院入りを選ぶという選択も、彼女の心理に即して十分にありえたのではなかろうか。

また、物語の構想という観点からすると、既に若紫巻執筆以前の段階で、物語は二条院の東に二条東院を造営し、二条院と二条東院を合わせた二条院・二条東院空間の西、すなわち二条院の西の対に東、山、仏を表象する紫の上、二条院・二条東院空間の東、すなわち二条東院の東の対に西、海、神を表象する明石の君を配置し、さらに二条院に西、海、神を表象する明石の姫君、東、海、神を表象する秋好中宮、二条東院に東、山、仏を表象する末摘花、西、山、仏を表象する玉鬘を住まわせることで、二条院・二条東院空間をあまねく東と西、山と海、仏と神を表象する空間とし、同時に二条院の西の対に東、春を表象する紫の上、二条東院の東の対に西、秋を表象する明石の君、西の対に南、夏を表象する花散里、北の対に北、冬を表象する末摘花を配置して四方四季の邸を完成させ、源氏の絶対的な王者性を十二分に示す空間を構築することが企図されていた[3]。

にもかかわらず、物語の始発とも言うべき若紫巻執筆時点で、源氏の栄華の集大成となるべく構想された二条東院構想が、明石の君が上京しても大堰に留まり、二条東院に入居しないため実現しないというのはどういうことであろうか。本来なら、明石の君は、明石から二条東院に直接入るべきである。物語においてそこに立ち寄る必要もない大堰の物語が語られ、かつその後明石の君が入居するはずの二条東院への入居が語られないという事実は、明石の君の大堰移住が単に明石の君の心理的葛藤の結果と言うだけでは説明しきれないものを含んでいる。物語作者は明石の君を二条東院に直接入居させず、なぜ大堰に移住させたのか、なぜ大堰移住後明石の君は二条東院に入ることがなかったのか、明石の君の大堰移住は大きな謎を秘めている[4]。

三　大堰は水の地、北、冬を表象

明石母子が移り住むことになる大堰の山荘は、明石の君の母の祖父にあたる中務宮が所有していた山荘として物語に登場してくるが、『花鳥余情』は「醍醐御子中務卿兼明親王山庄在㆓大井河畔㆒号㆓雄蔵殿㆒也、此親王を明石上の母君の祖父といへり」とし[5]、この中務宮の準拠として醍醐天皇皇子兼明親王をあてる。兼明親王は延喜十四年（九一四）誕生、延喜二十年、源の姓を賜って臣籍に下り、天禄二年（九七一）左大臣に任ぜられるが、貞元二年（九七七）藤原兼通の策謀によって親王とされ、政権より遠ざけられた人物で、中務宮の唐名に由来する「前中書王」という呼称のほか、「小倉の親王」、「嵯峨の隠君子」との呼称を持つ[6]。

嵯峨の小倉山山麓、大井川河畔に別荘を持つ中務宮という点で、明石の君の曾祖父の中務宮と兼明親王は共通性を持つことから、明石の君の曾祖父の中務宮の準拠として兼明親王を考えてよいであろう。

しかも、大堰の山荘の様は、明石の君が大堰の山荘に移ると聞いて、源氏が惟光を大堰に遣わして準備をさせたその報告に「あたりをかしうて、海づらに通ひたる所のさまなむはべりける」（松風(2)四〇一）とあり、明石の君一行が大堰の山荘に到着した場面では、「家のさまもおもしろうて、年ごろ経つる海づらにおぼえければ、所かへたる心地もせず。昔のこと思ひ出でられて、あはれなること多かり」（松風(2)四〇七）と記される。

兼明親王には、

　　をくらにすみはしめける秋、月をみて　　中務卿兼明親王

　　をくら山かくれなき代の月かけにあかしのはまをおもひこそやれ　　（和漢兼作集・七・秋部中）

という歌があり、(7)これは親王が承平三年、播磨権守として任地に赴いた経験をもとに詠まれた歌との推定がなされるが、(8)小倉山の月から明石の浜を思いやるというこの歌の内容と山荘の様が明石の海岸と似ているとする物語の表現は、物語の山荘が兼明親王の山荘に重ね合わされていることを示し、明石の君の曾祖父の中務宮が兼明親王を準拠として造型されていることをさらに補強する証左となろう。

また、先に引用した明石の君一行が大堰に到着した場面で「昔のこと思ひ出でられて、あはれなること多かり」（松風(2)四〇七）と感ずる主体は、明石の君ではなく、母君であり、「昔のこと」とは中務宮在世中のことと見るのが適切であろうから、明石の君の曾祖父の中務宮が兼明親王に比定されるとすると、この「昔のこと」に兼明親王在世中のことを重ねて読み取ることができるであろう。

源氏は明石の君が大堰に移った後、しばらくして大堰を訪れ、明石の君と再会を果たす。翌朝源氏は大堰の邸の庭の手入れを指図し、自らも「東の渡殿の下より出づる水の心ばへ」を繕おうと庭に降り立ち、明石の君の母尼君を見出し言葉を交わす。

昔物語に、親王の住みたまひけるありさまなど語らせたまふに、繕はれたる水の音なひかごとがましう聞こゆ。

住みなれし人はかへりてたどれども清水は宿のあるじ顔なる

わざとなくて言ひ消つさま、みやびやかによしと聞きたまふ。

「いさらゐははやくのことも忘れじをもとのあるじや面がはりせる

あはれ」と、うちながめて立ちたまふ姿にほひを世に知らずとのみ思ひきこゆ。（松風(2)四一三）

この場面では、「昔物語に、親王の住みたまひけるありさまなど語らせたまふに」と兼明親王を思わせる人物に話題が及ぶと、「水の音なひ」が「かごとがましく」聞こえ、尼君の歌では清水が「宿のあるじ顔」をしているとされ、源氏の歌でも「いさらゐははやくのことも忘れじを」と詠じられて、遣水があたかも邸の主であるかのようで、昔すなわち兼明親王在世中のことをよく知っているのは自分、遣水であるとの表現がなされる。この遣水は、尼君の歌では「清水」つまり湧き水とされ、源氏の歌では「いさらひ」すなわち小さな井戸とされることから、湧き水から引いた遣水と解される。また、この遣水については、先に引用した明石の君が大堰の邸に着いた直後の邸のたたずまいを表現する部分でも、

年ごろ経つる海づらにおぼえたれば、所かへたる心地もせず。昔のこと思ひ出でられて、あはれなること多かり。造りそへたる廊などゆゑあるさまに、水の流れもをかしうしなしたり。（松風(2)四〇七）

と、邸に欠かすことのできないものとして語られる。

このように大堰の邸において湧き水から引いた遣水が、邸の様を語るとき重要な要素として強調され、かつその湧き水から流れ出る遣水が兼明親王に擬せられる中務宮在世中のことを最もよく知っているかのような描写がなされる時、そこにこの山荘を建てた当初、兼明親王が山荘の背後にある亀山から水が出ることを祈ったところ、

即座に水が湧き出したという事跡が想起されるのではなかろうか。

『扶桑略記』天延三年八月十三日条に「左大臣源朝臣兼明於二亀山一祈レ水。祭文作レ之。其詞云々。世伝云。即時清水涌出云云」とあり、[9]『花鳥余情』にも「兼明親王天延三年八月十三日亀山に祈水祭文あり後の世までも小倉山のふもとに篁の中にその水の跡あるよし或記にしるし侍り」とあることから、[10]兼明親王が亀山に祈るとたちまち水が湧き出したとの事実が確認される。

『扶桑略記』に記されているように、兼明親王は亀山から水の出ることを祈った際、祭文を作ったが、その祭文は後に『本朝文粋』にも収められるほど有名なものであり、紫式部もその存在を知っていたと想像される。その祭文の全文を『本朝文粋』から引用してみると、次のようになる。[11]

祭亀山神文　　前中書王

維天延三年乙亥之歳、八月十三日壬子、吉日良辰、左大臣従二位源朝臣兼明、謹以二香花之薦一、敬祭二亀山之神一。伏惟、云レ神云レ鬼、無レ親無レ疎。慎謹是臓、恭敬是享。致レ誠以祈レ之、豈不二欽饗一哉。兼明年齢衰老、漸欲二休閑一。爰尋二先祖聖皇嵯峨之墟一、請二地於栖霞観一、占二此霊山之麓一。初求二於易筮一吉也。問二於相者一最也。取二於中心一得也。三者相須。即披二草莱一、結二茅茨一、時々往来、棲息漸尚矣。今所二恐思一者、実是愚暗之身、不レ知二神明之禁遏一、以有レ所二触犯一矣。人何無レ過。謝レ過謝レ罪、神之所レ宥也。神若有レ所レ怒者、早宥二其過一。神若可レ成レ喜者、弥加二擁護一。神不二自貴一、以二人之敬一則貴。人不二自安一、依二神之助一則安。伏願、神霊幸垂二鑑察一、駆二却邪鬼一、掃二去毒虫一、人無二疾病盗賊之憂一、室無二風雨水火之害一、至二于牛馬一、無レ有二凶損一。是神之恩也、人之幸也。春秋敬祭、将レ伝二子孫一。伏請、尊神必垂二欣享一。再拝。謹重言、伏見二此山之形一、以レ亀為レ体。夫亀者玄武之霊、司レ水之神也。甲虫三百六十之属、在二於北方一、霊亀為二之長一。或背負二蓬宮一、不レ知二幾千里一、或身遊二蓮葉一、不レ知二幾万年一。神霊之至誠無量者也。他山莫レ不レ有レ水、此山豈可レ乏レ水乎。夫水者稟二秋気於庚之金一、盛二正位於北方一、養二春味於震之木一、帰二末流於東南一。群品為レ之亭毒、万物為レ之生育。故山頂猶有レ水、山趾豈無レ水乎。而此地無レ水、進退惟谷。伏望、山神開二視聴一、起二贔屓一、引二水脈一而通二洪流一、穿二石竇一而下二飛泉一。然則上以薦二神明鬼物一、中以用二飲食湯沐一、前則潔二耳目一導二心胸一、而長二養幽閑之志一、後則除二煩穢一滌二汚濁一、而収二得払拭之便一。是神之祐也、人之望也。昔弐師将軍抜二佩刀一而刺レ山、飛泉涌出、戊己校尉正二衣冠一而拝レ井、奔流激射。感之至也。若不二感応一者、是無二神霊一也。先以レ水為二事験一、将レ知二神之有無一矣。神誠有レ霊、答二此祈請一。再拝。

(維れ天延三年乙亥の歳、八月十三日壬子、吉日良辰、左大臣従二位源朝臣兼明、謹みて香花の薦を以て、敬みて亀山の神を祭る。伏して惟ふに、神と云ひ鬼と云ふ、親無く疎無し。慎謹是れ臧とし、恭敬是れ享く。誠を以て之を祈る、豈に欽饗せざらんや。兼明年齢衰へ老い、漸く休閑せんと欲す。爰に先祖聖皇嵯峨之墟を尋ね、地を栖霞観に請ひ、此の霊山の麓に占む。初め易筮に求むるに吉なり。相者に問ふに最なり。中心に取るに得なり。三者相須つ。即ち草莱を披き、茅茨を結び、時々往来し、棲息すること漸く尚し。今恐れ思ふ所は、実に是れ愚昧の身、神明の禁遏を知らず、以て触れ犯す所有ることを。人何ぞ過無からん。過を謝し罪を謝するは、神の宥むる所なり。神若し怒る所有らば、早く其の過を宥めよ。神若し喜を成すべくば、弥擁護を加へよ。神は自ら貴からず、人の敬するを以て則ち貴し。人は自ら安からず、神の助に依りて則ち安し。伏して願くは神霊幸に鑑察を垂れよ。邪鬼を駆り却け、毒虫を掃ひ去り、人に疾病盗賊の憂無く、室に風雨水火の害無く、牛馬に至るまで凶損あること有ること無くんば、是れ神の恩なり。人の幸なり。春秋敬祭し、将に子孫伝へんと。伏して請ふ尊神必ず欣享を垂れよ。再拝。謹んで重ねて言さく、伏して此の山の形を見れば、亀を以て体と為せり。夫れ亀は玄武の霊、司水の神なり。甲虫三百六十の属、北方に在りて、霊亀之が長為り。或いは背に蓬宮を負ひて、幾千里といふことを知らず、或いは身蓮葉に遊びて、幾万年といふことを知らず。神霊の至誠無量なる者なり。他の山水有らざるといふこと莫し、此の山豈に水に乏かるべけんや。夫れ水は秋の気を庚の金に稟けて、正位を北方に盛んにし、春の味を震の木に養いて、末流を東南に帰す。群品之が為に亭毒し、万物之が為に生育す。故に山頂猶水あり、山趾豈に水無けんや。而して此の地水無し、進退惟れ谷まりぬ。伏して望むらくは、山神視聴を開き、贔屓を起こし、水脈を引きて洪流を通じ、石竇を穿ちて飛泉を下せ。然らば則ち上は以て神明鬼物に薦め、中は以て飲食湯沐に用ひ、前には則ち耳目を潔うし、心胸を導きて、幽閑の志を長養し、後には則ち煩穢を除き汚濁を滌ひて、払拭之便を収め得ん。是れ神の祐なり、人の望みなり。昔弐師将軍佩刀を抜きて山を刺ししに、飛泉涌き出でき。戊己校尉衣冠を正して井を拝せしに、奔流激射しき。感の至るなり。若し感応せずは、是れ神霊無きなり。先ず水を以て事の験と為し、将に神の有無を知らんと。神誠に霊有らば、此の祈請に答へよ。再拝。）

明石の君の移り住んだ大堰の邸の有様が記述されるに際して、湧き水から引いた遺水が大きく取り上げられ、その遺水が兼明親王に比定される中務宮在世中の時代を想起させるものとして記述されていることからすると、物語作者はそれらの表現から中務宮兼明親王がこの山荘に湧き水の出ることを祈ったこの祭文を読者に呼び起こそうとしているのではなかろうか。そう思ってこの祭文を読んでみると、この亀山山麓の地に関して注目される表現のあることに気付く。それは祭文の中央部、

> 伏見㆓此山之形㆒、以㆑亀為㆑体。夫亀者玄武之霊、司㆑水之神也。甲虫三百六十之属、在㆓於北方㆒、霊亀為㆓之長㆒。或背負㆓蓬宮㆒、不㆑知㆓幾千里㆒、或身遊㆓蓮葉㆒、不㆑知㆓幾万年㆒。神霊之至誠無量者也。他山莫㆑不㆑有㆑水、此山豈可㆑乏㆑水乎。夫水者稟㆓秋気於庚之金㆒、盛㆓正位於北方㆒、養㆓春味於震之木㆒、帰㆓末流於東南㆒。群品為㆑之亭毒、万物為㆑之生育。

という部分である。この表現によれば、亀山というのはその名の通り、亀の形をしていることから、五行思想に基づくならば、玄武のいる水の地であり、方位でいうと北にあたり、西の金の秋の気を稟けて、東の木、季節でいうと春に水を流し、万物を生育させるという。また、祭文には記されていないが、五行思想によれば水に季節をあてると冬となる。

明石の君の移り住んだ大堰の邸が、兼明親王の山荘に比定されるとすると、明石の君の大堰の山荘も兼明親王の亀山山麓の山荘と同様、五行思想でいうところの水の地にあたり、方位でいうと北、季節でいうと冬を表象することになる。

四　西、秋を表象する女性から北、冬を表象する女性へ

大堰の山荘が物語に初めて登場する場面では、

昔、母君の御祖父、中務宮と聞こえけるが領じたまひける所、大堰川のわたりにありけるを（松風(2)三九八）

と、山荘が大堰川の辺にあることが紹介される。明石の君一行が大堰に移り住むと聞いて、源氏が準備のため惟光を大堰の山荘に遣わすと、帰ってきた惟光は源氏に大堰の山荘の様子を

あたりをかしうて、海づらに通ひたる所のさまになむ侍りける（松風(2)四〇一）

と報告し、物語はそれに続く地の文で、

造らせたまふ御堂は、大覚寺の南に当たりて、滝殿の心ばへなど劣らずおもしろき寺なり。これは川づらに、えもいはぬ松蔭に、何のいたはりもなく建てたる寝殿のことそぎたるさまも、おのづから山里のあはれを見

せたり。（松風(2)四〇一）

と語る。

明石の君一行が都に上る際、船を用いるのも明石の君と水との関係の深さを示すものであろう。大堰の邸に入ると、

家のさまもおもしろうて、年ごろ経つる海づらにおぼえたれば、所かへたる心地もせず。昔のこと思ひ出でられて、あはれなること多かり。造りそへたる廊などゆゑあるさまに、水の流れもをかしうしなしたり。（松風(2)四〇七）

と、明石の浦と同じような川づらの風景や遣水の流れが描かれる。源氏の大堰訪問に際しては、先に引用した遣水での源氏と尼君との会話の場面が語られ、松風巻に続く薄雲巻の冒頭でも、大堰の住まいの様子が、

冬になりゆくままに、川づらの住まひいとど心細さまさりて（薄雲(2)四二七）

と叙せられる(12)。このように、松風巻から薄雲巻の冒頭にかけて大堰の地と川や海が分かちがたく結びついている様が語られるが、このことは物語作者がこの大堰の地を五行思想の水の地に当てようとしたことを示唆しよう。

また、明石の君が大堰に移り住むのは秋であるが、彼女の人生で最も辛い出来事である姫君との別れは、大堰の冬の雪景色の中で語られる。

雪、霰がちに、心細さまさりて、あやしくさまざまにもの思ふべかりける身かな、とうち嘆きて、常よりもこの君を撫でつくろひつつ見ゐたり。雪かきくらし降りつもる朝、来し方行く末のこと残らず思ひつづけて、例はことに端近なる出でゐなどもせぬを、汀の氷など見やりて、白き衣どものなよよかなるあまた着て、ながめゐたる様体、頭つき、後手など、限りなき人と聞こゆともかうこそはおはすらめと人々も見る。落つる涙をかき払ひて、「かやうならむ日、ましていかにおぼつかなからむ」とらうたげにうち嘆きて、

雪ふかみみ山の道は晴れずともなほふみかよへあと絶えずして

とのたまへば、乳母うち泣きて、

雪間なき吉野の山をたづねても心のかよふあと絶えめやは

と言ひ慰む。

この雪すこしとけて渡りたまへり。例は待ちきこゆるに、さならむとおぼゆることにより、胸うちつぶれて人やりならずおぼゆ。わが心にこそあらめ、辞びきこえむを強ひてやは、あぢきな、とおぼゆれど、軽々しきやうなりとせめて思ひかへす。いとうつくしげにて前にゐたまへるを見たまふに、おろかには思ひがたかりける人の宿世かなと思ほす。この春より生ほす御髪、尼のほどにてゆらゆらとめでたく、つらつき、まみのかをれるほどなど言へばさらなり。よそのものに思ひやらむほどの心の闇、推しはかりたまふにいと心苦しければ、うち返しのたまひ明かす。「何か、かく口惜しき身のほどならずだにもてなしたまはば」と聞こゆるものから、念じあへずうち泣くけはひあはれなり。

姫君は、何心もなく、御車に乗らむことを急ぎたまふ。寄せたる所に、母君みづから抱きて出でたまへり。片言の、声はいとうつくしうて、袖をとらへて「乗りたまへ」と引くもいみじうおぼへて、

末遠き二葉の松にひきわかれいつか木高きかげを見るべき

えも言ひやらずいみじう泣けば、さりや、あな苦しと思して、

「生いそめし根もふかければ武隈の松に小松の千代をならべん

のどかにを」と慰めたまふ。さることとは思ひ静むれど、えなむたへざりける。乳母、少将とてあてやかなる人ばかり、御佩刀、天児やうの物取りて乗る。副車によろしき若人、童など乗せて、御送りに参らす。道すがら、とまりつる人の心苦しさを、いかに、罪や得らむと思す。

（薄雲(2)四三二—四三四）

十二月、雪や霰が降り続く日々、大堰の山荘はただでさえ心細さが募るが、姫君を手放すことを決意した明石の君は、様々に物思いをしなければならぬ我が身の上を嘆きつつ、常にもまして姫君を慈しみながら過ごしている。雪が降り積もった朝、端近に出て物思いにふけりながら汀の氷などを眺めて、「姫君を二条院に渡したら、このような冬の日はどんなに寂しい気持ちになるだろうか」と想像して、乳母と歌を詠み交わす。雪が少し解けた頃、源氏がやって来る。いつもなら源氏の来訪に胸をときめかすのに、今日は姫君を引き取りに来たと思うと胸が張り裂けるような思いがする。源氏は姫君のかわいらしさに魅了されつつも、一方ではその姫君を明石の君から引き離すことが彼女にとってどれほど辛いことなのかを察し、繰り返し明石の君を慰める。明石の君は、「姫君が私のように取るに足らない身分の者ではないように扱っていただけるなら」と言いつつも、こらえきれず泣き崩れる。幼さ故に母親の心中を察することができない姫君は無心に車に乗ろうとし、母親の袖を捉えて母も車に乗ることをせがむ。明石の君は感極まって源氏に歌を詠みかけ、源氏は将来明石の君、姫君とともに暮らすことを歌で誓うが、源氏と姫君を乗せた車は、明石の君を残してそのまま大堰を後にする。

この明石の君と姫君の悲痛な別れは、大堰の冬の雪景色を背景に語られるが、明石の君が源氏と最初の逢瀬を持ったのが秋であり、明石で源氏と別れるのも、明石から大堰に移り住むのも秋であったのに対し、明石の君にとって最も辛い姫君との別れが冬に語られるという事実は、明石においては秋という属性を持っていた明石の君に、大堰に移り住むことで冬という属性が賦与されたことを意味しよう。

さらに、大堰の山荘の描写に際して、松がしばしば描かれることも留意される。先にも引用したが、明石の君が移り住む前に源氏が大堰に遣わした惟光の報告の後、大堰の山荘の様が次のように語られる。

これは川づらに、えもいはぬ松蔭に、何のいたはりもなく建てたる寝殿のことそぎたるさまも、おのづから山里のあはれを見せたり。（松風(2)四〇一）

また、明石の君が大堰に入った直後には、

なかなかもの思ひつづけられて、棄てし家居も恋しうつれづれなれば、かの御形見の琴を掻き鳴らす。をりのいみじう忍びがたければ、人離れたる方にうちとけてすこし弾くに、松風はしたなく響きあひたり。尼君もの悲しげにて寄り臥したまへるに、起きあがりて、

身をかへてひとりかへれる山里に聞きしに似たる松風ぞ吹く

御方、

ふる里に見し世の友を恋ひわびてさへづることを誰かわくらん（松風(2)四〇七―四〇八）

という描写もあり、大堰を訪れた源氏が琴を弾くのを聞いて、明石の君は、

変わらじと契りしことをたのみにて松のひびきに音をそへしかな（松風(2)四一四）

と詠ずる。久しぶりに再会した、靫負の尉と明石の君の女房との会話でも、女房が、

八重たつ山は、さらに島がくれにも劣らざりけるを、松も昔のとたどられつるに、忘れぬ人もものしたまひけるに頼もし（松風(2)四一七）

と言う。松は大堰という場を象徴する重要な景物なのである。

また、明石の姫君は祖母尼君によって、

荒磯蔭に心苦しう思ひきこえさせはべりし二葉の松も、今は頼もしき御生ひ先と祝ひきこえさするを、浅き根ざしゆゑやいかがとかたがた心尽くされはべる（松風(2)四一二―四一三）

と「二葉の松」に喩えられ、薄雲巻の姫君を二条院に引き渡す別れの場面でも、

末遠き二葉の松のひきわかれいつか木高きかげを見るべき（薄雲(2)四三四）

と明石の君が姫君を二葉の松に喩えて、将来姫君に再会することができるかどうか不安を表明するのに対し、源

氏が、

生いそめし根もふかければ武隈の松に小松の千代をならべん（薄雲(2)四三四）

と、自らと明石の君を相生の松に、姫君を小松に喩え、将来三人がともに暮らせることを誓うというように、明石の姫君が小松に喩えられるばかりでなく、明石の君も松に喩えられるなど、松は大堰を象徴するばかりでなく、明石の君や姫君をも象徴する植物として機能している。

松は『論語』子罕篇に「歳寒くして、然る後に松柏の彫むに後るるを知る」[13]、あるいは『古今集』冬の部に「雪降りて年の暮れぬる時にこそつひにもみぢぬ松も見えけれ」（巻六・冬・三四〇・読人しらず）とあるように[14]冬の植物とされており、大堰の地および明石の君や姫君が冬を代表する植物、松によって表象されることも、この地が冬を表し、そこに住むことになった明石の君も冬という属性を持つに至ったことを端的に示していよう。後に明石の君が移り住む六条院の冬の町にも、「隔ての垣に松の木しげく、雪をもてあそばんたよりによせたり」（少女(3)七九）と御倉町との境に松が多く植えられる[15]。

以上の検討より、大堰は水の地であり、明石の君は大堰に移り住むことによって、本来有していた西、秋という属性に代わって、北、冬という属性を賦与されることになったと考えられる。明石から都に向かったにもかかわらず、本来入居が予定されていた二条東院の東の対に入居することなく大堰の山荘に移り住むという展開は、いうまでもなく物語作者のなせる技である。物語作者は二条東院構想が完成を迎えるその直前になって、若紫巻執筆時点から思い描いてきた明石の君を二条東院の東の対に西、秋を表象する女性として配置するという構想を変更し、彼女が本来持っていた西、秋という属性の代わりに、彼女に北、冬という属性を賦与したのである。その結果、明石の君は二条東院の東の対に入ることができなくなり、二条東院構想も放棄されることとなった。では、なぜ物語作者はそのような変更を行わなければならなかったのであろうか。

五　北、冬を表象する女性とした理由

若紫巻執筆開始時点から西、秋を表象するとされてきた明石の君が、二条東院が完成した直後に北、冬を表象する女性へと変更されたのは、彼女の身分の低さによるものであったと想像される。日本では古来、春と秋の優劣を論ずることが盛んに行われてきたが、そのことは取りも直さず春と秋が夏と冬に比べて興趣に富み、賞翫すべき季節であったことを示している。すなわち、春と秋は、夏と冬に対して格の高い季節であった。『源氏物語』では、当初春を表象するのは紫の上であるのに対し、秋を表象するのは明石の君であった。が、紫の上と明石の君では二人の身分があまりにも違いすぎる。確かに、源氏からの愛情という点では二人は同等であると言ってもいいが、兵部卿宮と按察大納言の娘との間に生まれた紫の上と大臣の息子とはいえ、近衛中将の職を棄てて、播磨国の国守となり、任期が終わるとそのまま播磨に土着した明石の入道の娘である明石の君とでは、その身分において大きな隔たりがある。

二条東院構想を思い描いて若紫巻の執筆に取りかかった頃の物語作者は、まだ明石の君の身分の低さという問題をさほど深刻には考えていなかったのではなかろうか。源氏が深い愛情を注いだ二人の女性、かつ源氏の栄華を確立する上で重要な役割を果たす明石の姫君の実の母と育ての母、このような対照的な性格を考慮して、物語作者は紫の上と明石の君を一対の存在と考え物語を語り始めたのではなかろうか。

物語作者は、紫の上に東、山、仏、明石の君に西、海、神という属性を賦与し、源氏を仏法における理想の王者転輪聖王とするとともに、神の王海竜王とする。海竜王の邸は四方四季でなければならないから、物語作者は紫の上に東、春、明石の君に西、秋、花散里に南、夏、末摘花に北、冬を表象させることとする。そして、源氏

の住む二条院の西の対に東、春を表象する紫の上、二条東院の東の対に西、秋を表象する明石の君、二条東院の西の対に南、夏を表象する花散里、二条東院の北の対に北、冬を表象する末摘花を配置するという空間の構築を目指す。二条院の西の対に東、春を表象する紫の上を配し、二条東院の東の対に西、秋を表象する明石の君を置くというのは、配置が逆のように思われるが、先に指摘したように東を表象する紫の上を二条院・二条東院空間の西に、西を表象する明石の君を二条院・二条東院空間の東に置くことで、東と西の表象が混ざり合い、二条院・二条東院空間は東と西、山と海、仏と神という表象があまねく存在する空間となる。確かに、身分の上からいえば、紫の上が優位ということになるであろうが、現実世界と異なる物語世界の中でのことであってみれば、物語作者は明石の君が紫の上と同等の重みを持って存在することも許されると二条東院構想を着想した時点では考えていたのではないだろうか。

しかし、物語が進むにつれて、物語作者は紫の上と明石の君を対等な立場に置くことの難しさを感じ始めたと思われる。物語執筆開始当初は、物語という非現実的な世界を容認する文芸作品の性格からして、播磨の田舎で育った明石の君が都で紫の上と同等の重みを持って生活することも許されると考えていたが、実際に物語を書き進めていくにつれて、明石の君の身の程の低さが彼女が都で生活する際大きな障害となることに気づかざるを得なくなったのではなかろうか。

源氏二十九歳の秋、源氏は願はたしのため住吉社に参詣するが、同じ時期昨年今年と参詣できなかった明石の君も住吉社に参詣し、源氏の住吉参詣の行列と遭遇する。

をりしもかの明石の人、年ごとの例の事にて詣づるを、去年今年はさはることありて怠りけるかしこまりとり重ねて思ひ立ちけり。舟にて詣でたり。岸にさし着くるほど見れば、ののしりて詣でたまふ人けはひ渚に満ちて、いつくしき神宝を持てつづけたり。楽人十列など装束をととのへ容貌を選びたり。「誰が詣でたまへるぞ」問ふめれば、「内大臣殿の御願はたしに詣でたまふを知らぬ人もありけり」とて、はかなきほどの下衆だに心地よげにうち笑ふ。げに、あさましう、月日もこそあれ、なかなか、この御ありさまをはるかに見るも、身のほど口惜しうおぼゆ、さすがにかけ離れたてまつらぬ宿世ながら、かく口惜しき際の者だに、もの思ひなげにて仕うまつるを色節に思ひたるに、何の罪深き身にて、心にかけておぼつかなう思ひきこえつつ、かかりける御響きをも知らで立ち出でつらむ、など思ひつづくるに、いと悲しうて、人知れずしほたれたり。（澪標(2)三〇二―三〇三）

源氏一行の豪華、盛大な行列を目の前にして、明石の君は改めて源氏とおのれの身の程の格差を確認せざるを得ない。

物語において、明石の君のこのような切実な身の程意識が語られるということは、取りも直さず物語作者が明石の君の身の程の低さを強く意識し始めたことを示していよう。物語であるから現実にあり得ないようなことを語っても問題ないと考えていたであろう物語作者も、物語が進むにつれて、やはり身分の低い明石の君が都で紫の上と対等の立場で生活することに違和感を感じ始めたのではなかろうか。二条東院構想では、花散里や末摘花は明石の君より一段低い位置に置かれているが、花散里は麗景殿の女御の妹であり、末摘花も落ちぶれたとはいえ常陸の宮の娘であり、いずれも上流貴族の娘である。そのような上流貴族の娘より、身分が著しく劣る明石の君が二条院・二条東院空間で彼女たちより上位に位置するというのは、やはり当時の貴族社会の通念からして認められないものだったのではなかろうか。

しかし、一度開始された二条東院構想は、その構想が周到に組織されていたが故に、そこから逸脱することを容易に許さなかった。源氏二十九歳の二月に、

二条院の東なる宮、院の御処分なりしを、二なく改め造らせたまふ。花散里などやうの心苦しき人々住ませ

むなど思しあてつくろはせたまふ。（澪標(2)二八四—二八五）

と二条東院の造営開始が語られた同じ年の四月、蓬生巻で偶然末摘花を見出した源氏は、末摘花を手厚く庇護し、

二条院いと近き所を造らせたまふを、「そこになむ渡したてまつるべき。よろしき童べなど求めさぶらはせたまへ」（蓬生(2)三五三）

といった手紙を末摘花に贈る。さらに蓬生巻巻末では、

二年ばかりこの古宮にながめたまひて、東の院といふ所になむ、後は渡したてまつりたまひける。（蓬生(2)三五五）

と、末摘花の二条東院入居が語られる。蓬生巻は、澪標巻と時間的には平行して語られる巻であるが、執筆の順序は澪標巻が先に書かれ、蓬生巻が後に書かれた巻と思われるのであるが、澪標巻冒頭で語られた二条東院造営は、蓬生巻でも継続されている。

松風巻冒頭に至って二条東院の完成が語られる。二条東院構想はその構想が周到で堅固であるが故に、そこに変更を加えることは極めて困難であり、その完成まで語り続けられねばならなかった。

しかし、物語作者の脳裏では、二条東院造営開始時から完成時に至る間に、二条東院構想に対する考え方は大きく変化していったのではないだろうか。物語作者は、明石の君の身の程の低さと二条東院構想における位置づけが、現実と余りに乖離しているのではないかという危惧を次第に募らせていったのではないかと想像される。

当時の社会通念からすると、明石の君が花散里や末摘花より格上の女性として遇されるということはあってはならないことであった。もし、二条東院構想に従って、明石の君を紫の上と同等として花散里や末摘花より格上の存在として描こうとすれば、物語は現実離れした安易な理想世界を構築して完結することになる。このような結末は、物語作者にとってこれまで書き続けてきた物語の価値を貶めるものと感じられたのではなかろうか。

物語作者がこれまで書いてきた物語は、従来の物語と比べると極めてリアリティの高いものであった。そのような物語を非現実的な結末で締めくくるということは、やはり容易にできることではなかった。ここまで書いてきた物語と同等の現実感を持って物語を終えようとするなら、やはり明石の君をその身の程にふさわしく他の女性たちより一段低い位置に置き、彼女がそうした状況の中で隠忍自重しながらも、最終的に明石一族の栄華に貢献するという物語に練り直す必要がある。物語作者の関心は、明石の君の最終的な栄華の道筋を当時の現実世界の道理に従って描くという方向に移っていったのではなかろうか。

しかし、明石の君は紫の上とともに源氏の愛情を受ける存在であり、彼女が明石の姫君を生み、姫君が紫の上の養女となって入内し、中宮となることで明石一族に繁栄をもたらすという構想だけは棄てることはできなかった。明石の君はやはり源氏の四方四季の邸に住まう必要があった。だが、明石の君の身の程を考慮すると、明石の君に高い地位を与えることはできない。彼女の身分は、源氏の邸で最も低い位置に置く必要がある。そのためには、四方四季の邸において、明石の君を北、冬を表象する女性とする必要がある。

そこで考え出されたのが、明石の君の大堰移住ではなかったか。五行思想における水の地と比定される兼明親王の大堰の山荘に明石の君一行を移住させることで、彼女を西、秋を表象する女性から北、冬を表象する女性へと変身させることが可能になる。松風巻冒頭部分で明石の君一行の大堰移住を描いた時点で、若紫巻以降物語作者を呪縛し続けてきた二条東院構想はようやく破棄され、明石の君を大堰に住まわせることで、彼女に西、秋という属性に代わって北、冬という属性を与えることがようやく可能となったのである。

六　二条東院構想を放棄した時期

ただし、物語作者が明石の君を大堰に移住させ、二条東院構想を破棄することを決定したのは物語執筆のどの時点であるかを確定することは難しい。物語で二条東院構想を推進する意思が認められる最後の場面としては、澪標巻の、

かやうのついでにも、かの五節を思し忘れず、また見てしがなと心にかけたまへれど、いと難きことにて、え紛れたまはず。女、もの思ひ絶えぬを、親はよろづに思ひ言ふこともあれど、世を経んことを思ひ絶えたり。心やすき殿造りしては、かやうの人集へても、思ふさまにかしづきたまふべき人も出でものしたまはば、さる人の後見にもと思す。かの院の造りざま、なかなか見どころ多くいまめいたり。よしある受領などを選りて、あてあてにもよほしたまふ。（澪標(2)二九九）

という場面を挙げることができよう。源氏が二条東院の造営を開始したのは二十九歳の春であるが、その年の夏源氏は花散里を訪ね、そのついでに筑紫の五節を思い起こす。源氏は筑紫の五節に逢いたいと思うが、政権の中枢に身を置く現在の境遇では軽々しい外出も容易ではない。そこで「心やすき殿造りしては、かやうの人集へても、思ふさまにかしづきたまふべき人も出でものしたまはば、さる人の後見にも」と思うのであるが、この「心やすき殿造り」とは、既にこの年の春の時点で造営が開始された二条東院のことを指すと見て間違いあるまい。源氏は「思ふさまにかしづきたまふべき人」、すなわち思うように養育したい子供などができたら、筑紫の五節をその子の後見役として二条東院に迎え入れようと考える。この場面では、二条東院の完成後、源氏は二条東院に多くの女性を迎え入れることを計画しているのであり、物語作者は明らかに二条東院構想を積極的に推進している。

物語はこの後、朱雀院、藤壺、藤壺の兄の兵部卿宮などの動静について簡単に触れた後、秋に催された源氏の住吉参詣について語り始める。この住吉参詣において、明石の君は源氏との身分の隔たりの大きさを改めて痛感

することとなることについては、先に指摘した。筑紫の五節を二条東院に迎え入れようという右の記述以降、二条東院構想を積極的に推進しようとする徴証は、全く認められなくなる。

一方、二条東院構想が破棄されたことが確認されるのは、松風巻で明石の君が明石から直接二条東院に入居せず、大堰に移り住むことが示された時点ということになるであろうか。ただし、絵合巻巻末が次のように語り収められていることにも注意する必要があろう。

大臣ぞ、なほ常なきものに世を思して、いますこしおとなびおはしますと見たてまつりて、なほ世を背きなんと深く思ほすべかめる。昔の例を見聞くにも、齢足らで官位高くのぼり世に抜けぬる人の、長くえ保たぬわざなりけり。この御世には、身のほどおぼえ過ぎにたり。中ごろなきになりて沈みたりし愁へにかはりて、今までもながらふるなり。今より後の栄えはなほ命うしろめたし。静かに籠りゐて、後の世のことをつとめ、かつは齢をも延べん、と思ほして、山里ののどかなるを占めて、御堂を造らせたまひ、仏経のいとなみ添へてせさせたまふめるに、末の君たち、思ふさまにかしづき出だして見むと思しめすにぞ、とく棄てたまはむことは難げなる。いかに思しおきつるにかといと知りがたし。（絵合(2)三九二―三九三）

「山里ののどかなるを占めて、御堂を造らせたまひ」とある御堂は、松風巻に嵯峨野の御堂として登場する。この嵯峨野の御堂は明石の君の住む大堰の山荘近くに建てられ、源氏が大堰の明石の君のもとに通う際この御堂を訪れることが口実とされるところからすると、既にこの絵合巻巻末の時点で明石の君を大堰に住まわせ、そこに源氏を通わせるという構想が出来上がっていたことが想像される。とすると、物語本文から二条東院構想の破棄が確認されるのは正確には松風巻の直前、絵合巻巻末、すなわち源氏三十一歳の三月末ということになる。

従って、物語作者が二条東院構想を破棄することを決意したのは、澪標巻の源氏二十九歳の秋以降、絵合巻巻末源氏三十一歳の春の暮れまでを執筆している時期のいずれかの時点ということになる。

なお、蓬生巻巻末で、

二年ばかりこの古宮にながめたまひて、東の院といふ所になむ、後は渡したてまつりたまひける。対面したまふことなどはいと難けれど、近き標のほどにて、おほかたにも渡りたまふに、さしのぞきなどしたまひつつ、いと侮らはしげにもてなしきこえたまはず。（蓬生(2)三五五）

と末摘花の二条東院入りが語られる。この蓬生巻巻末の部分が語られる場面は、源氏二十九歳四月、末摘花との再会が語られて以降、関屋巻の逢坂の関での空蝉との再会が語られる九月晦以前に位置することから、源氏二十九歳の夏から秋にかけての期間ということになる。末摘花が二条東院に移ったのは、その二年後ということであるから、末摘花の二条東院入りは源氏三十一歳の夏から秋ということになろう。さらに、松風巻冒頭、源氏三十一歳の秋に二条東院の完成が告げられることから、末摘花が二条東院に入ったのは源氏三十一歳の秋以降ということになる。源氏二十九歳の夏、先にも引用した末摘花との再会の直後の記述で、

二条院いと近き所を造らせたまふを、「そこになむ渡したてまつるべき。よろしき童べなど求めさぶらはせたまへ」（蓬生(2)三五三）

と、末摘花を二条東院に住まわせるため末摘花に「よろしき童べ」などを探すよう源氏が指示していることを考慮すると、末摘花も二条東院完成直後に二条東院に入居したと考えるのが妥当であろう。

ところで、二条東院の完成が源氏三十一歳の年とされたのは、源氏二十九歳の春に生まれた明石の姫君をなるべく早く都に迎え取り、紫の上の養女とし、紫の上のもとで裳着を行いたいという思惑が働いていたからと考えられる。当時、裳着が執り行われる際、子供の年齢は最も早くても三歳というのが常識であったようであるから、明石の姫君の裳着を最も早い時期に行うためには、明石の姫君は三歳までに二条東院に引き取られ、紫の上のもとに迎えられる必要があった。もちろん、そのためには明石の君も明石の姫君とともに上京する必要がある。

そのような事情から、二条東院は源氏三十一歳の年には完成していなければならなかった。そのことは既に蓬生巻巻末で、

二年ばかりこの古宮にながめたまひて、東の院といふ所になむ、後は渡したてまつりたまひける。

（蓬生(2)三五五）

と記された時点で、物語作者に十分承知されていたと思われる。

ところで、もしこの蓬生巻巻末執筆時点で、既に明石の君が明石から二条東院に直接入らず大堰に移り住むことが予定されていたとしたら、明石の君は北、冬という属性を賦与されることになり、二条院の西の対に東、春を表象する紫の上、二条東院の東の対に西、秋を表象する明石の君、西の対に南、夏を表象する花散里、北の対に北、冬を表象する末摘花を配するという二条東院構想は崩壊していたことになる。

明石の君の大堰移住によって、二条東院構想では西、秋を表象することになっていた明石の君が、北、冬を表象する女性へと変化し、北、冬を表象することを予定されていた末摘花は北、冬を表象する女性である必要がなくなる。しかも、明石の君の表象する方位、季節の変更によって空席となった西、秋を表象する女性は、紫の上と同等の重みを持つ存在でなければならないが、末摘花が紫の上と同等の重みを持つ女性でないことは明らかである。とすると、末摘花は新しく造営されるであろう四方四季の邸宅で、東、西、南、北のいずれかの方位と春、夏、秋、冬のいずれかの季節を表象する女性から排除されることになる。

さて、ここで先に引用した松風巻冒頭部分をもう一度示してみよう。

東の院造りたてて、花散里と聞こえし、移ろはしたまふ。西の対、渡殿などかけて、政所、家司など、あるべきさまにしおかせたまふ。東の対は、明石の御方と思しおきてたり。北の対はことに広く造らせたまひて、かりにてもあはれと思して、行く末かけて契り頼めたまひし人々集ひ住むべきさまに、隔て隔てしつら

はせたまへるしも、なつかしう見どころありてこまかなり。寝殿は塞げたまはず、時々渡りたまふ御住み所にして、さる方なる御しつらひどもしおかせたまへり。（松風(2)三九七）

引用した本文では、二条東院の完成が語られるとともに、二条東院の西の対に花散里が入居し、東の対には明石の君の入居が予定されていると語られる。しかし、末摘花の入居に関しては何も語られることがない。そして、この引用した部分に続いて明石の君の大堰移住の物語が語られることになるのだが、この明石の君の大堰移住によって、明石の君は二条東院構想で予定されていた西、秋を表象する女性から北、冬を表象する女性へと定位し直され、その結果、二条東院構想で北、冬を表象することになっていた末摘花は、四方四季の邸の方位と季節を表象する女性としての資格を失うことになる。蓬生巻巻末以降末摘花が物語に登場するのは、六条院完成後の玉鬘巻で、源氏が正月に彼の庇護のもとにあるそれぞれの女性に衣装を贈る場面である。そこでは末摘花は蓬生巻巻末の叙述を承けて二条東院に居住している。

以上の事実を勘案すると、松風巻冒頭の二条東院完成の場面で、明石の君と花散里の名が告げられるのに、末摘花の名が挙げられないのは、物語作者が二条東院の完成、すなわち二条東院構想の終焉が語られる時点において、新たに造営される四方四季の邸でそれぞれの方位とそれぞれの季節を表象する女性のみに焦点を当て、それ以外の女性をなるべく排除しようと意図した結果ではないかという推測が成り立つ。末摘花は新しい四方四季の邸において、方位と季節を表象する女性とはなり得ないため、彼女の二条東院入居は蓬生巻巻末で語られ、松風巻冒頭部分でその名が告げられることがなかったのではなかろうか。もし、このような推測が許されるなら、二条東院構想は蓬生巻巻末の時点において、既に放棄されていたことになる。

七　桂の院

ところで、松風巻で明石の君が明石から東北の方角にある大堰の山荘に船で移るのとほぼ同時期に、源氏は急遽桂に邸を構えるが、大堰川（桂川）は、大堰から東南に流れ、桂に達している。明石の君の山荘は川縁にあり、亀山の麓から湧き出た水は、明石の君の山荘の遣水を通って、大堰川に流れ込み、東南の桂に至ることを考えると、先に引用した兼明親王の祭文の一節、「夫水者稟二秋気於庚之金一、盛二正位於北方一、養二春味於震之木一、帰二末流於東南一。群品為レ之亭毒、万物為レ之生育」という表現との対応が見て取れる。さらに、「盛二正位於北方一、養二春味於震之木一、帰二末流於東南一。群品為レ之亭毒、万物為レ久生育」とは、桂の邸の主、光源氏の栄華を輝かしいものとするとの意と読み取ることもできるであろうから、兼明親王の祭文の一節は、明石の君が西方の明石から北を表象する水の地大堰に移り住み、大堰から東南の木、すなわち桂の地に水を流して万物を生育させる、つまり明石の地から明石の姫君を連れて大堰に入り、姫君を源氏に譲り渡し、后がねとして養育してもらうことで、源氏の栄華を不動のものとすることを寓意していると解釈することもできよう。

源氏は大堰の明石の君の山荘を訪ねた後、桂の院に赴き公達を饗応する。この時饗宴に遣わされた冷泉帝からの使者への禄を大堰から取り寄せているが、この大堰の明石の君から桂の院の源氏のもとに帝の使いに対する禄の品を贈るという行為は、「夫水者稟二秋気於庚之金一、盛二正位於北方一、養二春味於震之木一、帰二末流於東南二」という表現に対応する行為、すなわち明石の入道が明石で築いた莫大な財力が明石の君とともに大堰にもたらされ、その財力がこれ以後の源氏の栄華を支えることになることを象徴的に物語るものといえるのではなかろうか。

また、大堰の東南にあたる桂の地は、五行思想では木であると同時に青竜の住む地でもある。とすると、桂に存する桂の院の主である源氏は竜と見なすことができよう。また、明石の君は、若紫巻で源氏の従者良清の話によって物語に初めて登場するが、その話を聞いた源氏の従者たちは、明石の君を「海竜王の后になるべきいつきむすめななり」（若紫(1)二〇四）という。また物語では、この他に須磨巻、明石巻にそれぞれ一箇所「海の中の竜王」という表現が出てくる。私は以前拙論で、物語で海竜王が強調されるのは、石川徹が指摘するように物語に海幸山幸神話ばかりでなく、浦島伝説が強く影響をおよぼしているのか、あるいは本来海竜王の后となるはずだった明石の君を源氏が横取りするという物語の結構故のことかと推定したが[16]、海竜王の后となるべき明石の君を妻とした源氏は、海竜王に匹敵する存在と考えることができるのではなかろうか。

物語は、明石の入道が明石の姫君を得た心境を「いともいともうつくしげに、夜光りけむ玉の心地して」（松風(2)四〇三）と語り、姫君を夜光る玉に喩えるが、この夜光る玉について河野貴美子は次のように述べる[17]。

中国では古来、宝玉と言えば「隋珠和璧」と並称されてきた。「隋珠和璧」とは「隋侯の珠」と「和氏の璧」のことで『淮南子』巻六「覧冥訓」高誘注（後漢）にそれぞれの説話が並べ載せられている。（中略）

さて、隋珠と和璧の連称は『史記』「鄒陽列伝」や「李斯列伝」などにも見え、『文選』「西都賦」（後漢・班固）や「西京賦」（後漢・張衡）にも後宮を飾るものとして「隋侯明月」や「夜光」が並び見える。

ここで注意したいのは、「夜光」の玉とはそもそも和璧や、その他の「璧」に用いられる形容で、隋珠を「夜光珠」とする表現はもともと見られないことである。ところが時が下ると、中国説話の展開の中で、隋珠すなわち霊蛇珠を「夜光」のものとする表現が現れ、やがて「龍の夜光珠」というものが多く見られるようになるのである。そして『源氏物語』の「夜光りけむ玉」も、こうした説話の系譜上に生まれた表現ではないかと考えられるのである。

河野の指摘によれば、「夜光る玉」は竜の所有物ということになり、明石の姫君を子に持つ源氏はここでも竜と見なすことができる。石川徹は「そもそも四季にあてた広大な宮殿というのは、伝承の世界でいえば、竜宮城である」、「六条院の世界では、いわば、海竜王にあたるのが太上天皇に准ぜられた光源氏で、明石の上はその后になったようなものである」とするが[18]、以上見てきた点を考慮すれば、石川のように四方四季の六条院は竜宮城であり、海竜王である光源氏がその主であるとする読みもより蓋然性を帯びたものとなるであろう。

八　大堰の地は神仙境

また、明石の君の移り住んだ大堰の地は、神仙の世界でもあった。先に引用した兼明親王の祭文には、

伏見二此山之形一、以レ亀為レ体。夫亀者玄武之霊、司レ水之神也。甲虫三百六十之属、在二於北方一、霊亀為二之長一。或背負二蓬宮一、不レ知三幾千里一、或身遊二蓮葉一、不レ知二幾万年一。神霊之至誠無量者也。

という表現がなされていたが、この文章の前半「霊亀為之長」までは、五行思想に基づく記述と考えられるが、「或背負蓬宮」以下の後半部分は、亀山が蓬萊山、すなわち神仙境であることを示している。

この兼明親王の祭文が元となったかどうかは不明だが、紫式部の時代には亀山を蓬萊と結び付けることが一般化していたようで、『江吏部集』上巻、「秋日岸院即事。」と題した七言律詩に「此地トレ隣非二俗境一。龜山便是小蓬萊。」、同中巻、「暮秋。泛二大井川一。各言二所懐一和歌序。」に「寛弘之歳秋九月。蓬壺侍臣二十輩。合二宴龜山之下。大井河之上一。」とある[19]。また『拾遺和歌集』には、「陸奥国の守これともがまかり下りけるに、弾正の親王の香薬遣はしけるに」と詞書して「亀山にいく薬のみ有ければ留むる方もなき別哉」（巻六・別・三三一・戒秀法師）という歌が収められるが[20]、この歌は『奥義抄』に「かめ山と詠めるは、蓬萊なり。龜の背にある山なれば云ふなり」という注が存する[21]。

また、松風巻では源氏が大堰の明石の君を訪ねようとする場面が次のように描かれる。

「桂に見るべきことはべるを、いさや、心にもあらでほど経にけり。とぶらはむと言ひし人さへ、かのわたり近く来ゐて待つなれば、心苦しくてなむ。嵯峨野の御堂にも、飾りなき仏の御とぶらひすべければ、二三日ははべりなん」と聞こえたまふ。桂の院といふ所にはかにつくろはせたまふと聞くは、そこに据ゑたまへるにやと思すに心づきなければ、「斧の柄さへあらためたまはむほどや、待ち遠に」と心ゆかぬ御気色なり。（松風(2)四〇九）

紫の上は、源氏が明石の君の所に行っている間は「斧の柄さへあらためたまはむほどや」と皮肉を言うが、この皮肉は爛柯の故事を踏まえている。爛柯の故事は『述異記』では、

信安県石室山。晋の時、王質木を伐る。至りて童子数人の棊し歌ふを見る。質因りて之を聴く。童子一物を以て質に与ふ。棗核のごとし。質之を含むに、飢を覚えず。俄頃にして、童子謂ひて曰はく、「何ぞ去らざる」と。質起き、斧柯を視るに、爛れ尽く。既に帰るに復時の人無し。

と記され、王質が仙境に迷い込み、童子が碁を打つのを見ている間に斧の柄が朽ちるほどの時が経っていたとするが、この説話には他に琴を聞いている間に斧の柄が朽ちたとするものもある。『太平御覧』巻四七引『群国志』には、

石室山、一名石橋山、一名空石山。晋中朝の時、王質なる者有り。嘗て山に入り木を伐る。石室に至り、童子の数四、琴を弾き歌ふ有り。質因りて斧柯を放ち之を聴く。童子一物を以て質に与ふ。状は棗梅のごとし。之を含むに復た飢ゑず。遂に復た小停す。亦俄頃と謂ふに、童子語りて曰く、「汝来ること已に久し。何ぞ速やかに去らざる」と。質声に応じて起くるに、柯已に爛れ尽く。

とあり、『水経注』巻四十「漸江水」引『東陽記』、『太平御覧』巻九六五引『東陽記』、『太平寰宇記』巻九七「衢

州西安県」などにも類話があるという。『述異記』と『東陽記』は、ほぼ同時期の成立であるから、仙境で碁を打つのを見ていたとする説話と琴を聞いていたとする説話が同時に存在していたことになる。[22]

この場合、どちらの説話を取るにしても、斧の柄が朽ちるとは、仙境に入って瞬く間に長い時間を過ごすことを意味しており、明石の君の居る場所、大堰が仙境であることを暗示していよう。明石の君は大堰に到着した直後琴を弾くし、源氏も大堰を訪れて琴を弾くことを考慮すると、仙境で琴を聞くという後者の説話の方が、紫の上の言葉に「琴に魅了されてお帰りも遅くなるのではないでしょうか」といった意味合いが含まれ、より効果的な発言となると思われるが[23]、ともかくここでは大堰の地が水、北、冬を表すのみでなく、仙境でもあることを押さえておかねばならない。

ところで、明石を発って大堰に入る船旅の途中、明石の君は次のような歌を詠む。

いくかへりゆきかふ秋をすぐしつつうき木にのりてわれかへるらん　（松風(2)四〇七）

この「うき木にのる」という表現は、漢の武帝が張騫を大夏に遣わし河源を尋ねさせたという説話によっている。『荊楚歳時記』七月七日条には、次のような説話を収める。[24]

漢の武帝、張騫をして大夏に使し河源を尋ねしむ。槎に乗りて月を経て一処に至る。城郭の官府の如きを見る。室内に一女ありて織る。又た一丈夫の牛を牽いて河に飲むを見る。騫問いて曰く、此れは是れ何処と。答えて曰く、厳君平に問うべしと。織女、機を搘える石を取りて騫に与う。而して還りてのち蜀に至り君平に問う。君平曰く、某の年月日、客星牛女を犯すと。得る所の機を搘える石を、（東方朔に示す、朔曰く、此の石は是れ天上の織女の機を支える石なり。何ぞ此に至れるやと）。

これによると漢の武帝が張騫を大夏に遣わし河源を尋ねさせたところ、張騫は槎に乗って月を過ぎ、織女牽牛のいる天の川に至ったという。明石の君は、「うき木にのりてわれかへるらん」と詠ずるのであるが、「うき木にのる」とは、張騫のように筏に乗って川を溯ることを指すのであり、「われかへる」という表現は明石の君が天の川に帰ることを意味する。つまり、明石の君は天の川の女、つまり織女であることを示すことになる。大堰に至る途中には、月を連想させる桂の地もあり、そこを通って大堰、すなわち天の川に帰ると詠じていることも、『荊楚歳時記』の張騫の説話との対応を示すであろう。(25)

また、松風巻の最末尾には、

嵯峨野の御堂の念仏など待ち出でて、月に二度ばかりの御契りなめり。年の渡りにはたちまさりぬべかめるを、及びなきことと思へども、なほいかがもの思はしからぬ。　（松風(2)四二四）

とあるが、ここでは源氏と明石の君の逢瀬を七夕のそれと比較しており、明石の君の歌から大堰の地を天の川、そこに帰る明石の君を織女とする推定を補強する証左となろう。

このように、物語の表現から大堰の地は天の川、そこに帰る明石の君は織女に比定されるのであるが、織女はまた蓬莱の地に住む女でもあった。例えば、杜甫の「送三孔巣父謝レ病歸游二江東一、兼呈二李白二」という詩には、

巣父掉レ頭不二肯住一。東將三入レ海隨二煙霧一。詩巻長留天地間。釣竿欲レ拂珊瑚樹。深山大澤龍蛇遠。春寒野陰風景暮。蓬莱織女回二雲車一。指二點虚無一引二歸路一。

巣父頭を掉って肯て住まらず。東将に海に入りて煙霧に随はむとす。詩巻長く留む天地の間。釣竿拂はむと欲す珊瑚の樹。深山大澤龍蛇遠し。春寒野陰風景暮る。蓬莱の織女は雲車を回す。虚無を指點して帰路を引く。　（『杜少陵詩集』巻二）

とあり、(26)『新撰万葉集』にも、

毎秋玄宗契七日　一年一般亘黄河　別日織女恋仙人　蓬莱楼閣好裁縫

秋毎に玄宗七日を契る。一年一般黄河を亘る。別日織女仙人を恋ふ。蓬莱の楼閣裁縫するに好し。

（下巻・秋歌・三四二）

とあるように(27)、織女は蓬莱にいると考えられていた(28)。とすると、織女に比定される明石の君は蓬莱に住むことになり、松風巻で明石の君を織女に喩えた表現は、亀山およびその麓にある大堰の山荘が蓬莱であるという先に示した推定と結びつくこととなる。

源氏は大堰の明石の君の許を訪れた後、桂の院で都から源氏を追ってきた公達と饗宴を催すが、宴の最中、冷泉帝より、

月のすむ川のをちなる里なれば桂のかげはのどけかるらむ　（松風(2)四一九）

という歌が届けられる。この歌の「かつらのかげ」という表現について『河海抄』は、

兼名苑云月中ニ有河々水上有桂樹高五百丈

という注を付す(29)。また、源氏は返歌の後、「中に生ひたる」と誦ずるが、これは伊勢の、

桂に侍りける時に、七条の中宮のとはせ給へりける御返事に奉れりける　伊勢

久方の中に生ひたる里なれば光をのみぞ頼むべらなる　（古今集・巻十八・九六八）

という歌の一節を引いたものであり、冷泉帝の歌や源氏が誦じた伊勢の歌から、物語では桂という地は月の中にある里というイメージで語られることになる。

『竹取物語』では、かぐや姫が月の都の人について、

かの都の人は、いとけうらに、老いをせずなむ。思ふこともなくはべるなり。

と語り(30)、かぐや姫を迎えに来た天人は不死の薬を持つというように、月は神仙境と見なされていた。また、『河海抄』は先に引いた冷泉帝の歌の「かつらのかげ」について、「兼名苑云…」の注とともに、

安天論曰桂花《ハ》月也月中仙人桂樹《アリ》其初出《ナルトキ》　仙人足見《ユ》漸成形後桂樹生《ナル》

と、月に仙人が住むとの注を付す。これらの点を考慮すると、桂は月の中に有る里であると同時に、神仙境でもあるということになる。

先に引用した兼明親王の祭文に「盛㆓正位於北方㆒、養㆓春味於震之木㆒、帰㆓末流於東南㆒」という表現があったが、大堰の神仙世界もまた、桂川の流れに沿って、桂まで流されるのであり、桂の院は青龍の住む地であるばかりでなく、神仙境ともなるのであり、その桂の院の主である源氏は竜王であるばかりでなく、神仙でもあると考えられるのではないだろうか。

桂の院の饗宴の最後に部分に、

け近ううち静まりたる御物語すこしうち乱れて、千年も見聞かまほしき御ありさまなれば、斧の柄も朽ちぬべけれど、今日さへはとて急ぎ帰りたまふ。（松風(2)四二一）

というように「斧の柄も朽ちぬべけれど」という表現がなされるのも、桂の院が仙境であり、源氏が神仙であることを示していよう。

なお、先に大堰に移り住んだ明石の君が松に象徴されることを指摘したが、その際に引用した『論語』子罕篇の「歳寒くして然る後に松柏の彫むに後るるを知る」といった表現、あるいは『古今集』冬の部の「雪降りて年の暮れぬる時にこそつひにもみぢぬ松も見えけれ」（巻六・冬・三四〇・読人しらず）という歌は、松が冬の植物の代表であることを示すのみならず、松が永遠性、恒久性といった属性を象徴するものであることを示している。明石の君、およびその姫君が松に喩えられるということは、彼女たちの永遠性、恒久性を示すことにもなるのであり、このことも彼女らの住む大堰が神仙境であるという推測を支持する根拠となろう。(31)

九　嵯峨野の御堂

また、嵯峨野の御堂も明石の君の大堰への移住にともなって、源氏が大堰を訪れることを可能にすべく物語に登場せしめられたものである。源氏が大堰に移り住んだ明石の君を最初に訪ねる際し、紫の上に対して、

桂に見るべきことはべるを、いさや、心にもあらでほど経にけり。とぶらはむと言ひし人さへ、かのわたり近く来ゐて待つなれば、心苦しくてなむ。嵯峨野の御堂にも、飾りなき仏の御とぶらひすべければ、二三日ははべりなん　（松風(2)四〇九）

と桂の院や嵯峨野の御堂を見て回ることを口実にしており、松風巻巻末でも、

嵯峨野の御堂の念仏など待ち出でて、月に二度ばかりの御契りなめり。　（松風(2)四二四）

と嵯峨野の御堂での念仏を口実に明石の君との逢瀬を持つことが語られる。嵯峨野の御堂は、源氏が大堰を訪ねるためには欠くことのできない装置であった。

ただし、嵯峨野の御堂は源氏の大堰訪問の口実を与えるためだけに物語に登場してきたわけではない。物語は嵯峨野の御堂の位置について、

造らせたまふ御堂は、大覚寺の南に当たりて、滝殿の心ばへなど劣らずおもしろき寺なり。　（松風(2)四〇一）

と語る。この記述より、諸注この御堂の準拠として、源融の棲霞観をあてるが、大堰の山荘の準拠となった兼明親王の山荘は、この棲霞観の西に位置する。『本朝文粋』に収められる兼明親王の「山亭起請」は「東棲霞観、西雄蔵山、中有茅茨、松柱三間」と書き起こしており、(32)棲霞観が兼明親王の山荘の東、すなわち棲霞観から見れば、兼明親王の山荘は棲霞観の西にあったことが確認できる。兼明親王の山荘が明石の君の大堰の山荘の準拠で

あり、棲霞観が源氏の嵯峨野の御堂の準拠であるとすると、明石の君の大堰山荘は嵯峨野の御堂の西に位置することになる。

源氏は初めて大堰の山荘を訪ねた翌日、嵯峨野の御堂に向かい、様々なことを指示して、再び大堰の山荘に戻るが、その様子は物語では次のように語られる。

御寺に渡りたまうて、月ごとの十四五日、晦日の日行はるべき普賢講、阿弥陀、釈迦の念仏の三昧をばさるものにて、またまた加へ行はせたまふべきことなど定めおかせたまふ。堂の飾り、仏の御具などめぐらし仰せらる。（松風(2)四一三―四一四）

ここで、源氏が「月ごとの十四五日、晦日の日行はるべき普賢講、阿弥陀、釈迦の念仏の三昧」のことを定めたと記されていることは注意する必要がある。若紫巻で源氏が北山から帰京するに際して、北山の僧都は源氏の来臨を優曇華の花の開花に喩え、源氏を転輪聖王に準える。転輪聖王は『過去現在因果経』によれば、釈迦の在家の姿であるという。若紫巻北山の場面において、源氏は釈迦の化身に準えられるのである。(33)また、末摘花巻や蓬生巻では、普賢菩薩の乗物である象の鼻のような鼻を持つ末摘花と関係を持つことによって、源氏は釈迦如来の脇侍である普賢菩薩の化身と見なされる。(34)とすると、普賢講と釈迦の念仏の三昧は源氏自身のためになされるものということになろう。

では、阿弥陀の念仏の三昧は誰のためになされるのかといえば、それは明石の君のためということになるのではないだろうか。阿弥陀如来は西方極楽浄土の教主である。明石の君が大堰に移住したことによって、明石の君は嵯峨野の御堂の阿弥陀如来の庇護を受けることになったと想像される。明石の君は、京の西、明石の地で生まれ育ち、京の西に鎮座する海の神、住吉明神の加護を受けた娘、すなわち西の神の娘として物語に定位されたことは既に詳しく述べたところであるが、(35)その明石の君が大堰に移った時、彼女は大堰の山荘のすぐ東に存在する嵯峨野の御堂の阿弥陀如来の庇護を受けることにより、それまで彼女が有してきた西、海、神という属性の他に、西、仏という属性も賦与されることになったのではないだろうか。

さらにこのように考えた時、若紫巻で源氏が北山から帰京する場面が再び想起されることになる。

聖、御まもりに独鈷奉る。見たまひて、僧都、聖徳太子の百済より得たまへりける金剛子の数珠の玉の装束したる、やがてその国より入れたる箱の唐めいたるを、透きたる袋に入れて、五葉の枝につけて、紺瑠璃の壺どもに御薬ども入れて、藤桜などにつけて、所につけたる御贈物ども捧げたてまつりたまふ。君、聖よりはじめ、読経しつる法師の布施ども、まうけの物ども、さまざまに取り遣はしたりければ、そのわたりの山がつまでさるべき物ども賜ひ、御誦経などして出でたまふ。（若紫(1)二二一）

ここで源氏は「御まもりに独鈷」、「聖徳太子の百済より得たまへりける金剛子の数珠」、「紺瑠璃の壺ども」に入った御薬を授かるが、このうち「紺瑠璃の壺ども」に入った御薬について、『河海抄』は「貴布祢は鞍馬寺の鎮守也鞍馬貴布祢の中間ニ、僧正谷といふ所あり薬師仏不動尊霊験の地也薬師仏の右の御手ニ紺瑠璃壺を持しめ給ふ僧都の贈物ニ此壺ニ薬をいれてたてまつるも医王の薬に思よそへたる也」との注を付す(36)。すなわち、北山の僧都から源氏へ贈られた紺瑠璃の壺は、薬師如来からの贈物と解される。北山は仏教の聖地として物語に描かれながら、どのような仏を祀っているか物語中に明記されていないが、この壺から連想される薬師仏、すなわち薬師如来がこの山の中心的な仏ということになるのではないかと思われる(37)。また、物語ではこの壺に藤、桜が付けられていたとするが、この桜は紫の上を寓意すると見ることができよう。

北山で中心となる仏は薬師如来であり、その贈物に紫の上を寓意する桜が添えられていることは、北山の仏法の庇護を受けた娘として形象される紫の上は(38)、薬師如来の庇護のもとにある娘として形象されていることを意味するのではなかろうか。薬師如来は東方瑠璃光浄土の教主であり、西の海の神の娘である明石の君が大堰に移り住むことによって、西方極楽浄土の教主である阿弥陀如来の庇護のもとにある娘となるのに対し、東の山の仏の娘である紫の上は東方瑠璃光浄土の教主である薬師如来の庇護のもとにある娘ということになり見事な対応関係を示すことになる。なお、若菜上巻で、紫の上は源氏四十の賀に嵯峨野の御堂で薬師仏の供養を行っているが、このことも彼女が薬師如来の庇護のもとにある娘であることを示していよう。

嵯峨野の御堂は釈迦如来とその脇侍普賢菩薩を中心に、東に薬師如来、西に阿弥陀如来が安置され、釈迦如来と普賢菩薩は源氏を庇護し、東方瑠璃光浄土の薬師如来が紫の上、西方極楽浄土の阿弥陀如来が明石の君を庇護するという意図の下に造営されたと考えられる。

なお以前拙論で、紫の上という呼称、および「あづま」と呼ばれる大和琴やそれを伴奏に源氏が謡う催馬楽の「常陸」などによって、紫の上に東という方位がその属性として賦与されていると指摘したが、(39)薬師如来が紫の上を庇護する存在であるとすると、薬師如来が東方瑠璃光浄土の教主であるという点からも、紫の上に東方性を賦与することが可能となる。また、彼女が終世桜に喩えられ、春の女性として描かれていることから、五行思想によって彼女に東方性を賦与することができるということということも、ここで改めて指摘しておきたい。

さらに松風巻では、これまで尼姿で登場することのなかった明石の君の母君が、尼となって登場する。明石における夫入道との別れの場面で、入道が、

　　行くさきをはるかに祈るわかれ路にたえぬは老の涙なりけり

と詠じ、「「いともゆゆしや」とて、おしのごひ隠す」と続いた後、

尼君、

　　もろともに都は出できこのたびやひとり野中の道にまどはん

とて泣きたまふさまいとことわりなり。　（松風(2)四〇三―四〇四）

と語られるが、この尼君という呼称が明石の君の母が尼君と記される最初の例となる。以後明石の君の母は、物語では尼君と呼ばれることになる。明石の君の母君が、明石の君ともども大堰に移るという時点になって、突然尼となって登場するという設定には、大堰の地に仏教的な雰囲気を与えようとする作者の意図を見て取ることができるのではなかろうか。大堰の地は、神仙境であり、五行思想によって水の地とされ、明石の君に北、冬といった属性を賦与するのみでなく、嵯峨野の御堂の存在によって、彼女に西方極楽浄土の教主、阿弥陀如来の庇護のもとにある娘という性格を賦与することになるのである。

さらに、嵯峨野の御堂や大堰の山荘が山里にあることもこれと関連して注目されよう。嵯峨野の御堂は、「山里ののどかなるを占めて、御堂を造らせたまひ」（絵合(2)三九二）と山里に造られたことが知られるが、大堰の山荘も松風巻では、

これは川づらに、えもいはぬ松蔭に、何のいたはりもなく建てたる寝殿のことそぎたるさまも、おのづから山里のあはれを見せたり。（松風(2)四〇一）

と記され、尼君が大堰の山荘で明石の君の琴を聞いて、

身をかへてひとりかへれる山里に聞きしに似たる松風ぞ吹く（松風(2)四〇八）

という歌を詠じる場面が描かれる。大堰に移転後、靫負の尉に言い寄られた明石の君の女房が、

八重たつ山は、さらに島がくれにも劣らざりけるを、松も昔のとたどられつるに、忘れぬ人もものしたまひけるに頼もし（松風(2)四一七）

と返答するが、この場面からも大堰の山荘が「八重たつ山」の中にあることが知られ、源氏が大堰から帰京した後の様は、

殿におはして、とばかりうち休みたまふ。山里の御物語など聞こえたまふ。（松風(2)四二二）

と語られる。源氏は大堰で明石の姫君に初めて対面した折、「かくこそは、すぐれたる人の山口はしるかりけれ」（松風(2)四一〇）との感懐を抱くが、ここに「山口」という言葉が用いられていることも、大堰の山荘が山里にあることと無縁ではあるまい。

さらに薄雲巻に至っても、尼君は大堰の住まいを「かかる深山隠れ」（薄雲(2)四三〇）と言い、明石の君と乳母との間で、

雪ふかみみ山の道は晴れずともなほふみかよへあと絶えずして

雪間なき吉野の山をたづねても心のかよふあと絶えめやは

（薄雲(2)四三一）

という歌が交わされる。源氏が都から明石の君のことを思いやる場面では、「山里のつれづれをも絶えず思しやれば」（薄雲(2)四三八）、「山里の人も、いかになど、絶えず思しやれど」（薄雲(2)四六五）といった表現もなされる。このように物語では、嵯峨野の御堂や大堰の山荘が山里にあることが繰り返し語られるが、このことは嵯峨野の御堂や明石の君の住む大堰の山荘を包む仏教的雰囲気に、山という属性を賦与することを意図していると思われる。

澪標巻までは、紫の上は東の山の仏の娘、明石の君は西の海の神の娘と措定されていたが、松風巻で明石の君が大堰の山里に移り住むことで、山という属性を賦与されると同時に、彼女は嵯峨野の御堂の阿弥陀如来の庇護のもとにある娘として定位し直されることとなり、西、海、神という属性の他に、西、山、仏という属性を賦与されることになる。そしてそれに呼応するように、それまで東、山、仏を表象するとされてきた紫の上は、絵合巻以降、東の海の社である伊勢神宮にかつて斎宮として奉仕していた秋好中宮を養女として迎え入れることで、これまでの東、山、仏の他に、東、海、神を表象する娘として形象し直されることになる。

松風巻の明石の君の大堰移住以降、物語は、主要な登場人物に新たな属性を賦与しつつ、光源氏の超越的、絶

対的な栄華のさらなる構築に向けて新たな胎動を始めることとなる。

1　『源氏物語』は、『新編日本古典文学全集』に拠る。
2　篠原昭二『源氏物語の論理』（東京大学出版会、平成4年）6「『源氏物語』の成立過程の一節」
3　本書第二章。
4　田坂憲二『源氏物語の人物と構想』（和泉書院、平成5年）Ⅱ、八「二条東院構想の変遷―明石の君母子の処遇をめぐって―」は、物語作者は明石の君母子の上京を姫君の袴着のタイム・リミットのぎりぎりまで遅らせることで、上京・母子離別・袴着を一点に集中させ、明石の君の心情を深みのあるものとすると同時に、二条東院に入りにくい存在とし、かつ身分的落差故に姫君を手放さねばならない明石の君の荒涼たる心情を効果的に表現する背景として、厳冬の大堰川のほとりの山荘という時空を設定したのではないかと推測する。
5　『花鳥余情』は、『源氏物語古注集成』に拠る。
6　『新編日本古典文学全集　源氏物語2』の付録「漢籍・史書・仏典引用一覧」に拠る。
7　『和漢兼作集』は、『図書寮叢刊　平安鎌倉未刊詩集』に拠る。
8　鷲山茂雄「『源氏物語』「松風」巻と兼明親王」（『平安朝文学研究』復刊5号、平成8年12月）
9　『扶桑略記』は、『新訂増補　国史大系』に拠る。
10　同注5。
11　『本朝文粋』は、『新日本古典文学大系』に拠り、柿村重松『本朝文粋註釈』に従い、一部私に改めて読み下した。
12　『新編日本古典文学全集』では、この引用本文分は「冬になりゆくままに、桂の住まひいとど心細さまさりて」とあるが、明石の君の住まいは桂から遠く隔たった大堰にある。「桂」は他本に認められる「かはつら」に改めるのが適切であろう。

13 『論語』は、『新釈漢文大系』に拠る。

14 『古今集』は、『新編日本古典文学全集』に拠る。

15 新間一美は、『源氏物語の構想と漢詩文』（和泉書院、平成21年）第二部、第一章「「松風」と「琴」」で、「このように明石の上と松の結びつきは深い。それは明石の浦の松の風景に源を持ち、琴と結びつくことによって、光源氏との出逢いの契機となっている。その松風は琴の音色を連想させるし、一人聞く松風は孤独の象徴ともなっている。ひいては松は明石の上その人を象徴するものともなり、そこから生まれた姫君を「二葉の松」や「小松」と呼ぶことにもなる。明石の上は後に六条院の冬の町に入るが、そこには松が植えられている。これらの「松」に関わる表現は「松の構想」とも呼ぶことができよう」と指摘する。

16 拙著『王朝文学の始発』（笠間書院、平成21年）第四章、第一節「『源氏物語』と『古事記』日向神話―潜在王権の基軸―」

17 河野貴美子「夜光りけむ玉」（『源氏物語の鑑賞と基礎知識　絵合・松風』所収、至文堂、平成14年）

18 石川徹『平安時代物語文学論』（笠間書院、昭和54年）第十三章「明石の上論」

19 『江吏部集』は、『群書類従』に拠る。

20 『拾遺和歌集』は、『新日本古典文学大系』に拠る。

21 『奥義抄』は、『日本歌学大系』に拠る。

22 河野貴美子「爛柯の故事」（『源氏物語の鑑賞と基礎知識　絵合・松風』所収、至文堂、平成14年）

23 上原作和『光源氏物語　學藝史　右書左琴の思想』（翰林書房、平成18年）第三部、「《爛柯の物語史》「斧の柄朽つ」る物語の主題生成」、河野貴美子「爛柯の故事」（『源氏物語の鑑賞と基礎知識　絵合・松風』所収、至文堂、平成14年）

24 『荊楚歳時記』は、『東洋文庫』に拠る。

25 新間一美『源氏物語の構想と漢詩文』（和泉書院、平成21年）第Ⅳ章、「源氏物語と仙査説話」では、筏に乗って仙界である天の川に行く類の話を仙査説話と呼び、荊楚歳時記逸文及び金谷園記逸文に見える張騫仙査説話と博物誌所載の海人仙査説話を紹介し、いずれの説話も我が国では奈良時代から知られていたと指摘する。

26 『杜少陵詩集』は、『続国訳漢文大成』に拠る。
27 『新撰万葉集』は、『新編国歌大観』に拠る。
28 於国瑛「『源氏物語』における明石君と〈大堰山荘〉―龍族としての栄華へのステップをめぐって―」（『古代中世文学論考』15集所収、新典社、平成17年）
29 『河海抄』は、玉上琢彌編『紫明抄　河海抄』（角川書店、昭和43年）に拠る。
30 『竹取物語』は、『新編日本古典文学全集』に拠る。
31 田中隆昭「仙境としての六条院」（『国語と国文学』75巻11号、平成10年11月）は、日本漢詩文の仙境表現に植物としては松が多く用いられていることを指摘する。
32 『本朝文粋』は、『新日本古典文学大系』に拠る。
33 同注16。
34 拙著『王朝文学の始発』（笠間書院、平成21年）第四章、第二節、「末摘花論―石長比売と末摘花―」
35 同注16。
36 同注29。
37 同注16。
38 同注16。
39 同注16。

第四章　北山と大堰、桂

——紫の上と明石の君の登場

一　北山と大堰、桂――紫の上と明石の君の登場

私は以前、「『源氏物語』と『古事記』の日向神話――潜在王権の基軸――」と題する論文において[(1)]、仏の庇護を受けかつ東、山という属性を有する紫の上と、神の庇護を受けかつ西、海という属性を有する明石の君という二人の女性を娶ることによって、光源氏は日本の国土を支配する正当性を獲得したとする説を提示したが、本稿ではこの二人の女性と光源氏の出逢いの場において、光源氏の王者性への讃歎が顕著になされ、かつその讃歎が対照性、対偶性をもって表現されていることついて論及してみたいと思う。

ただし、若紫と光源氏の出逢いの場は北山であるが、明石の君と光源氏の出逢いの場は大堰とその南に位置する桂ということにする。明石の君と光源氏の最初の出逢いは、言うまでもなく明石であるが、光源氏の王者性を顕著に示す場となると、源氏が流謫生活を送った明石ではなく、源氏が明石から帰京し、明石の君を物語の主要な舞台である京に迎え入れる大堰とそれに付随して登場する桂になると考えるからである。

光源氏の王者性が顕現される北山と大堰、桂という場において、光源氏の王者性がどのように表現されているのか、以下物語の表現に即して考察していきたいと思う。

二　北山の光源氏

十八歳の三月の晦、瘧病を患った源氏は、北山の「なにがし寺」に住む聖に治療を受けるべく北山に赴く。山の様子は[(2)]、

三月のつごもりなれば、京の花、盛りはみな過ぎにけり。山の桜はまだ盛りにて、入りもておはするままに、霞のたたずまひもをかしう見ゆれば
（若紫(1)一九九―二〇〇）

と記され、京では花の盛りは過ぎたのに、山の桜はまだ満開であった。「峰高く、深き岩の中に」籠もっていた聖は、源氏を歓迎し護符を作って源氏に飲ませ、加持などしてさしあげているうちに、日が高く上がる。源氏は岩屋から立ち出で、山の中腹から岩屋の下にある多くの僧坊を見渡すが、その中のなにがしの僧都の坊に女人の姿を認める。

さらに、物語はそれに引き続いて次のような場面を語る。

君は行ひしたまひつつ、日たくるままに、いかならんと思したるを、「とかう紛らはさせたまひて、思し入れぬなんよくはべる」と聞こゆれば、背後の山に立ち出でて京の方を見たまふ。はるかに霞みわたりて、四方の梢そこはかとなうけぶりわたれるほど、「絵にいとよくも似たるかな。かかる所に住む人、心に思ひ残すことはあらじかし」とのたまへば、「これはいと浅くはべり。他の国などにはべる海山のありさまなどを御覧ぜさせてはべらば、いかに御絵いみじうまさらせたまはむ」、「富士の山、なにがしの岳」など語りきこゆるもあり。また、西国のおもしろき浦々、磯のうへを言ひつづくるもありて、よろづに紛らはしきこゆ。
（若紫(1)二〇一―二〇二）

源氏は眼下の僧坊を見わたすと、再び聖の岩屋に戻って勤行を行い、その後、背後の山、すなわち北山山頂に供人たちとともに登り、都の方をながめる。この光源氏の北山山頂からの俯瞰の背後には、古代の王者が行った国見儀礼の存在を見て取ることができるであろう。(3) かつ、源氏が北山から南を向いて京を眺める、すなわち京に対して南面するとは、「南に面する。南に向かって位置する。南嚮。南は陽、陽に向ふは人君の位。君は南面し、臣は北面する。故に又、単に人君をもいふ(4)」という儒教的イデオロギーに基づいた王者の行為と捉えることがで

きよう。右に引用した源氏の北山山頂における京への眺望は、古代帝王の儀礼や、儒教的イデオロギーをふまえることによって、源氏の王者性を高らかに標榜する場面と見ることができよう。

と同時に、この北山山頂での俯瞰の場面、およびその直前の聖に治療を受ける場面に「日高くさしあがりぬ」「日たくるままに」といった表現があることも注意されよう。天皇の祖先が太陽であり、天皇自身太陽の子であるという当代の思想を考慮するなら、太陽を頭上に戴きつつ、北山山頂で国見を行う光源氏はまさに帝王としての相貌を刻印されているといえるのではなかろうか。

源氏は聖から加持などを受け、翌日帰京することになるが、その際僧都、聖によって宴の場が設けられる。

　御迎への人々参りて、おこたりたまへるよろこび聞こえ、内裏よりも御とぶらひあり。僧都、見えぬさまの御くだもの、何くれと、谷の底まで掘り出でいとなみきこえたまふ。「今年ばかりの誓ひ深うはべりて、御送りにもえ参りはべるまじきこと。なかなかにも思ひたまへらるべきかな」など聞こえたまひて、大御酒まゐりたまふ。「山水に心とまりはべりぬれど、内裏よりおぼつかながらせたまへるもかしこければなむ。いまこの花のをり過ぐさず参り来む。

　宮人に行きてかたらむ山桜風よりさきに来ても見るべく」

とのたまふ御もてなし、声づかひさへ目もあやなるに、

　優曇華の花待ち得たる心地して深山桜に目こそうつらね

と聞こえたまへば、ほほ笑みて、「時ありて一たび開くなるはかたかなるものを」とのたまふ。聖、御土器賜りて、

　奥山の松のとぼそをまれにあけてまだ見ぬ花の顔を見るかな

とうち泣きて見たてまつる。

（若紫(1)二二〇―二二一）

源氏の「山水に心とまりはべりぬれど」という言葉は、『論語』の「知者は水を楽み、仁者は山を楽む」という言葉をふまえ[5]、知も仁も備わった源氏の卓越した資質を暗に示した表現と読み取ることもできようか。また、源氏の「宮人に」の歌に対し、僧都は光源氏に逢ったことを「優曇華の花を待ち得たる心地して」と詠じ、聖も「まだ見ぬ花の顔を見るかな」とやはり源氏を優曇華の花に喩えて表現する。優曇華は、

慧琳音義第八に、「優曇華は梵語古譯の訛略なり。梵語に正しくは烏曇跋羅といふ、此に祥瑞靈異といふ。天花なり。世間に此の花なし、若し如來下生し、金輪王世間に出現すれば、大福徳力を以ての故に、感得して此の花出現す」と云ひ、又同第二十六には「優曇鉢林は此に起空といひ、又瑞應といふ」と云ひ、法華義疏第三には河西道朗の説を出して「此に靈瑞花といひ、又空起花といふ。天竺に樹あり、其の花なし。若し輪王出世せば此の花即ち現ず」

と言われるように[6]、「きわめて稀に咲くとされる花。その開花は三千年に一度といわれ、また、開花のときには転輪聖王が出現するともいわれる」[7]花である。

また、転輪聖王は「転輪王・輪王ともいう。インド、とくに仏教において考えられる王の理想像で、金輪（あるいは銀・銅・鉄輪）・象・馬・珠・玉女・居士（優れた財政負担者）・主兵臣（優れた将軍）の七宝を有し、四徳をそなえ、法をもって統治し、民に安楽を得させるとされる」と指摘される[8]。

釈迦の伝記を記した仏伝の中で、日本に古くから伝わり最もよく知られた『過去現在因果経』には、釈迦が摩耶夫人の胎内に入った時、夫の白浄王がバラモンの相人に観相をさせたところ、バラモンの相人は、

「降胎の時、大光明を放ち、諸天・釈・梵の執侍し、囲繞するは、此の相、必ず是れ正覚の瑞なり。若し出家せずんば、転輪聖王と為り、四天下に王として、七宝自ら至り、千子具足せん」

（お子様が母御の胎内に降られた時、大きな光明を放って、多くの天神・帝釈天・梵天王がのぼりをささげ

て、周りを取り囲んでいたというすがたは、これは、お子様がきっと正しい悟りを得られるという瑞兆であります。もし出家なさらなければ、きっとこの世の尊い王となって、すべての世界に君臨され、すぐれた王の持つ七つの宝は、自然と天から与えられて身につき、千人の子もみなそなわるでありましょう）

と予言したとあり、釈迦の出家直前にも、迦毘羅旆兜国の諸々の大相師たちが太子を占ったところ、

若し出家せずんば、七日を過ぐる後、転輪王の位を得、四天下に主として、七宝自ら至らん」

（もし太子が出家なさらなければ、七日を過ぎて、世界最高の王の位を得て、四方の天下に君臨し、転輪王のしるしの七宝は、自然と身に具わるようになるでしょう）

と言ったという。(9)

『過去現在因果経』によると、釈迦は俗世に留まれば、転輪聖王となり、世上から理想の聖帝として仰がれると予言されていたことになる。とすると、僧都や聖が源氏を見て優曇華の花が咲いたと表現していることは、そこに出家していない釈迦の姿、転輪聖王の出現、すなわち仏教世界における理想の王者の出現を見ていることになる。(10)

さらに物語は、右に引用した場面に続いて次のように語る。

聖、御まもりに独鈷奉る。見たまひて、僧都、聖徳太子の百済より得たまへりける金剛子の数珠の玉の装束したる、やがてその国より入れたる箱の唐めいたるを、透きたる袋に入れて、五葉の枝につけて、紺瑠璃の壺どもに御薬ども入れて、藤桜などにつけて、所につけたる御贈物ども捧げたてまつりたまふ。

（若紫(1)二一一）

ここで注目されるのは、僧都から源氏に贈られたものの中に、聖徳太子が百済から得た金剛子の数珠が含まれていることであろう。聖徳太子と言えば、我が国仏教興隆の祖であり、天皇にこそならなかったが、崇峻天皇暗殺

後に我が国最初の女帝となった推古天皇の摂政となり、困難な政治情勢の中、冠位十二階や十七条憲法を定めるなど、帝王に匹敵する様々な政治的事績を残したとされる人物である。その聖徳太子が仏教伝来の地、百済から得た数珠を贈られるということは、源氏が聖徳太子と同等の人物、ないしは彼の後継者と見なされたことを意味しよう。(11)

源氏が帰京しようとする朝には、「御迎への人々参りて、おこたりたまへるよろこび聞こえ、内裏よりも御とぶらひあり」とあり、源氏が車に乗って出立しようとすると、さらに左大臣家から迎えの人々が駆けつける。

　御車に奉るほど、大殿より、「いづちともなくておはしましにけること」とて、御迎への人々、君たちなどあまた参りたまへり。頭中将、左大弁、さらぬ君たちも慕ひきこえて、「かうやうの御供は仕うまつりはべらむと思ひたまふるを、あさましくおくらさせたまへること」と恨みきこえて、「いといみじき花の蔭に、しばしもやすらはずたちかへりはべらむはあかぬわざかな」とのたまふ。岩隠れの苔の上に並みゐて、土器まゐる。落ち来る水のさまなど、ゆゑある滝のもとなり。

　頭中将、懐なりける笛とり出でて吹きすましたり。弁の君、扇はかなううち鳴らして、「豊浦の寺の西なるや」とうたふ。人よりはことなる君たちを、源氏の君いといたううちなやみて、岩に寄りゐたまへるは、たぐひなくゆゆしき御ありさまにぞ、何ごとにも目移るまじかりける。例の、篳篥吹く随身、笙の笛持たせたるすき者などあり。僧都、琴をみづから持てまゐりて、「これ、ただ御手ひとつあそばして、同じうは、山の鳥もおどろかしはべらむ」と切に聞こえたまへば、「乱り心地いとたへがたきものを」と聞こえたまへど、けにくからず掻き鳴らしてみな立ちたまひぬ。

（若紫(1)二一三―二一四）

「内裏よりも御とぶらひ」があるということは、源氏の宮中における存在の大きさを示すものであろうし、またこの時点で権勢の中枢にいる左大臣家の子息たちが源氏を追って北山までやって来るということは、源氏の徳を示すことになるのではなかろうか。

さらにここでは、「いといみじき花の蔭に、しばしもやすらはずたちかへりはべらむはあかぬわざかな」と、酒宴が設けられ、源氏と頭中将以下、左大臣家の人々との間で管弦の遊びが催される。この管弦の遊びの場でも、源氏の卓越性は「源氏の君いといたううちなやみて、岩に寄りゐたまへるは、たぐひなくゆゆしき御ありさまにぞ、何ごとにも目移るまじかりける」と強調されるのであるが、その源氏と左大臣家の人々の間でなされる酒宴、管弦の遊びは、君臣和楽の世界を表現していると見て取ることができよう。

頭中将が笛、他の人々が篳篥、笙の笛などで演奏を始めると、僧都は琴の琴を取り出して源氏に弾くことを勧め、源氏は琴の琴を「けにくからず掻き鳴ら」す。『源氏物語』では、琴の琴は王者の楽器とされるが、ここで源氏が琴の琴を弾くというのも、彼の卓越性、王者性を示すものと見てよかろう。

また、この管弦の遊びを聞いている者たちは、

あかず口惜しと、言ふかひなき法師、童べも涙を落としあへり。まして内には、年老いたる尼君たちなど、まだ、さらにかかる人の御ありさまを見ざりつれば、「この世のものともおぼえたまはず」と聞こえあへり。僧都も、「あはれ、何の契りにて、かかる御さまながら、いとむつかしき日本の末の世に生まれたまへらむと見るに、いとなむ悲しき」とて目おし拭ひたまふ。（若紫⑴二二四）

というように、「言ふかひなき法師、童べ」も涙を落とし、尼君たちは「この世のものともおぼえたまはず」と言い合ったといい、源氏のこの上ない卓越性が示される。その卓越性とは、僧都の「あはれ、何の契りにて、かかる御さまながら、いとむつかしき日本の末の世に生まれたまへらむと見るに、いとなむ悲しき」と言う言葉を考慮すれば、この末法の世に出現した釈迦、すなわち転輪聖王の出現を意味していると考えてよいであろう。これら北山における源氏と彼を取り巻く人々の様を描いた一連の描写は、仏法における理想の王者、転輪聖王の出

現の様を見事に表現していると見て取ることができよう。

なお、この管弦の遊びで謡われる「豊浦の寺の西なるや」という歌は、催馬楽「葛城」の一節である。その詞章を示すと以下のようになる。(12)

葛城の　寺の前なるや　豊浦の寺の　西なるや　榎の葉井に　白璧沈くや　真白璧沈くや　おしとと　とおしとと
しかしてば　国ぞ栄えむや　我家らぞ　富せむや　おおしとと　としとんと　おおしとんと　としとんと

ところでこの催馬楽「葛城」と類似した歌謡が、『続日本紀』「光仁天皇即位前紀」に収められている。(13)

天皇《すめらみこと》、寛仁敦厚《くわんじんとんこう》にして、意豁然《みこころひろらか》なり。勝宝《しようほう》より以来《このかた》、皇極弐无《あまつひつぎつぎてな》く、人彼此《ひとかれこれ》を疑《うたが》ひて、罪《つみな》ひ廃《はい》せらるる者《ひと》多《おほ》し。天皇《すめらみこと》、深《ふか》く横禍《くわうくわ》の時《とき》を顧《かへり》みて、或《ある》は酒《さけ》を縦《ほしきまにま》にして迹《あと》を晦《かく》す。故《ゆゑ》を以《もち》て、害《わざはひ》を免《まぬか》るることは数《あまたたび》なり。また、嘗龍潜《むかしりようせむ》の時《とき》、童謡《わざうた》に曰《い》はく、「葛城寺《かづらきてら》の前《まへ》なるや　豊浦寺《とよらのてら》の西《にし》なるや　おしとど　としとど　桜井《さくらゐ》に　白壁沈《しらかべしづ》くや　好《よ》き壁沈《かべしづ》くや　おしとど　としとど　然《しか》しては国《くに》ぞ昌《さか》ゆるや　吾家《わぎへ》らぞ昌《さか》ゆるや　おしとど　としとど」といふ。時《とき》に井上内親王《ゐのうへのひめみこ》、妃《きさき》と為《あ》り。識者《しるひと》以為《おも》へらく、「井《ゐ》は内親王《ひめみこ》の名《な》にして、白壁《しらかべ》は天皇《すめらみこと》の諱《いみな》と為《あ》り。蓋《けだ》し天皇極《すめらみことごく》に登《のぼ》る徴《しるし》なり」とおもへり。

『続日本紀』のこの記事によると、「葛城寺の前なるや」という歌謡は、光仁天皇が「龍潜之時」の時、すなわち光仁天皇の即位以前、彼がまだ白壁王と呼ばれていた時期に、彼が天皇として即位することを予言する童謡として謡われたものという。「葛城」の詞章の中に出てくる「桜井」は、光仁天皇の妃、井上内親王を意味し、その「桜井」に沈んでいる白壁は、光仁天皇即位以前の呼称である白壁王を寓意したものとされる。光仁天皇は天智天皇の孫にあたり、天智系の血筋を引く、いわば傍系の皇族であったが、奈良時代末期皇位継承の権利を有する天武系の皇族が次々と亡くなっていく中、妃が天武系の井上内親王であったため、天皇に擁立されたといわれ、新たな皇統を打ち立てた天皇とも見なされる。『続日本紀』の童謡に見られる「桜井に白壁沈くや」とは、白壁王と井上内親王のそのような関係を示唆していると考えられる(14)。また、『源氏物語』では、管弦の遊びは「「いといみじき花の蔭に、しばしもやすらはずたちかへりはべらむはあかぬわざかな」とのたまふ。岩隠れの苔の上に並みゐて、土器まゐる。落ち来る水のさまなど、ゆゑある滝のもとなり」と、花の蔭の下の「ゆゑある滝のもと」で催されているが、これは『続日本紀』「光仁天皇即位前紀」に収められた歌謡の詞章にある「桜井」を指していると見ることもできよう。

北山の宴で謡われる催馬楽「葛城」の背後に、物語作者は当然のことながら、この『続日本紀』「光仁天皇即位前紀」の記事を想起することを読者に求めたであろう。北山の管弦の遊びにおいて、催馬楽「葛城」が謡われるということは、源氏を白壁王（光仁天皇）に準え、その王者性を宣揚するという意味を持つのである。と同時に、催馬楽「葛城」や「光仁天皇即位前紀」に収められる歌謡には、葛城寺、豊浦寺という寺が謡われているのであるが、このことはここでも光源氏の王者性への礼賛が仏法の側からなされていることを改めて確認させる(15)。

若紫巻冒頭における瘧病治療のための光源氏の北山への微行は、源氏の王者性への賛嘆で埋め尽くされている。北山に到着し、聖に加持を受けた後の北山山頂の場面は、王権を象徴する太陽のもとで古代的な儀礼や儒教的イデオロギーによる王者性の宣揚がなされた。またその後、源氏が若紫を垣間見し、僧都や尼君に若紫を自らのもとに引き取りたいと申し出て拒否される夜の場面を挟み込んで、翌日北山を後にする場面において、再び太陽のもとで源氏の王者性が様々な形で賛嘆されるのであるが、そこでも仏法による王者性の宣揚が強くなされていることが確認される。

源氏が僧都の坊で一夜を過ごした暁の場面は、

暁方になりにければ、法華三昧おこなふ堂の懺法の声、山おろしにつきて聞こえくるいと尊く、滝の音に響きあひたり。

吹き迷ふ深山おろしに夢さめて涙もよほす滝の音かな

「さしぐみに袖ぬらしける山水にすめる心は騒ぎやはする

耳馴れはべりにけりや」と聞こえたまふ。

開けゆく空はいといたう霞みて、山の鳥どもそこはかとなく囀りあひたり。名も知らぬ木草の花どもいろいろに散りまじり、錦を敷けると見ゆるに、鹿のたたずみ歩くもめづらしく見たまふに、なやましさも紛れはてぬ。（若紫(1)二一九）

と語られるが、このようにして夜が明けた後、北山の別れの場において聖や僧都、また左大臣家の子息や北山の住人たちによって、仏法の側からの源氏への礼賛がなされることは注目に値しよう。

三　大堰、桂の光源氏

紫の上を見初めることとなった源氏の北山への微行に対し、明石の君が大堰に移住するまでの経緯は、次のように語られる。

まことや、かの明石に心苦しげなりしことはいかにと思し忘るる時なければ、公私いそがしき紛れにえ思すままにもとぶらひたまはざりけるを、三月朔日のほど、このころやと思しやるに人知れずあはれにて、御使ありけり。とく帰り参りて、「十六日になむ。女にてたひらかにものしたまふ」と告げきこゆ。めずらしきさまにてさへあなるを思すにおろかならず。などて京に迎へてかかることをもせさせざりけむと口惜しう思さる。

宿曜に「御子三人、帝、后かならず並びて生まれたまふべし。中の劣りは太政大臣にて位を極むべし」と勘へ申したりしこと、さしてかなふなめり。おほかた、上なき位にのぼり世をまつりごちたまふべきこと、さばかり賢かりしあまたの相人どもの聞こえ集めたるを、年ごろは世のわづらはしさにみな思し消ちつるを、当帝のかく位にかなひたまひぬることを思ひのごとうれしと思す。みづからも、もて離れたまへる筋は、さらにあるまじきことと思す。あまたの皇子たちの中にすぐれてらうたきものに思したりしかど、ただ人に思しおきてける御心を思ふに、宿世遠かりけり、内裏のかくておはしますを、あらはに人の知ることならねど、相人の言空しからず、と御心の中に思しけり。いま行く末のあらましごとを思すに、住吉の神のしるべ、まことにかの人も世になべてならぬ宿世にて、ひがひがしき親も及びなき心をつかふにやありけむ、さるにては、かしこき筋にもなるべき人のあやしき世界にて生まれたらむは、いとほしうかたじけなくもあるべきかな、このほど過ぐして迎へてん、と思して、東の院急ぎ造らすべきよしもよほし仰せたまふ。

（澪標(2)二八五―二八六）

明石から都に帰還した源氏は、明石の君が女の子を産んだと聞くと、かつての宿曜の予言を思い出す。その予言とは源氏には子供が三人生まれるが、一人は帝、一人は后、もう一人は太政大臣に就くというものであった。源氏と藤壺の間に生まれた男子が、今、帝として即位したことを思うと、源氏にとってこの予言の実現はにわかに現実味を帯びたものとなってくる。明石の君との間に生まれた娘が、源氏にとって三人目の子供でかつ唯一の女の子であるということは、この娘が将来后になる可能性を十分に予想させる。源氏は将来天皇の后となるはずの姫君が明石という辺鄙な土地で生まれたことを「いとほしうかたじけな」きことと思うとともに、姫君を将来后とするため都に迎えることを決意する。

源氏は明石の姫君のために、父は宮内卿の宰相で、母はかつて桐壺院にお仕えしていた女房宣旨という格式ある家柄の娘で、今は両親を失い落ちぶれた生活をしている娘を明石の姫君の乳母に選び、わざわざ都から明石に遣わす。五月五日の姫君の五十日の祝いには、都から丁重に使者を差し向ける。また、源氏は明石に絶えず手紙を送り続け、明石の君が姫君とともに上京することを促す。だが、そうした源氏の意向にもかかわらず、明石の君は自らの身の程を思うと都に上ることをなかなか決意できず、かといって姫君が明石の片田舎に留まってこのまま過ごしていては、都で人並みに扱ってもらえないことを思うと明石に留まってばかりはいられないと思い悩む。父入道も同じ思いである。こうした葛藤を抱えつつ明石の君が明石に留まっているうちに姫君が生まれて二年が過ぎ、姫君をこのまま明石に留めておくことはできない状況となる。切迫した状況の中、明石の入道は、妻の尼君の祖父中務卿が大堰の地に構えていた山荘を修理して、明石の君を大堰に住まわせることを決意し、その年の秋、明石の君は姫君、母尼君と共に大堰に移り住むことになる。

明石の君一行が、上京を決意し、大堰の山荘に向けて出発する場面は、次のように語られる。

入道、例の後夜よりも深う起きて、鼻すすりうちして行ひいましたり。いみじう言忌すれど、誰も誰もいと忍びがたし。若君は、いともいともうつくしげに、夜光りけむ玉の心地して、袖より外には放ちきこえざりつるを、見馴れてまつはしたまへる心ざまなど、ゆゆしきまでかく人に違へる身をいまいましく思ひながら、片時見たてまつらではいかでか過ぐさむとすらむと、つつみあへず。（松風(2)四〇三）

別れに当たって、明石に残る入道と大堰に向かう明石の君一行は悲しみにうちひしがれる。特に入道は、「夜光りけむ玉」を得たような気持で、いつも抱いてかわいがっていた姫君と別れるのがつらく、姫君も入道に馴れ慕っているのを見ると、出家の身に姫君への愛情は持ってはならないと思いつつも、やはり姫君との別離を嘆かずにはいられない。

若君のかう出でおはしましたる御宿世の頼もしさに、かかる渚に月日を過ぐしたまはむもいとかたじけなう、

> 契りことにおぼえたまへば、見たてまつらざらむ心まどひはしづめがたけれど、この身は長く世を棄てし心はべり、君たちは世を照らしたまふべき光しるければ、しばしかかる山がつの心を乱りたまふばかりの御契りこそはありけめ、天に生まるる人の、あやしき三つの途に帰るらむ一時に思ひなずらへて、今日長く別れたてまつりぬ。命尽きぬと聞こしめすとも、後のこと思しいとなむな。避らぬ別れに御心動かしたまふな」と言ひ放つものから、「煙ともならむ夕まで、若君の御事をなむ、六時の勤めにもなほ心きたなくうちまぜはべりぬべき」とて、これにぞうちひそみぬる
> （松風(2)四〇五―四〇六）

別れの最後の場面は、入道の以上のような言葉で締め括られる。入道の言葉に出てくる「天に生まるる人の、あやしき三つの途に帰るらむ一時」という表現は、「受クル所ノ楽シミ乃至愛善業尽キ、命終リテ還退スルトキハ、業ニ随ヒテ流転シ、地獄・餓鬼・畜生ニ堕ツ」（正法念処経）といった仏教的輪廻観によるものであろう。ただし、明石の君一向が都に向かい大堰に入ることを、地獄・餓鬼・畜生に堕ちると表現するとは考えがたい。「天に生まるる人の、あやしき三つの途に帰るらむ一時」の直前の「君たちは世を照らしたまふべき光しるければ、しばしかかる山がつの心を乱りたまふばかりの御契りこそはありけめ」という表現があることを考慮すると、「君たちは世を照らしたまふべき光しるければ」が「天に生まるる人」に対応し、「しばしかかる山がつの心を乱りたまふばかりの御契りこそはありけめ」が「あやしき三つの途に帰るらむ一時」に対応すると解釈するのが妥当であろう。[16] 明石の入道は明石の君、明石の姫君を「世を照らしたまふべき光しるければ」と言い、「天に生まるる人」とも語る。これらの言葉は、明石の君や姫君が近い将来、天皇に近い地位を得ることを表しているといえよう。明石の君や尼君は知る由もないが、後に若菜下巻の入道の遺言で語られるように、入道は娘や孫娘に輝かしい未来のあることを霊夢で予見していたのである。

明石の君一行は、舟で大堰に移り住むことになるが、源氏は紫の上に気兼ねしてすぐに大堰を訪問することも

できない。明石の君一行が大堰に着いて数日過ぎても、源氏は大堰を訪れない。

なかなかもの思ひつづけられて、棄てし家居も恋しうつれづれなれば、かの御形見の琴を掻き鳴らす。をりのいみじう忍びがたければ、人離れたる方にうちとけてすこし弾くに、松風はしたなく響きあひたり。尼君もの悲しげにて寄り臥したまへるに、起きあがりて、

身をかへてひとりかへれる山里に聞きしに似たる松風ぞ吹く

御方、

ふる里に見し世の友を恋ひわびてさへづることを誰かわくらん

（松風(2)四〇七―四〇八）

明石の君は、上京してきたのに、すぐに源氏に逢うこともできず、かえってもの思いを募らせるばかりで、源氏が形見にと明石の君に預けていた琴の琴を掻き鳴らす。その琴の琴の音を聞いて尼君は、「身をかへて」と詠じ、明石の君が「ふる里に」の歌を唱和する。

この場面の尼君の歌の「聞きしに似たる松風ぞ吹く」は諸注「明石の浦で聞いたのと同じような松風」とするが、これは明石の浦で聞いた松風の音ではなく、かつて尼君の祖父中務卿が存命の頃、幼い尼君がこの大堰の邸で聞いた松風の音であり、琴の琴の音色ではなかったろうか。それに唱和する明石の君の歌の「ふる里に見し世の友を恋ひわびて」という表現も、「恋ひわびる」主体は明石の君ではなく、琴の琴なのではなかろうか。明石の君の歌はかつて大堰に住んでいた尼君の祖父を恋しがって鳴る琴の音を誰も聞き分ける人がいない、つまり尼君の祖父が在世中この邸が栄えていた頃のことを知っているものは誰もいないと詠じていると解すべきではなかろうか。「ふる里に見し世の友を恋ひわびてさへづること」という表現は、「恋ひわびてさへづる」主体を明石の君とするより琴それ自体とした方が自然な解釈と思われる。

また、ここで明石の君が王者の楽器、琴の琴を弾くのは曾祖父が中務卿であり、彼女も皇統に連なる女王であ

ることを示すためと思われる。そのためには、「聞きしに似たる松風」にしろ、「ふる里に見し世の友」にしろ、曽祖父中務卿に連なる歌が詠まれる必要があったのではなかろうか。(17)と同時に、ここで彼女が琴の琴を弾くのは、彼女の子孫が再び皇統に連なって行くであろうことを、暗に示していると読み取ることもできよう。

大堰では、もう一度琴の琴が弾かれる。

ありし夜のこと思し出でらるるをり過ぐさず、かの琴の御琴さし出でたり。そこはかとなくものあはれなるに、え忍びたまはで掻き鳴らしたまふ。まだ、調べも変らず、ひき返しそのをり今の心地したまふ。

契りしに変らぬことのしらべにて絶えぬ心のほどは知りきや

女、

変らじと契りしことをたのみにて松のひびきに音をそへしかな

と聞こえかはしたるも似げなからぬこそは、身に余りたるありさまなめれ。（松風(2)四一四）

ようやく源氏が大堰を訪れた折、明石の君はあの源氏から預かっていた琴の琴を取り出す。源氏は明石の浦でのこと思い出さずにはいられず、琴の琴を掻き鳴らす。先の場面が明石の君の皇統に連なることを示す弾琴の場面であるとするなら、これは源氏の王者性を示すと同時に、明石の君が王者たる源氏の妻にふさわしいことを示す弾琴の場面と見ることができるのではなかろうか。また、北山同様大堰でも源氏が王者の楽器、琴の琴をつま弾く場面が描かれ、彼の王者性が示されることも注目に値しよう。

大堰で源氏が明石の君と再会を果たす場面で、源氏は明石の君との間に生まれた明石の姫君と初めて対面する。源氏が初めて明石の姫君を見たときの様子は次のように語られる。

めづらしうあはれにて、若君を見たまふもいかが浅く思されん。今まで隔てける年月だに、あさましく悔しきまで思ほす。大殿腹の君をうつくしげなりと世人もて騒ぐは、なほ時世によればば人の見なすなりけり。かくこそは、すぐれたる人の山口はしるかりけりと、うち笑みたる顔の何心なきが、愛敬づきにほひたるを、いみじうろうたしと思す。（松風(2)四一〇）

源氏は若君のかわいらしさに圧倒され、夕霧のかわいらしさの比ではないと思い、「すぐれたる人の山口はしるかりけり」と、将来姫君が后となるという宿曜の予言をより確信する。だとすれば、このまま姫君を明石の君のもとに置いておくことはできない。姫君が天皇の后となるためには、身分の高いしかるべき女性の娘となる必要がある。

こよなうねびまさりにける容貌けはひえ思ほし棄つまじう、若君はた、尽きもせずまもられたまふ。いかにせまし、隠ろへたるさまにて生ひ出でむが心苦しう口惜しきを、二条院に渡して心のゆく限りもてなさば、後のおぼえも罪免れなむかし、と思ほせど、また思はむこといとほしくて、えうち出でたまはで涙ぐみて見たまふ。（松風(2)四一四―四一五）

姫君を后がねとするには、明石の君のもとで姫君を養育することは許されない。明石の君のような身分の低い女性を母としていたのでは、姫君を入内させることは不可能である。姫君を将来后とするためには、姫君の母を后にふさわしい身分の女性にする必要がある。源氏は、姫君を紫の上の養女とすることを考えるようになる。

源氏が大堰から帰る様は次のように語られる。

またの日は京へ帰らせたまふべければ、すこし大殿籠り過ぐして、やがてこれより出でたまふべきを、桂の院に人々多く参り集ひて、ここにも殿上人あまた参りたり、御装束などしたまひて、「いとはしたなきわざかな。かく見あらはさるべき隈にもあらぬを」とて、騒がしきに引かれて出でたまふ。心苦しければ、さりげなく紛らはして立ちとまりたまへる戸口に、乳母若君抱きてさし出でたり。あはれなる御気色にかき撫でたまひて、「見ではいと苦しかりぬべきこそいとうちつけなれ。いかがすべき。いと里遠しや」とのたまへば、「遙かに思ひたまへ絶えたりつる年ごろよりも、今からの御もてなしのおぼつかなうはべらむは心づくしに」など聞こゆ。若君手をさし出でて、立ちたまへるを慕ひたまへば、突いゐたまひて、「あやしう、もの思ひ絶えぬ身にこそありけれ。しばしにても苦しや。いづら。などもろともに出でては惜しみたまはぬ。さらばこそ人心地もせめ」とのたまへば、うち笑ひて、女君にかくなむと聞こゆ。なかなかもの思ひ乱れて臥したれば、とみにしも動かれず。あまり上衆めかしと思したり。人々もかたはらいたがれば、しぶしぶにゐざり出でて、几帳にはた隠れたるかたはら目、いみじうなまめいてよしあり、たをやぎたるけはひ、皇女たちと言はむにも足りぬべし。帷子ひきやりて、こまやかに語らひたまふとて、とばかりかへり見たまへるに、さこそしづめつれ、見送りきこゆ。（松風(2)四一五―四一六）

ここでは、なまじ源氏に逢ったばかりに、これまでにもましてもの思いを募らせ、思い乱れて臥す明石の君の姿が描かれる。それでも女房達に促されてしぶしぶ几帳の蔭から顔を覗かせた明石の君の様を、物語は皇女といっても不足はないほどの気品を備えていると表現する。明石の君の現実の身の程とは異なる姿を描き出すことは、明石の姫君が将来后になることとの不自然さを解消しようとしたものといえようか(18)。

と同時に、この場面において源氏に馴れ親しんで慕い寄る姫君の姿を描くことは、源氏がここで姫君を自らのものとしたとの印象を与える。明石の姫君が二条院の紫の上のもとに引き取られるのは、この年の冬、薄雲巻になってからであるが、ここで既に姫君は源氏の手中に帰していると読み取ることができよう。

先の明石での入道と明石の君一行の別れの場面で、明石の姫君は「夜光りけむ玉」と評されたが、この「夜光りけむ玉」とは竜の持ち物とされる(19)。とすると、「夜光りけむ玉」と称される姫君を手に入れた源氏は竜になったと解することができよう。竜は「王者の喩」とされるから(20)、源氏は「夜光りけむ玉」である明石の姫君を手に入れることで竜、すなわち王者となったと見ることができよう。

若紫巻の北山山頂の場面で、明石の入道に纏わる噂話がなされ、入道の娘に話が及ぶと、入道は代々の国司の求婚を断り、娘を高貴な人に縁付けようとしていること、もしその願いが叶わない時は、娘に「海に入りね」と言っていることが源氏の供人良清によって語られる。それを聞いた供人たちは「海竜王の后になるべきいつきむすめななり」「心高さ苦しや」などと言って笑うが、明石の君は入道の期待通り、都でもっとも高貴な人物光源氏と結ばれる。結ばれた時点では源氏は官位を剥奪され、流浪の身であったが、まもなく赦免され、都の世界の中心人物、まさに王者にふさわしい権勢を持った人物となる。若紫巻の北山山頂の場面で揶揄された入道の願いは実現したのである。北山山頂で供人たちは、田舎娘が都の高貴な人と結婚などできるはずがないとし、その娘は結局海に入る他ないと考え、海に身を投げれば海の神の王者、海竜王の后になれるだろうと冗談半分に言ったのであるが、その娘が都で帝王にも匹敵するような権勢を持つ光源氏と結ばれ、しかもその光源氏は「夜光りけむ玉」を持つ竜であるとすると、明石の君は海に入水することなく、竜すなわち海竜王と結婚したことになる。北山山頂である供人が冗談で言った「海竜王の后になるべきいつきむすめななり」という言葉がまさに的中したのである。光源氏は、海の神である住吉の神の導きによって、住吉の神の申し子、明石の君を娶り、「夜光りけむ玉」とされる明石の姫君を手に入れることで、海竜王、すなわち海の神の王となったのである。

源氏が大堰に赴くと、

> 繕ふべき所、所の預り、いま加へたる家司などに仰せらる。桂の院に渡りたまふべしとありければ、近き御庄の人々参り集まりたりけるも、みな尋ね参りたり。（松風⑵四一一）

> またの日は京へ帰らせたまふべければ、すこし大殿籠り過ぐして、やがてこれより出でたまふべきを、桂の院に人々多く参り集ひて、ここにも殿上人あまた参りたり（松風⑵四一五）

> いとよそほしくさし歩みたまふほど、かしがましう追ひ払ひて、御車の後に頭中将、兵衛督乗せたまふ。

「いと軽々しき隠れ処見あらわされぬるこそねたう」と、いたうからがりたまふ。「昨夜の月に、口惜しう御供に後れはべりにけると思ひたまへられしかば、今朝、霧を分けて参りはべりつる。山の錦はまだしうはべりけり、野辺の色こそ盛りにははべりけれ。なにがしの朝臣の、小鷹にかかづらひて立ち後れはべりぬる、いかがなりぬらむ」など言ふ。（松風(2)四一八）

と、北山では内裏からの迎えの人々や左大臣家の君達が北山に迎えに来たように、この大堰でも源氏の後を追って来た人々の姿が描かれる。北山の場面では、まず内裏からの人々、それに続いて左大臣家の君達が源氏を追って北山にやって来て、北山の人々も集まって来る様が描かれることで、源氏の徳が表されていると見て取ることができたが、大堰では殿上人をはじめとして、御庄の人々まで集まって来る。その人々の多さは北山の時とは比べものにならない。そこには源氏の権勢の大きさが示されていると見てよいであろうが、それと同時に北山同様源氏の王者としての徳が示されていると見ることができよう。

また、先に引用した若紫巻では源氏を迎えに来た左大臣家の子息たちとの宴が催され、そこで笛、篳篥、笙の笛などの演奏がなされたが、大堰では舞台を桂に移して饗宴が催される。

今日は、なほ桂殿にとて、そなたざまにおはしましぬ。にはかなる御饗応し騒ぎて、鵜飼ども召したるに、海人のさへづり思し出でらる。野にとまりぬる君達、小鳥しるしばかりひきつけさせたる荻の枝など苞にして参れり。大御酒あまたたび順流れて、川のわたりあやふげなれば、酔ひに紛れておはしまし暮らしつ。おのおの絶句など作りわたして、月はなやかにさし出づるほどに、大御遊びはじまりて、いといまめかし。弾物、琵琶、和琴ばかり、笛ども、上手のかぎりして、をりにあひたる調子吹きたつるほど、川風吹きあはせておもしろきに（松風(2)四一八—四一九）

この饗宴は、北山と比べものにならない程大規模な饗宴であるが、それはいくら卓越性を有するにせよ、十八歳の君達に過ぎない源氏と、須磨、明石の流離を潜り抜け、冷泉帝の後見として政界に大いなる力を有する三十一歳の源氏との相違であろう。この饗宴では、北山同様、君臣和楽の様がさらに大きなスケールで表現される。

ところで、この引用箇所の叙述で特に注目されるのは、「大御遊び」という語が用いられていることであろう。竹田誠子は、この「大御遊び」という表現が、河内本系統の諸本では「御遊び」と記され、青表紙系統の本文に限って用いられると指摘した上で、「大御遊び」の「「大御」という接頭語は、上代多く天皇に関する最高の敬意を表すものとして用いられた」とし、『源氏物語』ではこの他に一例、乙女巻の冷泉帝の朱雀院行幸の際の管弦の遊びにのみ用いられることから、「桂の宴が「大御」という上代に天皇を示す接頭語を付して、わざわざ「大御遊び」と称されたことには、天皇にも匹敵する程の勢力が、ここに確立されているのだということが読み取れるのである」とする。(21)もし青表紙系の本文が本来の形であるとするなら、ここにも源氏の王者性の表出が見て取れよう。

また、この饗宴において鵜飼がなされることについて、竹内正彦は「光源氏が臣下でありながら「禁河」で鵜飼をする姿には、いずれにしても、すでに彼が帯びている王者性を見いだすことができる」とし、(22)今井上も「光源氏が鵜飼を召した桂川は右衛門府検知の禁河である。ここにおける光源氏の有様は明らかに臣下のそれを逸脱している」と指摘する。今井はさらに「野にとまりぬる君達、小鳥しるしばかりひきつけさせたる荻の枝など苞にして参れり」との記述に対し、嵯峨野、大原野が禁野であることから「この小鷹狩りも、その成果を天皇がみそなわす遊猟行幸のひと齣といった様相を俄に帯びてくるのではあるまいか」と指摘する。(23)だとすればこの桂での饗宴は源氏の王者性をより際やかに示すものとなろう。

桂での宴の最後は次のように閉じられる。

け近ううち静まりたる御物語すこしうち乱れて、千年も見聞かまほしき御ありさまなれば、斧の柄も朽ちぬべけれど、今日さへはとて急ぎ帰りたまふ。物ども品々にかづけて、霧の絶え間に立ちまじりたるも、前栽の花に見えまがひたる色あひなどことにめでたし。近衛府の名高き舎人、物の節どもなどさぶらふに、さうざうしければ、「その駒」など乱れ遊びて、脱ぎかけたまふ色々、秋の錦を風の吹きおほふかと見ゆ。

（松風(2)四一一）

ここで謡われるのは、神楽歌「その駒」であるが、その詞章は、

本

葦駮の　や　森の下なる　若駒率て来　葦駮の　虎毛の駒

末

その駒ぞ　や　我に　我に草乞ふ　草は取り飼はむ　水は取り　草は取り飼はむや

というものであり、(24)神が駒に乗って去っていくという意味を持つ歌で、御神楽を締めくくる最後の歌舞である。(25)先の北山で謡われた催馬楽「葛城」が仏法の庇護のもとにある娘の地で謡われるにふさわしく寺を詠み込んだものであったのに対し、海竜王、すなわち神の王となった源氏の饗宴、しかも神の庇護のもとにある娘、明石の君との再会の後の饗宴の最後を飾るに当たり、神楽歌「その駒」が謡われる点も注目されよう。

四　北山と大堰、桂の対比

また、源氏の北山行きは、

三月のつごもりなれば、京の花、盛りはみな過ぎにけり。山の桜はまだ盛りにて、入りもておはするままに、霞のたたずまひもをかしう見ゆれば

（若紫(1)一九九―二〇〇）

というように、春、桜の花の満開の時期であったのに対し、源氏が初めて大堰に赴くのは、秋である点も留意される。紫の上が東という属性を有し、明石の君が西という属性を有することを考慮すると、北山で春が描かれ、大堰で秋が描かれるというのは、五行思想で、東に春、西に秋を当てることを考慮した結果であろう。

さらに、先に指摘したように、北山山頂からの俯瞰の直前、および俯瞰の最中に、「日高くさしあがりぬ」「日たくるままに」という表現があり、北山では源氏の王者性への賛嘆が王権を象徴する太陽のもとで行われたのに対し、大堰においては、源氏の王者性への賛嘆は行われず、大堰で明石の君のもとに二晩留まった翌日、源氏が桂に赴き桂の邸でなされることになる。その賛嘆は夜、月のもとで行われる。

今日は、なほ桂殿にとて、そなたざまにおはしましぬ。にはかなる御饗応し騒ぎて、鵜飼ども召したるに、海人のさへづり思し出でらる。野にとまりぬる君達、小鳥しるしばかりひきつけさせたる荻の枝など苞にして参れり。大御酒あまたたび順流れて、川のわたりあやふげなれば、酔ひに紛れておはしまし暮らしつ。おのおの絶句など作りわたして、月はなやかにさし出づるほどに、大御遊びはじまりて、いといまめかし。弾物、琵琶、和琴ばかり、笛ども、上手のかぎりして、をりにあひたる調子吹きたつるほど、川風吹きあはせておもしろきに、月高くさし上がり、よろづのこと澄める夜のやや更くるほどに、殿上人四五人ばかり連れて参れり。上にさぶらひけるを、御遊びありけるついでに、「今日は六日の御物忌あく日にて、かならず参りたまふべきを、いかなれば」と仰せられければ、ここにかうとまらせたまひにけるよし聞こしめして、御消息あるなりけり。御使は蔵人弁なりけり。

「月のすむ川のをちなる里なれば桂のかげはのどけかるらむ

うらやましう」とあり。かしこまりきこえさせたまふ。上の御遊びよりも、なほ所がらのすごさ添へたる物の音をめでて、また酔ひ加はりぬ。ここには設けの物もさぶらはざりければ、大堰に、「わざとならぬ設けの物や」と言ひ遣はしたり。とりあへたるに従ひて参らせたり。衣櫃二荷にてあるを、御使の弁はとく帰り参れば、女の装束かづけたまふ。

久かたの光に近き名のみしてあさゆふ霧も晴れぬ山里

行幸待ちきこえたまふ心ばへなるべし。「中に生ひたる」とうち誦じたまふついでに、かの淡路島を思し出でて、躬恒が、「所がらか」とおぼめきけむことなどのたまひ出でたるに、ものあはれなる酔泣きどもあるべし。

めぐり来て手にとるばかりさやけきや淡路の島のあはと見し月

頭中将、

うき雲にしばしまがひし月影のすみはつるよぞのどけかるべき

左大弁、すこしおとなびて、故院の御時にも睦ましう仕うまつり馴れし人なりけり、

雲の上のすみかをすててよはの月いづれの谷にかげ隠しけむ

心々にあまたあめれど、うるさくてなむ。け近ううち静まりたる御物語すこし打ち乱れて、千年も見聞かまほしき御ありさまなれば、斧の柄も朽ちぬべけれど、今日さへはとて急ぎ帰りたまふ。（松風(2)四一八―四二一）

引用した文章を見ると、桂での饗宴は昼から始められたと思われるが、「おのおの絶句など作りわたして、月はなやかにさし出づるほどに、大御遊びはじまりて、いといまめかし。弾物、琵琶、和琴ばかり、笛ども、上手のかぎりして、をりにあひたる調子吹きたつるほど、川風吹きあはせておもしろきに、月高くさし上がり、よろづのこと澄める夜のやや更くるほどに、殿上人四五人ばかり連れて参れり」というように、桂での饗宴は夜に入ると佳境を迎える。北山での源氏の王者性への賛嘆は、北山山頂と言い、聖や僧都との別れの場面と言い、いずれも昼、太陽のもとで行われ、特に北山山頂では、源氏の王者性を示すかのように、太陽のもとで国見儀礼を想起

させる北山からの眺望がなされた。それに対し、この桂での饗宴は夜に入ると佳境を迎え、様々な源氏の王者性に対する賛嘆が月の光の中でなされる。

また、北山では「御迎への人々参りて、おこたりたまへるよろこび聞こえ、内裏よりも御とぶらひあり」とあったのに対し、桂でも「殿上人四五人ばかり連れて参れり。上にさぶらひけるを、御遊びありけるついでに、「今日は六日の御物忌あく日にて、かならず参りたまふべきを、いかなれば」と仰せられければ、ここにかうとまらせたまひにけるよし聞こしめして、御消息あるなりけり。御使は蔵人弁なりけり」と帝から源氏のもとに使者が遣わされることも留意される。

がしかし、この桂の饗宴で最も注目されるのは、月を詠じた歌が五首詠まれることであろう。最初は冷泉帝から源氏へ、

月のすむ川のをちなる里なれば桂のかげはのどけかるらむ

という歌が贈られる。帝から臣下に歌が贈られるというのは異例であり、また歌の内容も帝が源氏の様子を羨ましがっておられることは注目に値する。さらに、源氏の宴が「上の御遊びよりも、なほ所がらのすごさ添へたる物の音をめでて、また酔ひ加はりぬ」と表現されているところに、源氏の冷泉帝を凌ぐばかりの王者性が表現されていると見ることができよう。源氏の返歌は、

久かたの光に近き名のみしてあさゆふ霧も晴れぬ山里

というものであるが、その直後の「行幸待ちきこえたまふ心ばへなるべし」という表現を勘案すると、[26]この歌は桂は月に近いと言うけれど、なかなか月の光は見ることができないと表現し、帝を月に喩え帝がいらしゃらなければ、この桂でも月の光を見ることができないと詠じたものと解釈するのが妥当であろう。続く「「中に生ひたる」とうち誦じたまふ」というのは、伊勢の「久方の中に生ひたる里なれば光をのみぞ頼むべらなる」（古今集・

巻十八・雑下・九六八）という歌の一節であり、伊勢の歌では光を中宮温子に準えているのであるが、源氏の場合やはり光を冷泉帝と解し、「光に近き名のみしてあさゆふ霧も晴れぬ山里」という部分に冷泉帝の庇護を頼りとするばかりだの意をこめたものと理解されよう。

「ついでに、かの淡路島を思し出でて、躬恒が、「所がらか」とおぼめきけむことなどのたまひ出でたるに」という表現の「所がらか」も、躬恒の「淡路にてあはとはるかに見し月の近き今宵はところがらかも」（新古今集・巻十六・雑上・一五一五）という歌に拠るが、それと同時に源氏自身がその躬恒の歌を踏まえながら明石で詠んだ「あはと見る淡路の島のあはれさへ残るくまなく澄める夜の月」（明石(2)二三九）という歌を下敷きにしつつ、かつて須磨、明石で遙かに見た月、すなわち帝の威光を今、近くで見ることのできるのも自らが都に帰って来られたが故だという意味を含んでいると見てよいであろう。

この躬恒の歌は、続く源氏の歌にもそのまま取り込まれる。

めぐり来て手にとるばかりさやけきや淡路の島のあはと見し月

この歌の表面上の意味は、流謫の地でかなた遙かにかすんで見た月が今は手に取るばかり近くではっきりと見えるということになるが、この月も冷泉帝を寓意したものと読むことができよう。

続く頭中将の、

うき雲にしばしまがひし月影のすみはつるよぞのどけかるべき

という歌は、浮き雲にしばらく隠れていた月が今はすっかり澄んでいるこの夜、この世はのどかなことだと詠ずるのであるが、ここで詠まれる月、すなわち「うき雲にしばしまがひし月影」は、須磨、明石に流離した源氏を寓意しているのは明らかであろう。

最後の左大弁の歌、

雲の上のすみかをすててよはの月いづれの谷にかげ隠しけむ

は直訳すれば、雲の上のすみかをすてて月がどこに隠れてしまったかという歌であるが、この月は歌の直前に「故院の御時にも睦ましう仕うまつり馴れし人なりけり」という表現があることを考慮すると、亡き桐壺帝を指していると見て間違いなかろう。

とすると、桂の饗宴において詠まれた五首はいずれも月を題材として詠まれているが、このうち二首目、三首目と五首目の歌は、明らかに月を桐壺帝や冷泉帝といった帝王に見なしたものである。また、最後の三首は、月に冷泉帝、光源氏、桐壺帝を寓意しているのであるが、月に寓意された冷泉帝、桐壺帝の間に月に寓意された源氏の歌を並べるという趣向は、源氏が冷泉帝、桐壺帝と同等な存在であり、冷泉帝と桐壺帝の間に位置することによって、源氏の王者性を確認する表現となっているということができよう。『源氏物語』では、太陽の他に月も王権を象徴する景物として用いられていることが指摘されるが、(27)この三首の並びはそうした点からも源氏の王者性を示すものと言い得るであろう。(28)

若紫巻では、太陽によって源氏の王者性が示され、その太陽のもとで様々な源氏の王者性への賛嘆がなされたが、松風巻では、場所は大堰から桂に移されるが、見てきたように月によって源氏の王者性が示され、その月のもとで源氏の王者性への賛嘆が繰り広げられるという構造を見て取ることができる。

また、若紫巻の源氏の王者性への賛嘆が、北山という山でなされたのに対し、松風巻における源氏の王者性への賛嘆が大堰、桂といずれも川に面した場所で行われていることも、紫の上が東、山、仏を表象するのに対し、明石の君が西、海、神を表象し、水を司る神である海竜王の妻であることと対応していると見て取ることもできるのではなかろうか。

五　北山と大堰、桂――源氏の王者性への賛嘆

本稿冒頭でも述べたとおり、私は以前、東、山、仏の娘＝紫の上と西、海、神の娘＝明石の君の二人の娘を妻とすることによって、光源氏は帝位に就くことなく絶対無比の王者性を手に入れることになると論じたが、その二人の娘が物語に登場する最初の場面、北山と大堰および桂、もちろん明石の君が物語に初めて登場するのは明石であり大堰や桂ではないが、明石の君が物語の舞台である都に初めて登場するのは大堰の地であるという点から、明石の君が物語に登場する最初の場所を大堰、桂とすると、この北山と大堰、桂という二つの場所において源氏の王者性を賛嘆する場面が対比的に描かれていることは注目に値する。

北山は鞍馬山に比定されるように京の北といっても東側に位置する山であり[29]、大堰、桂は京の西に位置し、海に通ずる川に面している。また、大堰の山荘の風景が明石の浦を彷彿とさせると描かれていることも注目に値しよう。紫の上が京の東の北山に登場し、明石の君が京の西の川縁の大堰、桂で登場するということは、紫の上が東、山という属性を持ち、明石の君が西、海という属性を持つことと符合する。しかも、この二つの場所における王者性の賛嘆は、大堰ではそれに連なる桂に場所が移動するという相違はあるものの、紫の上、明石の君との出逢い、それに続く遊宴という形で、ほぼ対応した叙述がなされる。北山と大堰およびそれに連なる桂においては、光源氏の王者性への賛嘆が、源氏自身の琴の琴の演奏や管弦の遊び、和歌の唱和など同じ形でなされる一方、東の山の仏の娘＝紫の上と西の海の神の娘＝明石の君の対応を反映して、片や仏法を主に、片や神の世界を主として、東と西、山と海、春と秋、昼と夜、太陽と月という対照性を有しながら表現される。このように見事な対照性を保持しつつ光源氏の王者性への賛嘆がなされるという事実は、東の山の仏の娘＝紫の上と西の海の神の娘

＝明石の君の二人を娶ることによって、光源氏の潜在王権の基盤が確立するという推定を補強する重要な根拠となるのではなかろうか。

ただし、大堰およびそれに連なる桂における光源氏の王者性への賛嘆は、北山には認められなかった要因が入り込んでいるという事実にも留意しなければならない。大堰、桂においては、北山には認められなかった神仙思想が、光源氏の王権の絶対性の基盤として新たに物語に組み込まれてくる。しかし、この点に関しては、既に前章で指摘したので、本章では改めて論及しないこととする。

1　拙著『王朝文学の始発』（笠間書院、平成21年）第四章、第一節「『源氏物語』と『古事記』日向神話―潜在王権の基軸―」

2　『源氏物語』は『新編日本古典文学全集』に拠る。

3　林田孝和『源氏物語の精神史研究』（桜楓社、平成５年）第二編、第二章「若紫の登場」、河添房江『源氏物語表現史』（翰林書房、平成10年）Ⅳ、３「北山の光源氏」

4　『大漢和辞典』

5　『論語』は『新釈漢文大系』に拠る。

6　『望月佛教大辞典』

7　『佛教大事典』（小学館、昭和63年）

8　同注7。

9　『過去現在因果経』は『中国の古典10　漢訳仏典』（学習研究社、昭和58年）に拠る。

10　河添房江『源氏物語表現史』（翰林書房、平成10年）Ⅳ、３「北山の光源氏」

11 河添房江は、『源氏物語表現史』（翰林書房、平成10年）Ⅳ、3「北山の光源氏」で、「金剛子の数珠は、その所有者である聖徳太子の霊威の表徴でもあろうから、ここに光源氏と聖徳太子が等号で結ばれるであろう。数珠により、太子の聖なる霊暉が分与されることになり、そのかぎりでは光源氏の深層の王権の象徴ともなりうるのである」と指摘する。

12 『新編日本古典文学全集　神楽歌・催馬楽・梁塵秘抄・閑吟集』に拠る。

13 『続日本紀』は『新日本古典文学大系』に拠る。

14 『新日本古典文学大系　続日本紀』の補注は、光仁即位前紀の童謡と類似した歌謡が『日本霊異記』および催馬楽に見えることを指摘した上で、「両書の歌謡ともに続紀の「白壁」が「白璧」となっている。いずれが本来の文字であるかわからないが、白壁が（桜）井に沈む、では意味不通であるから、続紀が光仁の諱白壁にあわせるため本来の「璧」を「壁」に変えている可能性がある。皇位につく可能性の薄かった白壁王が聖武皇女井上内親王と結婚し、地位が上昇していくことを歌謡に仮託し、「白璧沈く」の句を「白壁沈く」にしたのであろう」と推定する。

15 河添房江は、『源氏物語表現史』（翰林書房、平成10年）Ⅳ、3「北山の光源氏」で、「葛城寺や豊浦寺と聖徳太子との因縁の深さに格別の意味を読みとりたいのである」とする。

16 松本典子「天に生まるる人―明石の姫君との関わり―」（『源氏物語の鑑賞と基礎知識　絵合・松風』所収、至文堂、平成14年）

17 岡部明日香「明石の君と七弦琴―松風巻の醍醐皇統―」（『源氏物語の鑑賞と基礎知識　絵合・松風』所収、至文堂、平成14年）は、琴の描写を通じて、「皇統を受け継ぐ女としての」明石の君の位置を明確にするとする一方、これ以後「明石の君という女性の中で「皇統の女」の誇りと「身のほど」との相克として描かれる」とする。

18 同注17。河野貴美子「上衆めかし」（『源氏物語の鑑賞と基礎知識　絵合・松風』所収、至文堂、平成14年）

19 河野貴美子は、「夜光りけむ玉」（『源氏物語の鑑賞と基礎知識　絵合・松風』所収、至文堂、平成14年）において、唐代に成立した説話に龍が持つ「夜光珠」が登場することを指摘し、さらに「「夜光る珠」は『万葉集』以来の和歌にも詠み込まれており、また、「須磨」「明石」の巻に海幸山幸神話の影響も論じられている。明石の姫君に付された

「夜光りけむ玉」という語の直接的な特定の典拠を指摘することは困難であるが、初めに述べたように、王権への接近の予感を込めると供に、龍王の住む海辺に暮らす明石の姫君の形容として、中国文学に展開する「夜光珠」の故事を多分に意識し取り入れられた表現と読み取ることができる」とする。

20　同注4。

21　竹田誠子「松風巻行幸要請についての一考察」(『物語文学研究』8号、昭和58年12月)

22　竹内正彦『源氏物語発生史論─明石一族物語の地平─』(新典社、平成19年)Ⅱ、第九章「大堰の篝火─「薄雲」巻末の明石の君─」

23　今井上『源氏物語　表現の理路』(笠間書院、平成20年)Ⅲ、物語世界の内と外　三「松風論─光源氏の栄華を起点として─」

24　同注12。

25　河野貴美子「その駒」(『源氏物語の鑑賞と基礎知識　絵合・松風』所収、至文堂、平成14年)

26　竹田誠子は、注21の論文で、「行幸待ちきこえたまふ心ばへなるべし」という表現に着目して、『源氏物語』中の行幸が多く朝覲行幸であることから、ここに源氏と冷泉帝の親子関係が想起されるとする。また、高田祐彦は、『源氏物語の文学史』(東京大学出版会、平成15年)Ⅲ、３「光源氏の復活─松風巻からの視点─」で、「源氏の返歌は、「月と縁のある桂とは名ばかりで、本当の月の光である帝の臨御がありませんので、霧に閉ざされています」という謙遜の意味である。けれども、「行幸」という一語はこうした源氏の心情を超えて、否応なく帝と源氏の親子関係を照射してしまうのである。そこに、冷泉帝の「のどけかるらむ」「うらやましう」との羨望のことばを考え合わせると、制度上の帝の地位に縛られ、殿上の宴から抜け出せない帝に比べ、源氏はいかにも自由な立場を獲得しているという感が強く、親子関係だけでなく、あたかも上皇と帝との関係に相当する趣もうかがえるのである」と指摘する。

27　河添房江『源氏物語表現史』(翰林書房、平成10年)Ⅲ、２「古今集の光の讃頌」

28　高田祐彦は、注26の論文で、「このように三者の唱和は、月によって象徴される対象を皇統、源氏、桐壺院と微妙に切り替えながら、桐壺院から源氏への真の皇統譜の存在を照らし出した。しかも、この物語らしく、語り手の省筆を

29

表す詞を添えて、聖代賛美に適度な抑制を効かせてもいる。そうした抑制に注意すれば、源氏の歌に始まる唱和という形態と月の象徴性と言う内容の二面から見て、後二者の歌は応製詩に近い表情を持たせられていると思われる。この間の行文が、冷泉朝賛美のなかから源氏のより巨大な存在性を浮かび上がらせている以上、ここに一つの君臣和楽の世界が見てとれるだろう」と指摘する。

北山の「なにがし寺」にどの寺を当てるかについては諸説あり、必ずしも特定の寺に比定する必要もないと思われるが、『枕草子』に「鞍馬のつづら折」とあることから、鞍馬山を北山の「なにがし寺」の有力な準拠と見なすことができよう。

第五章　六条院の成立

一　二条東院構想の放棄

二条東院の東の対に入居することが予定されていた明石の君が、明石から上京したにもかかわらず、二条東院に入らず大堰の山荘に移り住んだことは、若紫巻執筆以前から構想されていた二条東院構想が放棄されたことを意味するものであった。既に述べたように、明石の君の大堰移住は、明石の君に彼女が本来持っていた西、秋という属性の代わりに、北、冬という属性を賦与することを意味した。(1) 二条東院構想は、二条院の東に二条東院を造営し、二条院の西の対に東、春を表象する紫の上、二条東院の東の対に西、秋を表象する明石の君、西の対に南、夏を表象する花散里、北の対に北、冬を表象する末摘花を配置して四方四季の邸宅の造営を企図するものであったが、西、秋を表象する明石の君が北、冬を表象する女性に変更されたことにより、既に完成していた二条東院の東の対に彼女が入居しても、当初予定していた四方四季の邸とはなり得なくなったのである。

二　六条院の成立

物語作者が明石の君に北、冬という属性を賦与し、当初予定していた二条東院構想を放棄した最大の理由は、明石の君の身の程が春と並んで賞揚される秋という季節を表象するにふさわしくないということにあった。彼女の父明石の入道は、大臣の子でありながら近衛中将の官を捨てて播磨守となり、任期が終わっても帰京せずそのまま播磨国に土着して地方豪族となった人物であり、明石の君自身は畿外である播磨国の明石の浦で育った一介の地方豪族の娘であるにすぎない。当時の通念からすれば、明石の君のような出自の卑しい女性が源氏の妻として都に迎え入れられ一人前の待遇を受けることは現実には到底考えられないことであった。にもかかわらず、源氏は明石の君との出逢いが住吉の神の導きであること、また彼女との間に生まれた娘が后になるとの宿曜の予言を信じて、彼女を都に呼び寄せ、自らの邸に住まわせることにした。

こうした事情を考慮すると、都の上流貴族の女性たちとともに暮らす源氏の邸において、明石の君に西、秋という属性を与えることはやはり無理がある。しかし、源氏は海竜王であるから、彼の邸は四方四季の邸でなければならず、明石の君を源氏の邸に住まわせるとしたならば、明石の君に何らかの方位と季節を賦与しなければならない。だとすると、明石の君には源氏の四方四季の邸の中で最も格の低い方位と季節、すなわち北、冬という属性を賦与する他ないであろう。

明石の君の表象する方位と季節が、当初予定されていた西、秋から北、冬に変更されると、二条東院構想で北、冬を表象することになっていた末摘花は、新たに構想される源氏の四方四季の邸には不要な存在となる。またその一方で、明石の君に代わって西、秋を表象する女性の登場が要請されることになる。

薄雲巻の巻末、源氏三十一歳の秋、秋好中宮（この時点では女御）は二条院の寝殿に里下がりするが、そこで源氏と秋好中宮との間で次のような会話が交わされる。(2)

「はかばかしき方の望みはさるものにて、年の内ゆきかはる時々の花紅葉、空のけしきにつけても、心のゆくこともしはべりしにしがな。春の花の林、秋の野の盛りを、とりどりに人あらそひはべりける、そのころのげにと心寄るばかりあらはなる定めこそはべらざなれ。唐土には、春の花の錦にしくものなしと言ひはべめり、大和言の葉には、秋のあはれをとりたてて思へる、いづれも時々につけて見たまふに、目移りてえこそ花鳥の色をも音をもわきまへはべらね。狭き垣根の内なりとも、そのをりの心見知るばかり、春の花の木をも植ゑわたし、秋の草をも掘り移して、いたづらなる野辺の虫をも住ませて、人に御覧ぜさせむと思ひたまふるを、いづ方にか御心寄せはべるべからむ」と聞こえたまふに、いと聞こえにくきことと思せど、むげに絶えて御答へ聞こえたまはざらんもうたてあれば、「ましていかが思ひ分きはべらむ。げにいつとなき中に、あやしと聞きし夕こそ、はかなう消えたまひにし露のよすがにも思ひたまへられぬべけれ」と、しどけなげにのたまひ消つもいとらうたげなるに、（薄雲(2)四六一―四六二）

源氏は兄朱雀院の秋好中宮への思いを憚って、彼女を伊勢から帰京した後母御息所とともに住んでいた六条の邸から入内させたが、彼女は源氏の養女となっていることから、入内後は二条院の寝殿に里下がりしたのである。二条東院構想で秋好中宮が二条院の寝殿に入る予定であったことはこのことから見て取ることができるのであるが、それはともかく右に引用した場面では、源氏が「一年が移り変わる折々の花や紅葉、あるいは空の風情につけても心の晴れることをしてみたいものだ。昔から春の花の林、秋の野の盛りをそれぞれに人は言い争ってきましたが、その争いのいかにもと納得できるような結論はないようです」と古来春、秋の優劣をめぐる論争が繰り返されてきたが、その決着が未だ着いていないことに言及し、「狭い垣根の中であっても、その折の風情を味わえるよう春の花の木を一面に植え、秋の草を掘り取って移植し、聞く人もない野辺の虫を放したりして、皆にお目に掛けようと思いますが、あなたはどちらに心を寄せられますか」と秋好中宮に春と秋のどちらの季節に心を寄せるのかと尋ねる。それに対し、秋好中宮は「この私にどうして判断がつきましょう。仰せのように春と秋のどちらということもございませんが、「あやし」と聞きました秋の夕べははかなく亡くなった母のゆかりのようになつかしく思われます」と母御息所が亡くなった秋に心引かれると答える。

すると、源氏は紫の上が住む二条院の西の対に赴き、紫の上に次のように語りかける。

女君に、「女御の、秋に心寄せたまへりしもあはれに、君の春の曙に心しめたまへるもことわりにこそあれ。時々につけたる木草の花に寄せても、御心とまるばかりの遊びしてしがな」と、「公私の営みしげき身こそふさはしからね、いかで思ふこととしてしがな」と、「ただ御ためさうざうしくやと思ふこそ心苦しけれ」など語らひきこえたまふ。（薄雲(2)四六四—四六五）

源氏と秋好中宮の会話を収めた先の引用は、秋好中宮が「げにいつとなき中に、あやしと聞きし夕こそ、はかなう消えたまひにし露のよすがにも思ひたまへられぬべけれ」と秋に心を寄せていることを表明することで、明石の君が秋を表象する女性から冬を表象する女性へと移された後、空席となっていた秋を表象する女性に秋好中宮が充てられたことを示したものといえよう。それに対し後に引用した源氏の紫の上に向けられた言葉は、秋好中宮が秋に心を寄せていると聞いた源氏が、既に物語の始めから示されている紫の上と春の結びつきを再確認し、紫の上が春を表象する女性であることを再確認したものと解することができよう。

と同時に、源氏は秋好中宮に「狭き垣根の内なりとも、そのをりの心見知るばかり、春の花の木をも植ゑわたし、秋の草をも掘り移して、いたづらなる野辺の虫をも住ませて、人に御覧ぜさせむと思ひたまふるを」と語り、紫の上には「時々につけたる木草の花に寄せても、御心とまるばかりの遊びしてしがな」といった思いを吐露するが、この一連のやりとりは、この薄雲巻末で春、秋の庭園を持つ邸の造営ということが、源氏の意識の中に芽生えたことを窺わせる。しかも、源氏は海竜王に比定される。海竜王の邸は四方四季である。とすると、源氏の新しい邸は東、西、南、北の四方に、春、夏、秋、冬の庭園が配される四方四季の邸ということになる。

この四方四季の邸の造営は源氏三十四歳の秋に開始される。

大殿、静かなる御住まひを、同じくは広く見どころありて、ここかしこにておぼつかなき山里人などをも集へ住ませんの御心にて、六条京極のわたりに、中宮の御旧き宮のほとりを、四町を占めて造らせたまふ。式部卿宮、明けん年ぞ五十になりたまひけるを、御賀のこと、対の上思し設くるに、大臣もげに過ぐしがたきことどもなり、と思して、さやうの御いそぎも、同じくはめづらしからん御家居にてと急がせたまふ。

源氏は「六条京極のわたりに、中宮の御旧き宮のほとりを、四町を占めて造らせたまふ」と、故六条御息所の住まいで現在は秋好中宮が所有している一町の邸の周囲にさらに三つの町を加え、四町の造営に取りかかる。紫の上の父である式部卿宮の五十の賀が翌年に迫っており、その御賀を紫の上が準備していることから、源氏もそれを見過ごすわけにもいかず、同じことなら新しい邸で式部卿の五十の御賀を執り行いたいと造営を急がせる。（少女(3)七六—七七）

ところで、源氏が新しい邸宅を造るにあたって、物語作者はなぜかつて六条御息所の住んでいた邸とそれに隣接する土地に源氏の新しい邸宅を造営しようとしたのだろうか。その理由として、源氏が平安京内で所有する二条院および二条東院以外の場所で、都の中に新しい住まいを求めようとした時、源氏の養女となっている秋好中宮の所有する土地が、源氏にとって最も活用しやすい土地であったことが想像される。さらに、源氏が造営する四方四季の邸には四人の女性が住むことになるが、それら四人の女性たちは全て源氏の妻となる必要がある。というのも、源氏が四方四季を支配するためにはそれぞれの方位と季節を表象する女性を娶らなければならないからである。二条東院構想では、東、春を表象する紫の上、西、秋を表象する明石の君、南、夏を表象する花散里、北、冬を表象する末摘花の四人はいずれも源氏と男女の関係を有していた。それが六条院構想に変化した時、秋を表象する女性は秋好中宮となった。紫の上、明石の君、花散里はいずれも源氏と男女の関係を持つが、秋好中宮は源氏と男女の関係を持たない。もちろん六条院において源氏と関係を持つということも考えられなくはないが、冷泉帝の中宮となる秋好中宮と源氏の密通という事態を想定するのはかなり困難である。ただし、秋好中宮の母、六条御息所は源氏と関係を持っている。秋好中宮の里邸である六条の邸を新しい邸の一角に取り込めば、かつて源氏と関係を有した六条御息所の邸に娘の秋好中宮を住まわせることで、源氏が秋好中宮を娶るのと同様の効果を期待できる。源氏が「六条京極のわたりに、中宮の御旧き宮のほとりを、四町を占めて造らせ」たのは、

このような要件を考慮してのことではなかろうか。(3)

　また、六条院の敷地の広さを東西二町、南北二町の四町としたのは、源氏の権勢の大きさを示す狙いがあったと推測される。朧谷寿は、
　河原院のような四町規模の邸宅は平安京を見わたしても僅かで、冷泉（然）院・朱雀院・淳和院といった後院（太上天皇の居所）を除けば、藤原の頼通の高陽院（賀陽院の後身）ぐらいであり、道長邸をはじめ摂関家の屋敷でも二町規模（九〇〇〇坪弱）であるから、京内において目立つ存在であったであろう。

　ちなみに、「累代の後院」の呼称があるのは冷泉院・朱雀院であり、前者は「四町の邸で周囲を大路がめぐるのは京中でもここだけ」といわれたが（『大鏡』）、これは正しい認識ではなく、この東北に所在の高陽院も同様であった。なお、冷然院は二度の焼失のあと「然」は「燃」に通じるという理由から「泉」に改められている。十世紀中期のことである。一方の朱雀院は、朱雀大路に東接して所在し、広さ八町という平安京でも最大規模の屋敷であった。

と指摘するが、(4)四町の高陽院が藤原頼通の手によって完成したのは治安元年（一〇二一）であり、『源氏物語』の作者紫式部は既に亡くなっていたと想定されることから、平安京で四町規模の邸宅は紫式部存命の時期においては、源融の河原院以外は冷泉院等、上皇の居所となる後院のみしか存在しなかった。六条院の準拠として源融の河原院が挙げられるのも、臣下でありながら四町の邸を所有し得たのが源融以外にはあり得なかったからであるが、その一方で、物語作者は源氏を四町の邸に住まわせることで、源氏が河原院以外の四町の邸宅、つまり後院にすむ上皇と等しい存在であることを暗に示そうとしたのではなかろうか。源氏の邸である六条院が後院と同等の四町の規模の邸であることは、源氏が太上天皇に比肩する権勢を有する存在であることを示す有力な徴証となるのではあるまいか。

三　四方四季の邸

さて、四方四季の邸というと、『源氏物語』以前に成立した『宇津保物語』に描かれる神南備種松の邸が想起される[5]。

吹上の浜わたりに、広くおもしろき所を選び求めて、金銀瑠璃の大殿を造り磨き、四面八町の内に、三重の垣をし、三つの陣を据ゑたり。宮の内、瑠璃を敷き、おとど十、廊、楼なんどして、紫檀、蘇枋、黒柿、唐桃などいふ木どもを材木として、金銀、瑠璃、車渠、瑪瑙の大殿を造り重ねて、四面めぐりて、東の陣の外には春の山、南の陣の外には夏の陰、西の陣の外には秋の林、北には松の林、面をめぐりて植ゑたる草木、ただの姿せず、咲き出づる花の色、木の葉、この世の香に似ず。栴檀、優曇、交じらぬばかりなり。孔雀、鸚鵡の鳥、遊ばぬばかりなり。（吹上上）

神南備種松の邸は、「東の陣の外には春の山、南の陣の外には夏の陰、西の陣の外には秋の林、北には松の林」とあるように、東に春の庭、南に夏の庭、西に秋の庭、北に冬の庭（松は冬を象徴する景物であることは既に述べた）が造成され、五行思想に則って邸の四方にそれぞれの方位にふさわしい季節の庭が配されている。このように種松が五行思想に沿った形で四方四季の邸を造営しえたのは、種松の邸が紀伊国牟婁群という都から遠く離れた地の四面八町という広大な敷地の上に建てられ、邸の周りに四季の庭を造ることが容易であったからであろう。

それに対し、六条院はいささか事情を異にする。六条院は「六条京極のわたりに、中宮の御旧き宮のほとりを、四町を占めて造らせ」た邸である。平安京は条坊制により、土地は東西を横に走る道路と南北を縦に走る道路によって正方形ないしは長方形に区画されており、平安京の中に邸宅を造営するには、東西と南北を走る道路によって区画された正方形ないし長方形の土地の上に邸を建てるしかない。こうした平安京の土地区画上の制約がある場所に、神南備種松の邸のように五行思想に基づいて東、南、西、北に春、夏、秋、冬の季節を対応させた配置を持つ邸宅を造営することは極めて難しい。平安京の土地区画を前提とし、当時実際に存在した邸宅を考慮しつつ、四町の土地に四方四季の邸を構築するとしたら、やはり先に示した後院や河原院のような東西二町、南北二町の正方形の敷地を確保し、さらにその敷地を四等分した東西一町、南北一町の四つの正方形の土地の上に、四季を表象する四人の女性の住む邸宅を造営するというのが最も穏当な選択ということになるのではなかろうか。

東西二町、南北二町の敷地に一町四方の町を四つ造営するとなると、四つの町は、丑寅（東北）の町、辰巳（東南）の町、未申（西南）の町、戌亥（西北）の町の四つの町となるが、その場合東、西、南、北の方位をどの町に割り当てるかがまず問題となる。既に述べた通り、若紫巻執筆開始時点で想定されていた二条東院構想を廃棄し、新たに六条院を構想せざるを得なかった最も大きな理由は、明石の君に西、秋の属性を振り当てるのは不適切であり、彼女に北、冬という属性を与えなければならないということにあった(6)。このことは言い換えれば、二条東院構想を廃棄して、源氏の新しい邸宅六条院を造営するに当たって最も留意し、優先されなければならないのは、六条院の北、冬という属性を示すにふさわしい場所に明石の君を配置するということになる。

六条院が、丑寅の町、辰巳の町、未申の町、戌亥の町の四つの町で構成されることになるとすると、明石の君が住まう六条院の北、冬の町は六条院の北側にある丑寅の町か戌亥の町のどちらかということになる。神南備種松の邸では、北という方位はすぐに確定できたが、六条院では北の方位を示すのが丑寅か、それとも戌亥かをまず決めなければならない。

もし、明石の君の住まう町を戌亥の町とし、戌亥の町を北、冬の町とした場合、五行思想に従えば、その対角にある辰巳の町が南、夏の町となり、戌亥の町と辰巳の町を結ぶ南北の線の右側にある丑寅の町が東、春の町、左側にある未申の町が西、秋の町となる。また、明石の君を丑寅の町に配し、その丑寅の町を北、冬の町とすると、その対角にある未申の町が南、夏の町となり、丑寅の町と未申の町を結ぶ南北の線の右側にある辰巳の町が東、春の町、左側にあるのが戌亥の町が西、秋の町となる。

既に六条院造営開始以前に、紫の上は春、花散里は夏、秋好中宮は秋、明石の君は冬を表象することは決められていた。とすると、五行思想に則って季節と方位を定めると、六条院の四つの町に入居する女性の配置は、次に図示する二通りの配置しかあり得ないことになる。

図1

明石の君 北・冬	紫の上 東・春
秋好中宮 西・秋	花散里 南・夏

図2

秋好中宮 西・秋	明石の君 北・冬
花散里 南・夏	紫の上 東・春

ところが、源氏三十五歳の八月、六条院の完成が告げられると、それに続いて六条院のそれぞれの町に入居する女性は次のように語られる。

八月にぞ、六条院造りはてて渡りたまふ。未申の町は、中宮の旧宮なれば、やがておはしますべし。辰巳は、殿のおはすべき町なり。丑寅は、東の院に住みたまふ対の御方、戌亥の町は、明石の君と思しおきてさ

せたまへり。（少女(3)七八）

六条院の未申の町はもともと秋好中宮が伝領している邸であることから、秋を表象する秋好中宮の町となる。辰巳の町は源氏が住まう町となり、源氏の正妻格で、春を表象する紫の上も当然そこに住まうことになる。丑寅の町は二条東院の西の対に住み夏を表象する花散里、戌亥の町には冬を表象する明石の君が居住することが予定される。

また、三谷栄一は、右に引用した少女巻の六条院完成を告げる叙述以降、六条院に入居した四人の女性の物語中の呼称を以下のように整理する。(7)

［紫の上］

辰巳の殿―乙女
春の御前―胡蝶・野分・真木柱
春のおとどの御前―初音
南の上―野分・行幸
南のおとど―初音・野分・夕霧
南の町―玉鬘

［花散里］

六条の東の上―夕霧
六条の東の君―若菜下
東《ひんがし》の御方―野分・玉鬘
東の上―夕霧

東のおとど―若菜下・夕霧
東の町―野分
夏の御方―玉鬘・梅枝・藤裏葉・若菜上・幻
丑寅の町―玉鬘・若菜上・下
［秋好中宮］
西のお前―藤裏葉
西のおとど―梅枝
未申の町―乙女
［明石の君］
西の町―乙女
北の町に物する人―玉鬘
北のおとど―玉鬘・初音・野分
冬の御方―梅枝
戌亥の町―乙女

右に示した少女巻における六条院完成時の記述および物語に認められる六条院の四つの町に住む四人の女性の呼称から、六条院においては、辰巳の町は南の町とされ、春を表象する紫の上が住まい、未申の町は西の町と呼ばれ、秋を表象する秋好中宮が入居する。丑寅の町は東の町とされ、夏を表象する花散里が住み、戌亥の町は北の町と呼ばれ、冬を表象する明石の君が住むことが確認される。

ただし、三谷の挙げた呼称のうち一例のみ、北の町に住む明石の君が少女巻で「西の町」と呼ばれている例が

存在する。この用例は、先に引用した六条院完成直後の、

北の東は、涼しげなる泉ありて、夏の蔭によれり。前近き前栽、呉竹、下風涼しかるべく、木高き森のやうなる木ども木深くおもしろく、山里めきて、卯花の垣根ことさらにしわたして、昔おぼゆる花橘、撫子、薔薇、くたになどやうの花のくさぐさを植ゑて、春秋の木草、その中にうちまぜたり。東面は、分けて馬場殿づくり、埒結ひて、五月の御遊び所にて、水のほとりに菖蒲植ゑしげらせて、むかひに御厩して、世になき上馬どもととのへ立てさせたまへり。西の町は、北面築きわけて、御倉町なり。隔ての垣に松の木しげく、雪をもてあそばんたよりによせたり。冬のはじめの朝霜むすぶべき菊の籬、我は顔なる柞原、をさをさ名も知らぬ深山木どもの木深きなど移し植ゑたり。（少女(3)七八―八〇）

という記述の中に見出されるものであるが、この場面は花散里の住む丑寅の町を「北の東」と呼んだのを承けて「西の町」という呼称を用いているのであり、この「西の町」は丑寅の町の西の町、つまり戌亥の町（北の町）を指すものと考えて差し支えなかろう。

なお、紫の上の住まう辰巳の町には、明石の君の娘である明石の姫君が紫の上の養女として迎え入れられており、花散里が居住する丑寅の町には、内大臣（帚木巻の頭中将）と夕顔との間に生まれた玉鬘が六条院完成直後に引き取られる。

以上の検討より、六条院に入居する四人の女性の住まう町とそれらの女性が表象する方位と季節、それに明石の姫君、玉鬘の居所を図示すると図3となる。

ところで、先に検討したように、東西二町、南北二町の敷地の中に一町四方の四つの町に造り、明石の君が北、冬を表象すること最優先にして、五行思想の方位と季節の対応に則って東に春、南に夏、西に秋、北に冬を割り当てようとすると、図1ないし図2の形になるしかなかった。また、先に引用した六条院完成時の記述に従い、

図3

明石の君 北・冬	花散里 玉鬘 東・夏
秋好中宮 西・秋	紫の上 明石の姫君 南・春

図1

明石の君 北・冬	紫の上 東・春
秋好中宮 西・秋	花散里 南・夏

北、冬を表象する明石の君を丑寅の町に配置するとすると、五行思想に従うならば、図1の形になる他ないはずであった。

にもかかわらず物語では、春を表象する紫の上を南の町と呼ばれる辰巳の町に住まわせ、夏を表象する花散里を東の町と呼ばれる丑寅の町に配置することとした。その結果、東の町と呼ばれ、東を表象する丑寅の町に夏を表象する花散里が住まい、南の町とされ、南を表象する辰巳の町に春を表象する紫の上が入居することになる。

言うまでもなく源氏は海竜王である。海竜王の邸は四方四季でなければならない。確かに六条院は、四つの町が四方と四季を示し四方四季の邸となっている。ただし、その四つの町が示す方位と季節の対応は、五行思想が示す方位と季節の対応とは異なったものとなっている。もし、物語作者が五行思想に基づいて源氏の邸を造ろうとすれば、図1のような配置もあり得たはずである。にもかかわらず、物語作者はなぜ五行思想における方位と季節の対応、すなわち東に春、南に夏、西に秋、北に冬という対応に従うことなく、六条院の東の町に夏、南の町に春、西の町に秋、北の町に冬を割り当てたのであろうか。

四　五行思想と異なる方位と季節

この問題を考えるには、まず物語作者が秋好中宮に秋という属性を与えた場面にもう一度立ち戻る必要があろう。

「はかばかしき方の望みはさるものにて、年の内ゆきかはる時々の花紅葉、空のけしきにつけても、心のゆくこともしはべりしにしがな。春の花の林、秋の野の盛りを、とりどりに人あらそひはべりける、そのころのげにと心寄るばかりあらはなる定めこそはべらざなれ。唐土には、春の花の錦にしくものなしと言ひはべめり、大和言の葉には、秋のあはれをとりたてて思へる、いづれも時々につけて見たまふに、目移りてえこそ花鳥の色をも音をもわきまへはべらね。狭き垣根の内なりとも、そのをりの心見知るばかり、春の花の木をも植ゑわたし、秋の草をも掘り移して、いたづらなる野辺の虫をも住ませて、人に御覧ぜさせむと思ひたまふるを、いづ方にか御心寄せはべるべからむ」と聞こえたまふに、いと聞こえにくきことと思せど、むげに絶えて御答へ聞こえたまはざらんもうたてあれば、「ましていかが思ひ分きはべらむ。げにいつとなき中に、あやしと聞きし夕こそ、はかなう消えたまひにし露のよすがにも思ひたまへられぬべけれ」と、しどけなげにのたまひ消つもいとらうたげなるに、（薄雲(2)四六一—四六二）

二条院に里下がりしてきた秋好中宮に向かって源氏は、「春と秋の優劣を昔から多くの人々が論じてきたが、その優劣は未だ定まっていない。中国では春の花の錦に及ぶものはないとし、日本では秋の趣をすばらしいとするが、どちらも素晴らしくその優劣は決めかねる」と語り、秋好中宮に春と秋のどちらの季節に心を寄せているかと尋ねる。秋好中宮が躊躇つつも秋と答えると、源氏はその足で紫の上の許を訪れ、

女君に、「女御の、秋に心寄せたまへりしもあはれに、君の春の曙に心しめたまへるもことわりにこそあれ。

時々につけたる木草の花に寄せても、御心とまるばかりの遊びしてしがな」と、「公私の営みしげき身こそふさはしからね、いかで思ふことしてしがな」と、「ただ御ためさうざうしくやと思ふこそ心苦しけれ」など語らひきこえたまふ。（薄雲(2)四六四―四六五）

と、秋好中宮が秋に心を寄せていらっしゃり、あなたが春に愛着を示しているのももっともなことと語る。

物語作者は若紫巻を執筆する以前の段階では、源氏が明石から帰京した後、二条院の東に二条東院を造営し、二条院の西の対に東、春を表象する紫の上、二条東院の東の対に西、秋を表象する明石の君、西の対に南、夏を表象する花散里、北の対に北、冬を表象する末摘花を配し、二条院と二条東院を合わせて四方四季の邸を構築する構想を抱いていたと推測される。しかし、明石の君の身分が他の三人の女性たちの身分に比べて著しく劣っていることから、彼女に西、秋を表象させることの難しさを感じ、彼女が明石から上京するに際して、二条東院に直接入居させることをせず、大堰の山荘に移り住まわせることによって、彼女に北、冬という属性を賦与するという変更を施した。この変更によって、当初の構想で北、冬を表象することを予定されていた末摘花は、四方四季を表象する四人の女性から外され、明石の君が当初表象する予定であった秋を表象する女性が不在となった。と同時に、二条院の東に二条東院を造り、二条院の西の対に東、春を表象する紫の上、二条東院の東の対に西、秋を表象する明石の君、西の対に南、夏を表象する花散里、北の対に北、冬を表象する末摘花を配して四方四季の邸を造営するという物語作者が当初描いていた構想も、明石の君が西、秋を表象する女性から北、冬を表象する女性へと変更されたことによって放棄せざるを得なくなった。その結果、物語作者は新たに秋を表象する女性を見出さなければならなくなるとともに、この新たに秋を表象する女性と春を表象する紫の上、夏を表象する花散里、冬を表象する明石の君の三人を一カ所に集めて、新たに四方四季の邸宅を造営する必要に迫られることとなる。

そのような状況において、右に引用した薄雲巻での源氏が春秋の優劣に言及した場面が語られる。引用の前半部分で、秋好中宮が秋に心を寄せていることが判明した時点で、秋好中宮が秋を表象する女性となることが確定し、明石の君の大堰移住以来問題となってきた秋を表象する女性の不在は解消されることになるが、ではなぜ、秋好中宮に好みの季節を聞くに際して、源氏は春、夏、秋、冬の四つの季節のうちどの季節に心を寄せるかと尋ねず、春と秋のどちらの季節に心を寄せるかと尋ねたのであろうか。

古来我が国においては春と秋の優劣を問う試みは、多くの人々によってなされており、『源氏物語』以前にも数多くの春秋優劣論が闘わされて来たのに対し、夏と冬の優劣を論ずる試みは全く見出されない。このことは我が国においては春、夏、秋、冬の四つの季節のうち、春と秋が夏と冬に比べてより賞翫すべき季節であり、春と秋が夏と冬に比べてより魅力的で優位な季節という地位を保ってきたことを示していよう。源氏が秋好中宮に好みの季節を尋ねるに際して、春と秋のいずれを好むかと問いかけたのは、春と秋が夏や冬より優れた季節であることを前提とし、冷泉帝の後宮において中宮として確固たる地位を占める秋好中宮に、その優れた二つの季節のどちらかを選ぶ以外に選択の余地がないことを示したものであろう。秋好中宮にふさわしい季節を割り当てるという重要な場面において、彼女に春、夏、秋、冬のどの季節を好むかではなく、春と秋のどちらを好むかと尋ねることは、右に示した春と秋の夏と冬に対する優位性を前提とする。もちろん、どちらの形で尋ねても、源氏の問いに対して秋好中宮は秋に心を寄せると答え、秋を表象する女性となったであろうが、源氏の秋好中宮に対する「春の花の林、秋の野の盛りを、とりどりに人あらそひはべりける、そのころのげにと心寄るばかりあらはなる定めこそはべらざなれ。唐土には、春の花の錦にしくものなしと言ひはべめり、大和言の葉には、秋のあはれをとりたてて思へる、いづれも時々につけて見たまふに、目移りてえこそ花鳥の色をも音をもわきまへはべらね」という問いかけと、紫の上に対する「女御の、秋に心寄せたまへりしもあはれに、君の春の曙に心しめたまへるもことわりにこそあれ」という発言は、秋好中宮の秋と紫の上の春が夏や冬といった季節を凌駕するものであることをより明確に示すものとして有効に機能している。

こうして、六条院において四季を表象する女性は、春は紫の上、夏は花散里、秋は秋好中宮、冬は明石の君と定められたが、その中で最も留意すべきは明石の君が四人の女性の中で最も身分が劣った女性であるということである。彼女は物語執筆当初に構想された二条東院構想においては西、秋を表象する女性であったが、物語が進むにつれてその出自の卑しさ故に北、冬を表象する女性へと変更を余儀なくされた(8)。その結果、二条院の東に二条東院を造営し、二条東院の東の対に明石の君を迎え入れて四方四季の邸を構築するという構想は放棄され、新たな四方四季の邸として六条院が造営されることになった。つまり、物語作者が二条東院構想を放棄して六条院造営を決意したのは、明石の君を北、冬を表象する女性と位置づけるざるを得ないという事実に起因していた。故に、六条院を構想するに当たっては、明石の君を六条院の北、冬を表象する女性にふさわしい場所に配置することが最も優先されねばならない課題となった。その結果、明石の君を六条院の北側に位置する町、すなわち丑寅の町、あるいは戌亥の町に住まわせることがまず決定されたと考えられる。

また、当時の内裏や有力貴族の邸宅においては、重要な殿舎は邸宅の南に建てられる傾向が見て取れる(9)。右に述べたように、春を表象する紫の上と秋を表象する秋好中宮の夏を表象する花散里、冬を表象する明石の君に対する優位性が存在することから、先に想定した東西二町、南北二町の六条院の中に存する四つの町のうち南側二町は春と秋の町となり、北側二町は夏と冬の町が配置されることになろう。

またそれと同時に、紫の上と明石の君、秋好中宮と花散里の対偶性と対極性も考慮されたであろう。六条院に入居した四人の女性のうち、六条院完成の時点で源氏と男女の関係で結ばれているのは、紫の上と明石の君のみであった。この点に関しては、紫の上と明石の君は源氏から同等の愛情を得ていたと考えられる。また、明石の君が明石の姫君の実の親であるのに対し、紫の上は育ての親である。この点においても紫の上と明石の君は対偶性を持つ。ただし、紫の上が側室腹であるにしても式部卿宮の娘、つまり皇族であるのに対し、明石の君は祖父が大臣ではあるが、父は播磨守となりそのまま播磨の地に土着した一豪族明石の入道の娘にすぎない。紫の上と明石の君は、身分という面において対極の位置にある。そして、この身分の相違が六条院における源氏と紫の上の愛を確固たるものとし、六条院の秩序を保つ上で重要な働きをすると同時に、源氏の正妻格としての紫の上の地位を保証し、明石の君が六条院の四つの町に入った女性の中で最も低い地位に位置づけられることの根拠ともなる。

六条院に入った他の二人の女性、秋好中宮と花散里についていえば、秋好中宮は冷泉院の後宮に入り、源氏と男女の関係を持つことはない。花散里も桐壺帝の御代に姉の麗景殿の女御とともに内裏で過ごしていた時に源氏と関係を持ったが、六条院に入った今では、

　今はただおほかたの御睦びにて、御座なども別々にて大殿籠る。などてかく離れそめしぞと殿は苦しがりたまふ。おほかた、何やかやと側みきこえたまはで、年ごろかくをりふしにつけたる御遊びどもを、人づてに見聞きたまひけるに、今日めづらしかりつることばかりをぞ、この町のおぼえきらきらしと思したる。

　その駒もすさめぬ草と名にたてる汀のあやめ今日やひきつる

とおほどかに聞こえたまふ。何ばかりのことにもあらねど、あはれと思したり。

　にほどりに影をならぶる若駒はいつかあやめにひきわかるべき

あいだちなき御言どもなりや。「朝夕の隔てあるやうなれど、かくて見たてまつるはこころやすくこそあれ」と戯れ言なれど、のどやかにおはする人ざまなれば、静まりて聞こえなしたまふ。床をば譲りきこえたまひて、御几帳ひき隔てて大殿籠る。け近くなどあらむ筋をば、いと似げなかるべき筋に思ひ離れてきこえたま

へれば、あながちにも聞こえたまはず。（蛍(3)二〇八―二〇九）

とあるように、二人の関係は途絶している。

また、秋好中宮の母である六条御息所と花散里の町に迎え入れられる玉鬘の母夕顔は、かつて源氏と関係を持ちながら、今は死去して関係を有していないという点で共通性を持つと同時に、ともに夕顔巻で登場し、源氏の愛情を受けながら、一方は物の怪に取り殺され、一方は物の怪となって人を取り殺すことで源氏との恋愛関係を絶たざるを得なくなった女性であるという点で対照的に描かれる。夕顔の娘である玉鬘が花散里のもとに引き取られることで、六条御息所の娘である秋好中宮と夕顔の娘の玉鬘は、ともに実の父親ではない源氏の邸に引き取られるという点においても共通性を持つ。

しかしその一方、六条御息所と花散里を比較した場合、六条御息所が先の東宮の正妻で娘を儲けたのに対し、花散里は桐壺帝の女御の中でもそれほど寵愛を受けることのなかった麗景殿の女御の妹であり、身分的には六条御息所の方が花散里よりかなり格が高い女性ということができよう。六条御息所と夕顔の身分差はそれよりもっと大きい。また、六条御息所の娘の秋好中宮と花散里に引き取られた玉鬘を比較した場合も、前東宮とその正妻六条御息所の間に生まれた秋好中宮と、もとは高貴な身分でありながら父親を失い卑しい身の上となり、内大臣（かつての頭中将）とかりそめの関係を結んだ夕顔の間に生まれた玉鬘とでは、身分の高さという点で明らかに秋好中宮の方が勝っている。とすると、かつて六条御息所が住み、今はその娘秋好中宮の住まう町と花散里と玉鬘が住まう町とは対偶性を有しつつも、かつて六条御息所が住み、今は秋好中宮が住まう町が花散里と玉鬘の住まう町より優位性を持つということになる。

ところで、東西二町、南北二町の敷地に東西一町、南北一町の邸を、丑寅の町、辰巳の町、未申の町、戌亥の町という四つの町を配置する六条院において、それぞれの町が四方と四季を表象する町となるためには、南北の方位を表す軸は六条院の戌亥から辰巳に向けた形で設定するか、丑寅から未申に向かって設定するしかない。前者の場合、戌亥の町が北の町、辰巳の町が南の町となり、南北の軸の右側に位置する丑寅の町が東の町、左側に位置する未申の町が西の町となる。後者の場合、南北の軸は丑寅の町から未申の町に向かって引かれ、丑寅の町が北の町、未申の町が南の町となり、南北の軸の右側に位置する辰巳の町が東の町、左に位置する戌亥の町が西の町となる。

また先にも指摘したが、当時の貴族の邸宅は南が北に対して優位性を持つ。とすると、六条院のように丑寅の町、辰巳の町、未申の町、戌亥の町という四つの町で構成された邸宅では、辰巳の町や未申の町は、丑寅の町や戌亥の町に対して優位性を持つ。

紫の上と明石の君は対偶性を有しつつ紫の上が明石の君に優位性を示すという関係を持ち、六条御息所と秋好中宮の親子と花散里と玉鬘のペアも対偶性を持つと同時に、六条御息所と秋好中宮の親子が花散里と玉鬘のペアに対して優位性を示すという関係を持つことを考慮すると、紫の上と明石の君の組み合わせと六条御息所と秋好中宮のペアと花散里と玉鬘のペアの組み合わせは、いずれかの組み合わせを南北の軸とし、それ以外の組み合わせを東西の軸として、それぞれの組み合わせで優位性を有している紫の上と六条御息所と秋好中宮のペアを六条院の南側、すなわち辰巳の町ないし未申の町に配置するのが最も自然な形となる。では、六条院の辰巳の町と未申の町のどちらに、紫の上を入れ、六条御息所と秋好中宮のペアを入れるべきであろうか。

明石の君が秋を表象する女性から冬を表象する女性へと変更されたのは、彼女が明石から上京したにもかかわらず、当初予定されていた二条東院の東の対に入居せず、大堰の山荘へ移住したという事実に基づくものであった。大堰の山荘は兼明親王の山荘が準拠とされるが、明石の君が冬という季節を表象する女性とされたのは、兼明親王が大堰の山荘の裏にある亀山から水の湧き出ることを願った祭文で、大堰の地が水の地であり、方位では北、季節では冬を表象するとしたことによる[10]。

伏見二此山之形一、以レ亀為レ体。夫亀者玄武之霊、司レ水之神也。甲虫三百六十之属、在二於北方一、霊亀為二之長一。或背負二蓬宮一、不レ知二幾千里一、或身遊二蓮葉一、不レ知二幾万年一。神霊之至誠無量者也。他山莫レ不レ有レ水、此山豈可レ乏レ水乎。夫水者稟二秋気於庚之金一、盛二正位於北方一、養二春味於震之木一、帰二末流於東南一。群品為レ之亭毒、万物為レ之生育。

（伏して此の山の形を見れば、亀を以て体と為せり。夫れ亀は玄武の霊、司水の神なり。甲虫三百六十の属、北方に在りて、霊亀之が長為り。或いは背に蓬宮を負ひて、幾千里といふことを知らず、或いは身蓮葉に遊びて、幾万年といふことを知らず。神霊の至誠無量なる者なり。他の山水有らずといふこと莫し、此の山豈に水に乏かるべけんや。夫れ水は秋の気を庚の金に稟けて、正位を北方に盛んにし、春の味を震の木に養ひて、末流を東南に帰す。群品之が為に亭毒し、万物之が為に生育す。）

引用した祭文の一節の最後の部分、「夫れ水は秋の気を庚の金に稟けて、正位を北方に盛んにし、春の味を震の木に養ひて、末流を東南に帰す。群品之が為に亭毒し、万物之が為に生育す」という表現は、明石の君の住む大堰が水の地であり、西南の金の気を稟けて、東南の木の地に春の気を流し、それによって万物を生育させるとする。これは、水の地に住む明石の君が、春を表象する紫の上のもとに我が子明石の姫君を養女として差し出し、その結果明石の姫君は、帝の后としての第一歩を踏み出し源氏に栄華をもたらすこと、および明石の君の財力が源氏の栄華の経済的な基盤を支えていることに対応する表現と見ることができるのではなかろうか。とするなら、明石の君と紫の上の位置関係は、明石の君の東南の方向に紫の上が位置するというのが最もふさわしいということになる。

とすると、六条院において戌亥の町は明石の君の住まいとなり、辰巳の町は紫の上の住まいとなる。また、六条御息所と秋好中宮のペアと花散里と玉鬘のペアは、六条御息所と秋好中宮のペアが優位性を持つことから、丑寅の町に花散里と玉鬘のペアが住み、未申の町には六条御息所と秋好中宮のペアの住まうことになる。五行思想では、東は春、西は秋とされるが、六条院の南側の人物の配置に限ってみれば、南側の東に春の町、西に秋の町という配置は、五行思想に則ったものということができよう。

さらに注目しなくてはならないのは、少女巻で夕霧の目を通して語られる花散里の容貌である。

ほのかになど見たてまつるにも、容貌のまほならずもおはしけるかな、かかる人をも人は思ひ棄てたまはざりけりなど、わがあながちにつらき人の御容貌を心にかけて恋しと思ふもあぢきなしや、心ばへのかやうにやはらかならむ人をこそあひ思はめと思ふ。また、向かいて見るかひなからんもいとほしげなり。かくて年経たまひにけれど、殿の、さやうなる御容貌、御心と見たまうて、浜木綿ばかりの隔てさし隠しつつ、何くれともてなし紛らわしたまふめるもむべなりけり、と思ふ心の中ぞ恥づかしかりける。大宮の容貌ことにおはしませど、まだいときよらにおはし、ここにもかしこにも、人は容貌よきものとのみ目馴れたまへるを、もとよりすぐれざりける御容貌の、ややさだ過ぎたる心地して、痩せ痩せに御髪少ななるが、かくそしらはしきなりけり。　（少女(3)六七―六八）

花散里の容貌を初めて見た夕霧は、花散里の気立ての良さを認めつつも、その器量の悪さへの驚きを禁じ得ない。花散里は花散里巻以降この場面に至るまで物語にしばしば登場し、その気立ての良さや裁縫や染色の才能についての言及はなされるが、その容姿について特に触れられることはなかった。源氏と花散里との関係を考慮すると、花散里が格段に優れた容貌の持ち主でないことは容易に想像されるが、かといって夕霧が見たような醜い容貌の持ち主との印象もそれ以前の叙述からは想像できない。むしろ、花散里の優れた性格からすれば、ほぼ人並みの器量と考えるのが穏当であろう。ところが、この少女巻の夕霧の垣間見の場面に至って初めて彼女の醜貌が明らかにされる。

この突然の変貌は、彼女が六条院の丑寅の町に入ることが決まった時点でなされたのではなかろうか。既に述べてきたように、六条院では戌亥の町に明石の君、辰巳の町に紫の上、未申の町に秋好中宮、丑寅の町に花散里が入ることが確定された。もし、二条東院構想が放棄されることなく明石の君が二条東院の東の対に入り、二条東院構想が完成していたなら、二条院・二条東院空間の鬼門にあたる丑寅の方位には醜い末摘花が仕まい、二条院・二条東院空間を守護することが構想されていたと想定されることから、花散里にはこのような醜い容貌が与えられることはなかったであろう。しかし、二条東院構想が破綻し、六条院の造営が構想され、花散里が六条院の丑寅の町に入居することが決まった時点で、彼女に醜い容貌が賦与されることが要請されることになる。邸の東北は鬼門に当たる。二条東院構想では、二条東院の北の対、二条院・二条東院空間の東北にあたる殿舎に醜い末摘花が配置されていた。彼女はその醜さ故に悪霊たちの襲来を防ぐ役割を担っていた。しかし、二条東院構想から六条院の造営へと構想の変更がなされた時、北、冬を表象していた末摘花は、その北、冬という表象を明石の君に奪われ、六条院に入ることは許されなくなった。しかも、六条院の南の二町は、紫の上、秋好中宮という最上級の女性が入居し、北側に入るのは明石の君と花散里の二人ということになった。言うまでもなく、明石の君を鬼門の丑寅の町に入れ、醜い容貌を与えることは不可能である。それに先に検討したように、明石の君が住まう町は六条院の戌亥の町以外には考えがたい。とすれば、六条院の鬼門にあたる丑寅の町に住むのは花散里ということになり、彼女は悪霊の侵入を防ぐため醜い容貌を持つことを余儀なくされる。もちろん、花散里に醜い容貌を与えることが決まったとしても、それをすぐに実行するわけにはいかない。しかし、できることなら六条院に四人の女性たちが入居する以前の方がいい。花散里が夕霧の後見役となり、夕霧が花散里の容貌を垣間見ることができるようになったのは、六条院が完成する年の前年である。物語作者は既にこの時点で、花散里を六条院の丑寅の町に入居させると同時に、彼女に醜い容貌を与えることを決定していたと推測される。
　以上の検討から、六条院のそれぞれの町にどの女性を住まわせるかという問題は、明石の君が北、冬を表象する女性とすることを最優先とし、春と秋の夏と冬に対する優位性、紫の上と明石の君の対偶性と紫の上の優位性、六条御息所と秋好中宮のペアと花散里と玉鬘のペアの対偶性と六条御息所と秋好中宮のペアの優位性、兼明親王の祭文から導かれる紫の上の居所が明石の君の居所の東南に位置させるべきとの制約、さらに六条院の鬼門に当たる丑寅の町に住む女性には醜貌を与え得る女性を置く必要があるといった条件を総合的に勘案して決定されたものと判断される。その結果、物語に実現された六条院のそれぞれの町に入る女性とその女性が表象する季節、方位は、五行思想の方位と季節の対応関係に則った図1、図2のような対応関係と異なった図4のような対応関係を示すことになる(11)。

図1

明石の君 北・冬	紫の上 東・春
秋好中宮 西・秋	花散里 南・夏

図2

秋好中宮 西・秋	明石の君 北・冬
花散里 南・夏	紫の上 東・春

図4

明石の君 北・冬	花散里 玉鬘 東・夏
秋好中宮 西・秋	紫の上 明石の姫君 南・春

五　六条院の殿舎と庭園

六条院の女性たちの住まいはいずれも一町の広さを持つが、そこに構えられた殿舎は全く同じ造りとはなっていない。紫の上、秋好中宮、花散里の住む辰巳の町、未申の町、丑寅の町は、いずれも南に池を造り、寝殿とその東西に対屋を持つ典型的な寝殿造りと想定されるが、明石の君の住む戌亥の町は、

西の町は、北面築きわけて、御倉町なり。隔ての垣に松の木しげく、雪をもてあそばんたよりによせたり。冬のはじめの朝霜むすぶべき菊の籬、我は顔なる柞原、をさをさ名も知らぬ深山木どもの木深きなど移し植ゑたり。（少女(3)七九―八〇）

というように、町の北側は御倉町となっており、池の有無ははっきりしないが、池がないと指摘する研究者も多い。[12]

また、明石の君の住む殿舎は、

かの明石の御町の中の対に渡したてまつりたまふ。こなたはただ大きなる対二つ、廊どもなむ廻りてありけるに、（若菜上(4)一〇三）

とあり、対屋を二つ連ねたばかりの造りとなっている。北側にある御倉町は明石の君の財力を示すものであり、源氏の栄華の経済的な基盤を支える明石の君の存在の大きさを示すものといえようが、他の町のように寝殿造りとなっておらず、対屋二棟のみの極めて簡素な造りは、彼女の身分が他の三人の女性に比べ著しく劣っていることを示していよう。

また、辰巳の町、未申の町、丑寅の町も子細に見れば、紫の上の住む辰巳の町だけが西の対屋を二つ持っており、未申の町、丑寅の町に比べて対屋が一つ多い構造となっている。[13]

このように六条院の四つの町の造りを比較した場合、辰巳の町が一番豪華な造りとなり、未申の町、丑寅の町はそれよりやや劣った造り、戌亥の町のみが他の町と著しく劣った造りとなっていることが見てとれる。こうした六条院のそれぞれの町の造りの相違は、それぞれの町に住む女君の格の高さを反映したものといえよう。すなわち、紫の上が最も高く、それにやや劣る形で秋好中宮、花散里と玉鬘が位置し、それら三人とはかなり劣った存在として明石の君が定位されていると見ることができよう。これまでにもしばしば述べて来たことであるが、明石の君の出自の低さは、この戌亥の町の造りの簡素さにも明確に示されている。

また、それぞれの町に住む女性たちの庭にはそれぞれの町に住む女君が表象する季節の植物が数多く植えられている。それらの中で各町に住む女性たちを表象していると思われる植物を見てみると、紫の上は桜、秋好中宮は紅葉、花散里は橘、明石の君は松ということになろう。

紫の上を表象する植物が桜であることは、源氏と紫の上が初めて出逢う北山で桜の花が印象的に描かれていること、またそれ以降の物語で彼女が桜の花に喩えられていることから明らかであろう。花といえば桜とされていた当時にあって、六条院に住まう女君の最高位を占め、春という季節を表象する紫の上にとって、桜の花は彼女を表象するに最もふさわしい花であったといえよう。少女巻の六条院のそれぞれの町の庭の様を記した描写では、春の町である辰巳の町の庭は、

南の東は山高く、春の花の木、数を尽くして植ゑ、池のさまおもしろくすぐれて、御前近き前栽、五葉、紅梅、桜、藤、山吹、岩躑躅などやうの春のもてあそびをわざとは植ゑで、秋の前栽をばむらむらほのかにまぜたり。（少女⑶七八―七九）

と表現され、桜は特に強調されていないが、右に指摘したように物語全体にわたっての記述から紫の上が桜に表象されていることは言うまでもない事実であろう。

それに対し、花散里の住む春の町の北に位置する夏の町、すなわち丑寅の町の庭の様子は、

北の東は、涼しげなる泉ありて、夏の蔭によれり。前近き前栽、呉竹、下風涼しかるべく、木高き森のやうなる木ども木深くおもしろく、山里めきて、卯花の垣根ことさらにしわたして、昔おぼゆる花橘、撫子、薔薇、くたになどやうの花のくさぐさを植ゑて、春秋の木草、その中にうちまぜたり。東面は、分けて馬場殿づくり、埒結ひて、五月の御遊び所にて、水のほとりに菖蒲植ゑしげらせて、むかひに御厩して、世になき上馬どもをととのへ立てさせたまへり。（少女⑶七九）

と、夏の草花を中心に様々な植物が植えられているが、その中で彼女を表象する植物といえば橘となるであろう。花散里は、桐壺帝の死後、政治的に次第に追い詰められた源氏が須磨に退去する直前、桐壺帝の女御であった麗景殿の女御の邸に赴く夏のある一日の様を描いた花散里巻で、麗景殿の女御の妹で、桐壺帝在世中に源氏と宮中でかりそめの関係を持ち、桐壺帝崩御の後は麗景殿の女御とともに、源氏の庇護のもとつつましく暮らしている女性として登場する。源氏が麗景殿の女御の邸を訪れると、邸には橘の花が懐かしい香りを放ちながら咲いている。彼女が物語で花散里と呼ばれるのは、この時の邸の様に因んだものであることから、花散里という呼称における花は橘ということになる。よって、六条院の夏の町に住み、夏を表象する花散里を表象する花といえば橘ということになる。

秋の町の秋好中宮を表象する植物は紅葉とすることができよう。先にも引用したように六条院の秋の町の庭は、次のように描かれる。

中宮の御町をば、もとの山に、紅葉の色濃かるべき植木ども植ゑ、泉の水遠くすまし、遣水の音まさるべき巌たて加へ、滝落として、秋の野を遙かに作りたる、そのころにあひて、盛りに咲き乱れたり。嵯峨の大堰のわたりの野山むとくけおされたる秋なり。（少女⑶七九）

秋好中宮の住まう未申の町の庭では、まず色濃く紅葉する木々が語られる。また、六条院が完成すると、八月に紫の上、花散里が六条院に移り住み、五、六日置いて秋好中宮が宮中より退出する。九月に中宮から紫の上に箱の蓋に花や紅葉を混ぜた贈り物が届けられる。その消息には、

心から春まつ苑はわがやどの紅葉を風のつてにだに見よ　（少女(3)八二）

とある。この六条院入居後の秋好中宮の紫の上への贈歌からも、秋好中宮を表象する植物が紅葉であることが見て取ることができよう。

秋好中宮の住む未申の町の北側の町に住まう明石の君を表象する植物は松である。

西の町は、北面築きわけて、御倉町なり。隔ての垣に松の木しげく、雪をもてあそばんたよりによせたり。冬のはじめの朝霜むすぶべき菊の籬、我は顔なる柞原、をさを名も知らぬ深山木どもの木深きなど移し植ゑたり。　（少女(3)七九―八〇）

未申の町には松が数多く植えられている。大堰移住後の明石の君に冬という属性を象徴する植物として松が用いられていることは既に指摘したが(14)、この六条院の未申の町にも松が多く植えられているという事実は、松が北、冬を表象する明石の君にふさわしい植物であることを改めて確認させる。

なお、橘は『古事記』『日本書紀』では、垂仁天皇の御代に多遅摩毛理（田道間守）が常世の国から持ち帰ったとされる「時じくのかくの木の実（時じくのかくのみ）」とされ、また『万葉集』では(15)、

冬十一月に、左大弁葛城等、姓橘氏を賜りし時の御制作歌一首

橘は実さへはなさへその葉さへ枝に霜置けどいや常葉の木　（巻六・一〇〇九）

と詠まれるなど、その永遠性が賞揚される。内裏の紫宸殿の前には、左近の桜とともに右近の橘が植えられているが、これも橘の永遠性を示すものといえよう。

このように、六条院の四つの町に住み四季を表象する四人の女君を表象する植物を改めて見てみると、六条院の南側に住み春を表象する紫の上には桜、秋を表象する秋好中宮には紅葉というように華やかではあるが、はかなく散っていく植物が当てられているのに対し、北側に住み夏を表象する花散里には橘、冬を表象する明石の君には松という地味ではあるが常緑の植物が当てられていることに気付く。六条院の南側にすむ女君は、北側に住む女君に比べて格の高い女君であったが、それらの女君を表象する桜や紅葉が華麗ではあるがはかなく散ってしまう植物であるのに対し、北側の女君を表象する橘や松は、華やかさには乏しいがいつまでも枯れることのない常緑の樹木である。六条院の南側の華やかな植物は六条院の栄華を象徴し、北側の常緑の樹木は六条院の永遠性を象徴すると見て取ることができよう。

六　東、山、仏と西、海、神

六条院の四つの町は、辰巳の町は南の町と呼ばれ春を表象する紫の上、未申の町は西の町とされ秋を表象する秋好中宮、丑寅の町は東の町と呼ばれ夏を表象する花散里、戌亥の町は北の町とされ冬を表象する明石の君が住むというように、南に春、西に秋、東に夏、北に冬を表象する女性が居住する。五行思想では東と春、南と夏、西と秋、北と冬が対応するが、六条院においては春を表象する紫の上が南の町に住み、夏を表象する花散里が東の町に住むという点で、五行思想における方位と季節の対応とは、異なる対応関係を形成する。

しかし、そうでありつつも六条院を構成する四つのそれぞれの町が四方と四季のうちのどれか一つの方位と季節を表象することで、六条院は四方四季の邸を形成しているということは紛れもない事実である。源氏は明石の君から夜光る玉である明石の姫君を譲り受けることで海竜王となったが、海竜王の邸は四方四季であるとされることから、六条院という四方四季の邸の完成は、海竜王にふさわしい邸の完成を意味しよう。

と同時に、源氏が四方四季を表象する女君（未申の町の六条御息所は既に亡くなっているが）を娶るということは、彼が四方と四季、すなわちあらゆる方位とあらゆる時間を支配する存在となったことを意味しよう。しかも、六条院を構成する四つの町は丑寅の町、辰巳の町、未申の町、戌亥の町と呼ばれ、東北、東南、西南、西北の方位をも示している。とすると、源氏は東、西、南、北の他に、東北、東南、西南、西北という方位も支配していることになり、彼の支配が全方位にあまねく広がっていることがより強調される。

また、若紫巻冒頭の北山山頂の国見儀礼と見做される源氏の眺望に際して、源氏の国土支配の原理として挙げられた東と西の水平軸、山と海の垂直軸という二つの軸に、仏と神という要素を賦与した観点から六条院の構成を見てみると、紫の上は東・山・仏という属性を持っていたが、斎宮として伊勢神宮に奉仕した経歴を持つ秋好中宮を養女として迎え入れることで、彼女の持つ東、海、神という属性を取り入れて東、山・海、仏・神という属性を有するようになる。

一方、西、海、神という属性を有していた明石の君は、大堰に移住し、嵯峨野の御堂と結ばれることで、西、山、仏という属性を手に入れ、西、山・海、仏・神を表象することになり、彼女の娘の明石の姫君も西、山・海、仏・神を表象することになる(16)。

紫の上は、秋好中宮を養女としたのみならず、明石の姫君も養女にすることから、紫の上と明石の姫君の持つ属性、すなわち東、山・海、仏・神という属性と西、山・海、仏・神という属性が合わさることによって、紫の上と明石の姫君はともに東・西、山・海、仏・神という属性を有することになる。

また、筑紫から上京した玉鬘は、西という属性を持つ。玉鬘一行は京に入ってひとまず九条の宿に落ち着くことができたが、今後どうしたらよいか途方に暮れる。そんな時、一行の長ともいえる豊後介が石清水八幡宮や長谷観音への参詣を勧める。

「神仏こそは、さるべき方にも導き知らせたてまつりたまはめ。近きほどに八幡の宮と申すは、かしこにても参り祈り申したまひし松浦、筥崎同じ社なり。かの国を離れたまふとても、多くの願立て申したまひき。今都に帰りて、かくなむ御験を得てまかり上りたると、早く申したまへ」とて、八幡に詣でさせたてまつる。（中略）「うち次ては、仏の御中には、初瀬なむ、日本の中にはあらたなる験あらはしたまふと、唐土にだに聞こえあむなり。まして我が国の中にこそ、遠き国の境とても、年経たまひつれば、若君をばまして恵みたまひてん」とて、出だし立てたてまつる。（玉鬘(3)一〇三―一〇四）

「八幡の神」とは平安京の南にある男山に鎮座する石清水八幡宮のことであり、祭神は応神天皇、神功皇后、比咩大神。「松浦」は肥前国松浦にある鏡神社のことと思われ、神功皇后、藤原広嗣を祭る。「筥崎」は筑紫筥崎にある筥崎八幡宮で、応神天皇、神功皇后、玉依姫を祭る。これらの神社は応神天皇とその母神功皇后を祭るという点で共通するが、この親子は神功皇后の朝鮮出兵説話に関わっており、海の神という性格を持つと考えられる。筥崎八幡宮や鏡神社は海の傍らにあり、鏡宮については物語に「ただ松浦の宮の前の渚と、かの姉おもとの別るるをなむ、かへりみせられて」という記述が認められる。「初瀬」が長谷観音を指すことは言うまでもない。これらの点を考慮すると、玉鬘は西、海、神という属性を持つと同時に、西、山、仏という属性も併せ持つと考えるのが妥当と思われる。

なお、玉鬘の居所を定めるに際し、物語は、

住みたまふべき御方御覧ずるに、南の町には、いたづらなる対どもなし、勢ひことに住みみちたまひければ、顕証に人しげくもあるべし。中宮のおはします町は、かやうの人も住みぬべくのどやかなれど、さてさぶらふ人の列にや聞きなされむと思して、すこし埋れたれど、丑寅の町の西の対、文殿にてあるを他方へ移

してと思す。あひ住みにも、忍びやかに心よくものしたまふ御方なれば、うち語らひてもありなむ、と思しおきつ。　（玉鬘(3)一二五）

と語るが、『源氏物語評釈』(17)では、この「あひ住み」を、

そこに重ねて、この姫を住まわせるのだが、あずけると言わず「あひ住み」と言う。同格扱いである。

と指摘する。玉鬘が花散里と同格に扱われるとすると、丑寅の町は、玉鬘が有する西、山・海、仏・神という属性を備えることになる。

六条院の未申の町には秋好中宮が住まうが、彼女は伊勢の斎宮であったことから、東、海、神の属性を持つと同時に、紫の上の養女となることによって、東、山、仏の属性をも身に付けることになり、秋好中宮の住まう未申の町は東、山・海、仏・神を表象する町となる。また、戌亥の町は明石の君が住まうが、先に指摘したように彼女は西、山・海、仏・神を表象する。

なお、花散里と玉鬘の住む丑寅の町は六条院では東の町と呼ばれ、秋好中宮が住まう未申の町は西の町と呼ばれることから、丑寅の町は西、山・海、仏・神の他に東という町の方位が賦与され、未申の町には東、山・海、仏・神という属性の他に西という町の方位が賦与される。これを図示すると図5となる。

図5

仏・神 山・海 西	仏・神 山・海 西・(東)
仏・神 山・海 東・(西)	仏・神 山・海 東・西

この図を見ると、紫の上と明石の姫君の住む辰巳の町は、東と西、山と海、仏と神という全ての要素を表象するのに対し、花散里と玉鬘の住む丑寅の町、秋好中宮の住む未申の町は、山と海、仏と神という四つの要素を全て表象するが、方位という点で西ないしは東のみを表象するに止まる。ただし、六条院の町の呼称として丑寅の町には東の町、戌亥の町には西の町という呼称が

与えられ、丑寅の町や未申の町に欠けている東や西という属性が町の呼称として賦与されている。しかし、それらはあくまでも町の呼称であり、そこに住む女君たちが表象する方位とはやや次元を異にするもの捉えるべきであろう。明石の君の住む戌亥の町は、方位として西という属性しか賦与されない。

つまり、紫の上、明石の姫君の住む辰巳の町が全ての属性を備え、それに次いで花散里と玉鬘の住む辰巳の町と秋好中宮の住む未申の町が方位の点で東と西のどちらかを欠きつつも町の呼称によりその不足を補っているのに対し、明石の君の住む戌亥の町は東という属性を全く欠いている。東と西の水平軸、山と海の垂直軸という二つの軸に、仏と神という要素を賦与した観点から見た場合、辰巳の町が最も優位を保ち、次いで丑寅の町と未申の町が同等の格を持って位置し、戌亥の町が最も劣った位置にあるということになろう。またこの序列は、先に指摘した四つの町の造りと同様な序列となっている。町の造りと町が示す属性という二つの観点からの検討によって示された序列は、明石の君が六条院に住まう他の三人の女性たちと比べ、著しく劣った身分であることを判然と示すものといえよう。

先に六条院に住まう女君の中で、源氏と男女の関係を維持しているのは紫の上と明石の君のみであると指摘したが、右に示した六条院の造りや町の属性によって示される紫の上と明石の君の間に存在する大きな身分上の懸隔は、紫の上の地位を確固たるものとし、六条院に安定した秩序をもたらす。と同時に、紫の上の住む辰巳の町に源氏が住まうことによって、源氏と紫の上の結びつきは絶対的なものとなる。

また、町の造り、町の示す属性という観点からの考察では、東の町と西の町は紫の上の住む南の町にやや劣るが、同等の重みを持つことが判明した。先に辰巳の町に対する未申の町の優位性を指摘したが、それはそれぞれの町に位置する人物の身分から導き出されたものである。辰巳の町に住む花散里が生存しているのに対し、未申の町に位置する六条御息所は既に没しており、玉鬘が辰巳の町に常住しているのに対し、秋好中宮は冷泉帝の后として後宮で暮らし、未申の町に常に居住していない点を考慮すれば、辰巳の町（東の町）と未申の町（西の町）は、実質的には同等の格を持つことになろう。

七　六条院の仏と神

六条院が完成して迎えた最初の正月を描く初音巻は、春の町の描写から始まる。

年たちかへる朝の空のけしき、なごりなく曇らぬうららけさには、数ならぬ垣根の内だに、雪間の若草若やかに色づきはじめ、いつしかとけしきだつ霞に木の芽もうちけぶり、おのづから人の心ものびらかに見ゆるかし。ましていとど玉を敷ける御前は、庭よりはじめ見どころ多く、磨きましたまへる御方々のありさま、まねびたてむも言の葉足るまじくなむ。

春の殿の御前、とりわきて、梅の香も御簾の内の匂ひに吹き紛ひて、生ける仏の御国とおぼゆ。

（初音(3)一四二）

「春の殿」、すなわち紫の上と源氏の住む辰巳の町は、庭の梅の香りと御簾の内の焚き物の匂いが混じり合って、「生ける仏の御国」と思われると表現されるが、仏法における俗世の理想の王、転輪聖王であり、かつ普賢菩薩の化身と見做される源氏が六条院の主であることからすれば[18]、この「生ける仏の御国」という言葉は、六条院全体に及ぶものと考えてよいであろう。

辰巳の町に住む紫の上は東方瑠璃光浄土に住む薬師如来の庇護のもとにあり、戌亥の町に住む明石の君は西方の極楽浄土の教主である阿弥陀如来の庇護を受けていることは既に指摘した[19]。丑寅の町に住む玉鬘も、長谷寺に参詣の途中、右近と巡り会うことから、観音菩薩の庇護を受けていると考えることができよう。未申の町に住む秋好中宮は、斎宮として伊勢神宮に赴いており、天照大神の庇護を受けていると考えられるから、さすがに仏の庇護は受けるわけにはいかないであろうが、彼女は初音巻に続く胡蝶巻で、内裏から退出し、未申の町で季の御読経を催している。他の三つの町に住む女性が、如来や菩薩の庇護を受けているのに加えて、秋好中宮が未申の町で季の御読経を行うことによって、六条院全体が仏法の徳に満ち満ちた、「生ける仏の御国」となっていることがここに明かされよう。(20)

また、源氏は神々の王である海竜王でもあった。六条院の未申の町に住む秋好中宮は伊勢神宮に斎宮として仕えたことから、伊勢神宮の庇護を受けていると考えられる。戌亥の町に住む明石の君は、住吉大社の加護を受けていることは既に見てきた通りである。また、辰巳の町に住む玉鬘は、上京し九条に落ち着くとまず石清水八幡宮に参詣しており、石清水八幡宮の加護を受けていると考えられる。辰巳の町に住む紫の上は、六条院が完成してからかなり後のことになるが、藤裏葉巻で明石の姫君の入内に際して賀茂のみあれ祭りに詣でており、賀茂神社の神の庇護を受けていると見ることができよう。

こうしてみると、六条院の四つの町に住まう女性は、秋好中宮が都の東に位置する伊勢神宮、明石の君が都の西の住吉大社、玉鬘が都の南に鎮座する石清水八幡宮、紫の上が都の北の賀茂神社の神の庇護を受けていることになる。六条院の四つの町に四方と四季を表象する女性を住まわせるだけでなく、南の町に住み春を表象する紫の上は北の賀茂神社、西の町に住み秋を表象する秋好中宮は東の伊勢神宮、東の町に住み夏を表象する玉鬘は南の石清水八幡宮、北の町に住み冬を表象する明石の君は西の住吉大社というように、四つの町に住む四人の女性がそれぞれ東、西、南、北の神の加護を受けるという事実は注目に値する。

なお、玉鬘は裳着に際して、父親が藤原氏であることを明かさねばならず、藤原氏の氏神である春日大社の庇護を受けることになるが、この春日大社も都の南に位置する社であることから、東の町に住み夏を表象する玉鬘が南の神の庇護を受けているという事実に変わりはなく、六条院が東、西、南、北の神々の庇護を受ける女性たちによって構成されているという事態に変更は生じない(21)。

八　仙境としての六条院

さらに、胡蝶巻冒頭部分では、春の町の船楽の様子が次のように描かれる。

竜頭鷁首を、唐の装ひにことごとしうしつらひて、楫とりの棹さす童べ、みな角髪結ひて、唐土だたせて、さる大きなる池の中にさし出でたれば、まことの知らぬ国に来たらむ心地して、あはれにおもしろく、見ならはぬ女房などは思ふ。中島の入江の岩蔭にさし寄せて見れば、はかなき石のたたずまひも、ただ絵に描いたらむやうなり。こなたかなた霞みあひたる梢ども、錦を引きわたせるに、御前の方ははるばると見やられて、色を増したる柳枝を垂れたる、花もえもいはぬ匂ひを散らしたり。他所には盛り過ぎたる桜も、今盛りにほほ笑み、廊を繞れる藤の色もこまやかにひらけゆきにけり。まして池の水に影をうつしたる山吹、岸よりこぼれていみじき盛りなり。水鳥どもの、つがひを離れず遊びつつ、細き枝どもをくひて飛びちがふ、鴛鴦の波の綾に文をまじへたるなど、物の絵様にも描き取らまほしきに、まことに斧の柄も朽いつべう思ひつつ日を暮らす。

風吹けば波の花さへいろ見えてこや名にたてる山ぶきの崎
春の池や井手のかはせにかよふらん岸の山吹そこもにほへり
亀の上の山もたづねじ舟のうちに老いせぬ名をばここに残さむ
春の日のうららにさして行く舟は棹のしづくも花ぞちりける

などやうのはかなごとどもを、心々に言ひかはしつつ、行く方も、帰らむ里も忘れぬべう、若き人々の心をうつすに、ことわりなる水の面になむ。

（胡蝶(3)一六六―一六八）

楫取りの女童に角髪を結わせ、中国風の装いをさせた竜頭鷁首の船に秋好中宮付きの若い女房たちを乗せ、中宮方の池から紫の上が住まう南の町の池に漕ぎ出すと、秋好中宮付きの女房たちは「まことの知らぬ国に来たらむ心地」がするという。まさにここ春の町は、異境空間なのである。池の上から眺めた春の町の景色はまるで絵に描いたようで、「まことに斧の柄も朽いつべう」思われるとされるが、この表現は仙境に迷い込んだ人物が童子が碁を打つのに見とれていて気が付くと、持っていた斧の柄が朽ちていたという爛柯の故事を踏まえたもので(22)、この異境空間が神仙世界であることを示している。

さらに、女房たちが詠ずる四首の歌のうち三首目の歌に詠まれる「亀の山」とは蓬莱山のことである。『列子』湯問篇に蓬莱山を「巨鼇十五をして、首を擧げて之を戴き(23)」、つまり大きな亀が支えているとの表現があり、既に拙稿で引用した兼明親王「祭亀山神文」にも蓬莱山は亀の背に乗っているとあるように、「蓬莱山」は亀の上に乗っていることから「亀山」とも呼ばれたのであるが、その亀の山を訪ねる必要もないというこの三首目の歌は、この六条院の春の町が蓬莱山に匹敵する神仙境であることを示唆している。また、この三首目の歌の「舟のうちに老いせぬ名をばここに残さむ」という表現は、『白氏文集』巻三、新楽府「海漫漫」の「蓬莱を見ずんば敢て歸らず、童男丱女舟中に老ゆ(24)」を踏まえた表現との指摘がなされる。「海漫漫」では、この詩句は始皇帝や武帝に命じられて不死の薬を探す人々が蓬莱山を求めて彷徨うが、蓬莱山にたどり着くことができず舟の中で皆老いてしまったことを詠じているが、女房の歌では、自分たちは「海漫漫」で描かれる人々とは異なり、既に仙境に到達し、舟の中で老いることのない世界にいると「海漫漫」の表現を反転させて、春の町が老いを知らない神仙境であると歌い上げる。

先に舟の中から眺めている女房たちの視点によって、まさに春の町の御殿と庭は「まことに斧の柄も朽いつべう」思われると表現されている部分が、爛柯の故事を踏まえたものであることを指摘したが、それにこの四首連続して並べられた歌群の三首目の歌の表現を合わせ考えると、舟の中の女房たちは春の町に神仙境を見、自身を蓬莱山に匹敵する地にたどり着いた人々に準えていると見ることができよう。

女房たちの歌に続く地の文では「行く方も、帰らむ里も忘れぬべう」と記されるが、『河海抄』はこの表現の注に、後漢の時代、天台山に薬草を採りに入った劉晨、阮肇が道に迷って、二人の美女と出会い、一緒に半年ほど暮らしたが、望郷の念にかられ故郷にかえってみると、自分たちの七代後の子孫が暮らしていたという『続斎諧記』に収められた劉阮天台の故事を引き、春の町の神仙的雰囲気をより強調する。また、『新編日本古典文学全集』は、「此六条院のありさま、人間には比量すべき所なければ、只仙宮の如しとほめて云る也」(岷江入楚)。一六七ページの「まことに斧の柄も朽いつべう…」に照応」との頭注を付す。『続斎諧記』に載せられた説話に基づくか否かは別として、確かにこの「行く方も、帰らむ里も忘れぬべう」という表現は、「まことに斧の柄も朽いつべう…」という表現と照応し、六条院の春の町が神仙世界であることを確認する表現と見て取ることができよう。(25)

ところで、既に示した通りに大堰の地は仙境でもあった。(26)後に六条院が完成すると、明石の君は戌亥の冬の町、紫の上は辰巳の春の町に住むことになるが、二条院の紫の上のもとに養女として引き取られた明石の姫君も、紫の上とともに辰巳の春の町に住むことになる。このような六条院における人物の位置関係は、二条院を経由しており直接ではないにしても、最終的な結果だけ見れば、明石の姫君が西北の明石の君の冬の町から東南にあたる紫の上の住む春の町に移されたことを示し、兼明親王の祭文にあった「盛二正位於北方一、養二春味於震之木一、帰二末流於東南二」という表現と対応関係を認めることができる。

つまり、大堰の山荘で明石の君を囲繞していた神仙世界が、六条院の戌亥の町にもたらされ、それが東南の方向に流れて紫の上のいる辰巳の春の町をも覆うこととなったと考えることができるであろう。また、これも指摘したことだが、(27)松風巻で源氏が大堰の山荘に留まっている明石の君を初めて訪れた後に催された桂の饗宴において、源氏は神仙と見做された。とするなら、彼が主として住む六条院そのものも神仙境と見做すこともできるのではなかろうか。

六条院に山と海、四方四季を表象する女性を住まわせることで、光源氏はあらゆる時間と空間を支配する王者となると同時に、転輪聖王や普賢菩薩の化身であり、海竜王、さらには神仙とされ、彼の住む六条院は「生ける仏の御国」であり、四方の神々に守護された神の王者の邸、さらには神仙境とも見做されることとなる。六条院は、源氏の卓越した王者性を様々な形で示すことによって、源氏の至高の栄華と絶対的な王者性を象徴する邸宅として物語世界に顕現することになるのである。

1　本書第三章。
2　『源氏物語』は、『新編日本古典全集』に拠る。
3　藤井貞和は『源氏物語論』（岩波書店、平成12年）第十章、第一節「光源氏物語主題論」において、六条院の造営は六条御息所の鎮魂のためであったと指摘する。
4　朧谷寿『源氏物語の風景』（平成11年、吉川弘文館）「平安京の風景―プロローグに代えて」
5　『宇津保物語』は、『新編日本古典全集』に拠る。
6　同注1。
7　三谷栄一『物語史の研究』（有精堂出版、昭和42年）第三編、第三章

8　同注1。

9　玉上琢彌『源氏物語評釈』第五巻一二〇頁に「花散里と「あひ住み」」という項目が立てられ、源氏が玉鬘を六条院のどこに住まわせるかを検討している部分の解説として、「明確に順位があるわけでもないが、四つの町ではやはり北よりは南、西よりは東がよい位置だということができる。源氏は、姫君の住居を東南から西南、さらに東北と、最もよい位置から順に考えて行かれたのである。姫君の扱いを、かなり重く考えていることになる」という記述が認められる。

10　兼明親王の祭文は『本朝文粋』から引用。『本朝文粋』は『新日本古典文学大系』に拠り、柿村重松『本朝文粋註釈』に従い、一部私に改めて訓み下した。

11　三谷栄一は、『物語史の研究』第二編、第三章（有精堂出版、昭和42年）において、日本では戌亥の隅に屋敷神が祭られ、東南アジアでも同様の西北への信仰があり、中国でも『礼経』に祖先の霊を西北の隅に祭り、その方角に祖霊が去来することが中国の古代信仰として記されているとし、さらに紫の上が「「春の御前」といわれる以上、当然「東」であるべきであるのは、「南の上」「南の御方」などと称され、辰巳の方向に位置づけられているのは、四方四季の信仰に戌亥の隅や辰巳の隅の信仰とが重なっているのであって、辰巳の方向も、また祝福される方角でここにも、前述のように、紫の上の性格が物語られているわけである」と指摘する。

12　浅尾広良「『源氏物語』の邸宅と六条院復元の論争点」（倉田実編『王朝文学と建築・庭園』所収、竹林舎、平成19年）

13　玉上琢彌「光る源氏の六条院復元図・第二案」（『源氏物語』と平安京』所収、おうふう、平成6年）、池浩三「『源氏物語』の六条院―その想定平面図の根拠」（『源氏物語』と平安京』所収、おうふう、平成6年）

14　同注1。

15　『万葉集』は、『新編日本古典全集』に拠る。

16　同注1。

17　同注9。

18　拙著『王朝文学の始発』（笠間書院、平成21年）第四章「『源氏物語』と『古事記』日向神話―潜在王権の基軸―」

19 同注1。

20 渡辺仁史「『源氏物語』の六条院について―四季の町の配列―」（『中古文学』第53号、平成6年5月）は、『無量寿経』の「其仏国土、自然七宝、金銀瑠璃、珊瑚琥珀、硨磲碼碯、合成為地、恢廓曠蕩、不可限極。（中略）亦無四時、春秋冬夏、不寒不熱、常和調適。」という一節を引用し、「六条院は「春秋冬夏」が「右旋」によって配列されており、その美的様相の面で何ら不調和や歪みといった意味を持たないのであり、極楽を現世に具現させたものとみなすことができる。」と指摘する。物語作者はこの『無量寿経』の表現をも念頭に置きつつ、六条院を「生ける仏の御国」とした可能性も考えられよう。

21 秋山虔、河添房江、松井健児、三角洋一「共同討議　物語文学の人間造形―源氏物語と以前以後」（『国文学』38巻11号、學燈社、平成5年11月）、韓正美『源氏物語における神祇信仰』（武蔵野書院、平成27年）

22 河野貴美子「爛柯の故事」（『源氏物語の鑑賞と基礎知識　絵合・松風』（至文堂、平成14年）160、161頁。

23 『列子』は、『新釈漢文大系』に拠る。

24 『白氏文集』は、『新釈漢文大系』に拠る。

25 小林正明「蓬莱の島と六条院の庭園」（『鶴見大学紀要』24号、昭和62年3月）、上原作和『光源氏物語　學藝史　右書左琴の思想』（翰林書房、平成18年）第三部、「《爛柯》の物語史「斧の柄朽つ」る物語の主題生成」は、この六条院春の町の神仙表現に六条院解体の予兆を読み取る。それに対し田中隆昭「仙境としての六条院」（『国語と国文学』75巻11号、平成10年11月）は、日本漢詩文の仙境表現を概観し、小林や上原の指摘は性急に過ぎると批判する。

なお、田中幹子は「源氏物語「胡蝶」の巻の仙境表現―本朝文粋巻十所収詩序との関わりについて―」（『伝承文学研究』46号、平成9年1月）で、次のように指摘する。

仙境表現は、天皇、上皇等の威徳に捧げられた常套的表現であった。常套的であることが重要なのである。「胡蝶」の華やかさが特別であることは、同じ花の宴である「花宴」の描写の淡泊さが証明していた。「花宴」の宴は、主催が桐壺帝であるため、わざわざ天皇主催の宴の際に常套的表現を用いなくてもその宴のすばらしさは既に保証されていた。「胡蝶」の場面は、天皇でない光源氏の私邸での私宴に対して、天皇或いは上皇主催の宴の常套的賛辞である仙境の喩えが用いられていることが、重みを持つのである。作者は、極めて意識的に詩序と同じ描写を用いた。光源氏の威徳は天皇と同じである、いや、私宴でこうなのだから天皇以上の威徳なのだと源氏物語の構成上、ここで読み手に納得させる意図のためであった。

26　同注1。

27　同注1。

第六章　住吉参詣と石山参詣

一　はじめに

源氏は二十八歳の八月、明石から召還され都に帰還する。翌年の秋、源氏は住吉神社と石山寺に参詣する。澪標巻では「その秋、住吉に詣でたまふ(1)」とのみ語られるのに対し、関屋巻では源氏の石山詣では「九月晦日なれば、紅葉のいろいろこきまぜ、霜枯れの草むらむらをかしう見えわたるに」とあることから、住吉参詣の後に石山参詣が行われたということが了解される。帰京してから約一年、源氏の政界における地位が確固たるものとなったこの時点において、源氏が住吉神社、石山寺に相次いで参詣するということは、一体どのような意味を持つのであろうか。

二　住吉参詣と石山参詣――願はたしの必然性

源氏の住吉参詣は「その秋、住吉に詣でたまふ。願どもはたしたまふべければ、いかめしき御歩きにて、世の中ゆすりて、上達部、殿上人、我も我と仕うまつりたまふ」(澪標(2)三〇二)とあることから、願はたしの参詣であったことが知られる。物語では源氏が須磨で暴風雨と雷に襲われた時、住吉の社に多くの大願を立てたと語られていることから、この願はたしは、源氏が須磨、明石の流離から都に召還され、政権の中枢に復帰し得たことへの願はたしと捉えることができよう。

源氏は二十六歳の三月須磨に退居することを余儀なくされるが、それからちょうど一年経った三月の朔日、源氏は須磨の海岸で上巳の祓えを行う。

弥生の朔日に出で来たる巳の日、「今日なむ、かく思すことある人は、禊したまふべき」と、なまさかしき人の聞こゆれば、海づらもゆかしうて出でたまふ。いとおろそかに、軟障ばかりを引きめぐらして、この国に通ひける陰陽師召して、祓えせさせたまふ。舟にことごとしき人形のせて流すを見たまふにも、よそへられて、

知らざりし大海の原に流れきてひとかたにやはものは悲しき

とてゐたまへる御さま、さる晴れに出でて、言ふよしなく見えたまふ。海の面うらうらとなぎわたりて、行く方もしらぬに、来し方行く先思しつづけられて、

八百よろづの神もあはれと思ふらむ犯せる罪のそれとなければ

とのたまふに、にはかに風吹き出でて、空もかきくれぬ。御祓もしはてず、立ち騒ぎたり。肱笠雨とか降りきて、いとあわたたしければ、みな帰りたまはむとするに、笠も取りあへず。さる心もなきに、よろづ吹き散らし、またなき風なり。波いといかめしう立ちきて、人々の足をそらなり。海の面は、衾を張りたらむやうに光り満ちて、雷鳴りひらめく。　（須磨(2)二一七—二一八）

「三月最初の巳の日は、心労を抱えている人は禊ぎをするのがよい」となまはんかな知識を持った者が勧めるので、源氏は海の気色も御覧になりたいとのお気持ち手伝って、陰陽師を呼んで海辺で祓えをなさる。人形を海に流し、うららかに凪いでいる海面を見わたしながら、源氏は過去のこと将来のことを思い続け「八百よろずの神もあはれと思ふらむ犯せる罪のそれとなければ」と歌を詠む。すると、にわかに風が吹き始め空も真っ暗になった。祓えも終わらないうちに、人々は騒ぎ初め、それに追い打ちをかけるように雨も降ってくる。人々は急いで帰ろうとするが笠を取り出す暇も無い。強風が吹いて、それまで穏やかに凪いでいた海には荒々しい波が立ち、雷が鳴り閃き嵐が到来する。

続く明石巻に入ってもこの暴風雨は収まらない。雷も鳴り止むこと無く数日が過ぎる。源氏も心細く自身の身の処し方をあれこれと思い悩み、また京のことも心配になるが、悪天候でわざわざお見舞いに来る者もない。そんな折、紫の上からの使いの者が彼女の手紙を携えて源氏のもとを尋ねてくる。使いの者は、都でも幾日も雨が小止みなく降り続け、風も時々吹き出すことが何日も続いて、地面を突き破るような雹が降ったり、雷が鳴り止まない状況が続いていると告げる。

その翌日から風が激しく吹き、高潮が打ち上げて波の音も一層荒々しい。雷が閃いて頭上に落ちかかりそうになるので、源氏はいろいろの幣帛を供えさせて、従者とともに様々な願を立てる。

「住吉の神、近き境を鎮め護りたまふ。まことに迹を垂れたまふ神ならば助けたまへ」と、多くの大願を立てたまふ。おのおのみずからの命をばさるものにて、かかる御身のまたなき例に沈みたまひぬべきことのいみじう悲しきに、心を起こして、すこしものおぼゆるかぎりは、身に代へてこの御身ひとつを救ひたてまつらむとどよみて、もろ声に仏神を念じたてまつる。「帝王の深き宮に養はれたまひて、いろいろの楽しみに驕りたまひしかど、深き御うつくしみ大八洲にあまねく、沈める輩をこそ多く浮かべたまひしか。今何の報いにか、ここら横さまなる浪風にはおぼほれたまはむ。天地ことわりたまへ。罪なくて罪に当たり、官位をとられ、家を離れ、境を去りて、明け暮れやすき空なく嘆きたまふに、かく悲しき目をさへ見、命尽きなんとするは、前の世の報いか、この世の犯しかと、神仏明らかにましまさば、この愁へやすめたまへ」と、御社の方に向きてさまざまの願を立てたまふ。また海の中の竜王、よろづの神たちに願を立てさせたまふに、いよいよ鳴りとどろきて、おはしますに続きたる廊に落ちかかりにぬ。炎燃えあがりて廊は焼けぬ。心魂なくてあるかぎりまどふ。背後の方なる大炊殿と思しき屋に移したてまつりて、上下となく立ちこみていとらうがはしく泣きとよむ声、雷にもおとらず。空は墨をすりたるやうにて日も暮れにけり。

（明石(2)二二六―二二七）

右に引用した部分の冒頭の「「住吉の神、近き境を鎮め護りたまふ。まことに迹を垂れたまふ神ならば助けたまへ」と、多くの大願を立てたまふ」という文章の「多くの大願をたまふ」という表現は、「たまふ」という尊敬を表す助動詞が付いていることから、源氏が住吉の神に向かって立てた願と理解される。また「多くの大願」とあるが、その大願の内容は示されていない。が、現在源氏が直面している災害から源氏を護ってほしいという願いは当然なされたであろうし、その他に源氏を都に戻してほしいといった願いなども含まれていたことは間違いないであろう。

その後の「帝王の深き宮に」云々の願については、源氏の動作に対して尊敬の助動詞「たまふ」が用いられていることから、源氏の供人が立てた願と解されるが、その一方その願が述べられた直後に「と御社の方を向きて様々の願を立てたまふ」と「たまふ」の付いた文が続くことから源氏が立てた願とも理解しうる。

この問題に関して、『源氏物語評釈』は、

神への祈りの文章は、おつきの者たちの言葉として始まっている。その前文「身に代へてこの御身一つを救ひたてまつらむととよみて、諸声に仏神を念じたてまつる」がそれを示している。がその閉じめは「……さまざまの願をたてたまふ、また……よろづの神たちに願をたてさせたまふ……」とあって、「たまふ」「させたまふ」と敬語があり、光る源氏の言葉であるかのようである。『湖月抄本』は「……さまざまの願をたて、また海の中の竜王よろづの神たちに願たてさせたまふに」とあるから、初めの「願を立て」までを、おつきの者の祈りに相応ずる言葉とし、後を、光る源氏の事と考えれば一応辻褄はあう。しかしそれとても、重く長い祈りの言葉が、そのような中止形（「……さまざまの願をたて」）で受けとめられ、また新たな主語（光る源氏）によって、別の祈りがつづくのは、落ち着かない。

ここは、次のように考えたらどうであろう。祈りの言葉は、光る源氏の徳をたたえ、光る源氏の無実の罪を訴えるものである。その意味で、祈りはまさにおつきの人によって唱えられたものである。しかし祈りはまず光る源氏によって口火を切られている（前節参照）。その祈りの声が、うちひしがれたおつきの者たちの勇気をふるいおこし、やがて神への合唱となる（「帝王のふかき宮……」）つまり、ここには、誰が唱えたのであり、誰がその祈りをうけとめている、といった一々細かい差別はないのではなかろうか。その意味で後の述語の部分、「また海の中の……に願たてさせたまふに」の「させ」も、二重敬語ととらず、使役と考える（地の文における光る源氏に対する二重敬語の使用は、須磨帰還後、大臣就任後がほとんどである）。光る源氏がまず祈った、おつきの者もそれにつづいた、彼らの長い祈りの言葉。かく、住吉の神に願をたてたもうた、また海の中の竜王や、よろづの神たちにまでたてさせたもうた、ととるのである。祈ったのは、光る源氏とその従者たちという事になる。

確かに、「帝王の深き宮に養はれたまひて」以下の願の中には、「深き宮に養はれたまひて」「驕りたまひしかど」「多く浮かべたまひしか」「おぼほれたまはむ」「嘆きたまふに」と源氏に対し敬意を表す表現があることを思えば、供人の言葉と解釈できようが、「かく悲しき目をさへ見、命尽きなんとするは、前の世の報いか、この世の犯しかと、神仏明らかにましまさば、この愁へやすめたまへ」という部分は源氏に対する敬語が無く源氏の願とも解釈できる。『湖月抄本』のような本文は、「重く長い祈りの言葉が、そのような中止形（「……さまざまの願をたて」）で受けとめられ、また新たな主語（光る源氏）によって、別の祈りがつづくのは、落ち着かない」という『源氏物語評釈』の指摘を考慮すると、「かく悲しき目をさへ見」以下の表現は源氏と供人が供に行った祈りと見るのがよいかもしれない。

と指摘する。(2)

ところで、引用本文の冒頭の「「住吉の神、近き境を鎮め護りたまふ。まことに迹を垂れたまふ神ならば助けたまへ」」という源氏の祈り中にある「迹を垂れたまふ神」ついて、多くの注釈書は本地垂迹説に従って、住吉明神の本地は大威徳明王であると指摘する。それに対し、丸山キミ子は、

明治以後の諸注および辞典・事典の類が、すべてこの箇所を本地垂迹説の表現として解釈しており、その例証としているのがどうであろうか。また『源氏物語評釈』および小学館の古典文学全集『源氏物語』では「住吉大明神は大威徳明王の垂迹であるとされた」ということまで説明されている。たしかに、「あとを垂る」は「垂迹」の訳語・和語であろうと思う。また神仏の習合的提携は奈良時代初期に遡り得、『法華経』教義学からくる本迹観が神仏の本地垂迹説の思想を成立させたのも平安初期の記録に見える通りである。けれども、源氏物語が書かれた時代では、せいぜい石清水八幡あたりがその観念を具体化し、本地の仏との関係を考えられていたのであって、平安時代も中期以降になって初めて春日、日吉、熊野等が盛んにその本地の仏との関係を云々され本迹関係を弘布されていったのである。それ故、神といえばただちに本迹関係が考えられるようになったのは、物語の書かれた後、平安時代中期以後から鎌倉時代にかけてが全盛時代になるのである。そうしてそれ以後がいわゆる「本地もの」の出現の時代になるのである。そのようなわけで、物語における「あとを垂る」は、イメージとしては「仏の神としての出現」として考えるよりは、〈往還の船を守る〉あるいは〈風雨を司る〉神として、〈霊力を発揮する神〉であるならばという意味に解すべきではないかと思う。少し時代は下るが『更級日記』の竹芝伝説の記事の中で、武蔵国に下った内親王《みこ》が都からの使いに対して述べる詞の中で次のような用例を示している。「これも前の世に此の国に跡を垂るべき宿世こそありけめ」。この言葉も仏教的人生観を背後に隠見させた表現ではあるが、意味としては、単に〈存在する〉という意味、しいていえば、〈此の国に来て住む〉ぐらいの意味として解すべきであろう。源氏物語の場合にも、

「まことにあとを垂れ給ふ」で、前文の「近き境をしづめ守り給ふ」を、もう一度繰り返しているにすぎないととった方がいいと思われるのである。

と反論を唱える(3)。また、韓正美はこの丸山の指摘を承けて、

住吉神は「現人神」として王権の守護神としての神威を持っていたことが分かったが、「迹を垂れたまふ」も、そうした神が現れて救ってくれることを期待した言葉と見るべきではなかろうか。そして、そのような住吉神の登場は、超自然の力が総動員され、天地を揺り動かさんばかりの天変地異が繰り広げられることにより、より自然に読者に受け入れられたのであろう。

とする(4)。「迹を垂れたまふ神」をどのように解釈するかは難しい問題であるが、この後の物語で源氏や明石一族に加護を与えるのは住吉の神であり、大威徳明王の名前は一切出てこない。例えば、引用した場面に続く箇所で、漸く暴風雨も収まり、高潮の危険も去った後の様子は次のように語られる。

「この風いましばし止まざらましかば、潮上りて残る所なからまし。神の助けおろかならざりけり」と言ふを聞きたまふも、いと心細しと言へばおろかなり。

海にます神のたすけにかからずは潮のやほあひにさすらへなまし

終日にいりもみつる雷の騒ぎに、さこそいへ、いたう困じたまひにければ、心にもあらずうちまどろみたまふ。かたじけなき御座所なれば、ただ寄りゐたまへるに、故院ただおはしましさまながら立ちたまひて、「などかくあやしき所にはものするぞ」とて、御手を取りて引き立てたまふ。「住吉の神の導きたまふままに、はや舟出してこの浦を去りね」とのたまはす。（明石(2)二二八―二二九）

危機が去った後、源氏は「海にます神のたすけにかからずは潮のやほあひにさすらへなまし」という歌を詠むが、そこに詠まれる「海にます神」とは、住吉の神や海にいる様々な神を指すであろう。また、源氏がまどろむと夢

に故桐壺院が現れ、「住吉の神の導きたまふままに、はや舟出してこの浦を去りね」と告げる。源氏は自らの危機を救ってくれたのは、住吉の神を始めとする海の神々であると判断しているし、桐壺院の亡霊も住吉の神の導きに従えと源氏に命じている。物語はこれ以降も源氏および明石一族の栄華を住吉の神の助けによるものと語る。こうした点を考慮すると、物語作者は、住吉明神の庇護によって、源氏や明石一族の栄華が確立されるという意図を持って物語を語り始めたと考えるのが妥当であろう。

源氏が都に帰ったのは源氏二十八歳の秋、翌年の二月朱雀帝が譲位し、冷泉帝が即位すると、源氏は内大臣となる。都に帰還できたばかりか、政権の中枢に復帰し得た源氏の僥倖は住吉の神のご加護と言うほかないであろう。その年の秋源氏が住吉に願ほどきに参詣するのも当然といえよう。

それに対し住吉参詣の後になされた源氏の石山寺参詣は、どのような理由によってなされたものか判然としない。関屋巻冒頭には「関入る日しも、この殿、石山に御願はたしに詣でたまひけり」（関屋(2)三五九）とあり、この石山詣でが「願はたし」の参詣であると語られるが、源氏が須磨、明石への流離以前に石山寺に参詣し祈願したという記述は、物語のどこにも認められない。それ以前の物語に源氏が石山寺で祈願したことが語られていないにもかかわらず、源氏の石山寺への願はたしの参詣が語られるのは唐突の感を免れない。それ以前の物語で源氏の石山寺での祈願が語られていないとすれば、源氏が帰京後石山寺に詣でて願はたしを行わなければならないという必然性はない。

仮に、物語作者に源氏が帰京後、蓬生巻で末摘花との再会を果たしたのに続いて、関屋巻で空蝉との再会を語りたいとの意図があったとしても、何も源氏をわざわざ石山寺にまで参詣させ、その途中の逢坂の関で空蝉と再会するという場面を設定する必要はない。物語作者は、それとは異なる状況を設定して空蝉との再会場面を描くことも十分可能だったはずである。

にもかかわらず、物語において同じ時間帯に起こった出来事を別々の巻に重複して語る澪標巻と関屋巻で、同じ時期、すなわち源氏二十九歳の秋に源氏の住吉への願はたしの参詣と石山寺への願はたしの参詣が相次いで語られ、住吉参詣では住吉、難波で源氏と明石の君の再会がなされ、石山参詣では逢坂の関で源氏と空蝉の再会が果たされるというように、源氏の澪標巻での住吉詣でと関屋巻での石山詣では明らかに対をなして語られる。

先にも述べたように、源氏の住吉参詣は源氏がかつて須磨に流離した時に住吉の神に立てた願はたしとして、物語に語られる必然性を持つのに対し、石山詣でにはその必然性が認められない。にもかかわらず、住吉参詣と石山参詣がともに願はたしの参詣として一対のものとして物語に語られるのはなぜであろうか。

三　住吉参詣と石山参詣——そのあらまし

この問題を考えるに当たっては、まず、源氏の住吉参詣と石山参詣、またその途次でなされる源氏と明石の君の再会、源氏と空蝉の再会が、物語でどのように語られているか見ておく必要があろう。

住吉参詣とその際になされる源氏と明石の君の再会は以下のように語られる。源氏が住吉に参詣した当日、明石の君も住吉に参詣にやってくる。明石の君は源氏の盛大な行列を目の当たりにして、源氏と自らの身分の隔たりを痛感せざるを得ない。明石の君は、住吉参詣を繰り延べて祓えだけでもしようと急遽難波に向かう。

かの明石の舟、この響きにおされ過ぎぬることも聞こゆれば、知らざりけるよとあはれに思す。神の御しるべを思し出づるもおろかならねば、いささかなる消息をだにして心慰めばや、なかなかに思ふらむかし、と思す。御社立ちたまひて、所どころ逍遥を尽くしたまふ。難波の御祓などことによそほしう仕まつる。堀江のわたりを御覧じて、「いまはた同じ難波なる」と、御心にもあらでうち誦じたまへるを、御車のもと近き惟光うけたまはりやしつらん、さる召しもやと例にならひて懐に設けたる柄短き筆など、御車とどむる所にて奉れり。をかしと思して、畳紙に、

みをつくし恋ふるしるしにここまでもめぐり逢ひけるえには深しな

とてたまへれば、かしこの心知れる下人してやりけり。駒並めてうち過ぎたまふにも心のみ動くに、露ばかりなれど、いとあはれにかたじけなくおぼえてうち泣きぬ。

数ならでなにはのこともかひなきになどみをつくし思ひそめけむ

田蓑の島に禊仕うまつる御祓のものにつけて奉る。日暮れ方になりゆく、夕潮満ち来て、入江の鶴も声惜しまぬほどのあはれなるをりからなればにや、人目もつつまずあひ見まほしくさへ思さる。

露けさのむかしに似たる旅衣田蓑の島の名にはかくれず

（澪標(2)三〇六―三〇七）

源氏は惟光から、明石の君が源氏一行の威勢に圧倒されて難波に立ち去ったと聞かされ、明石の君を不憫に思う。住吉の社で神事を終えた後、難波で祓えをなさり、堀江のあたりをご覧になって、「いまはた同じ難波なる」と口ずさまれるのを聞いて、惟光が柄の短い筆を差し上げると、源氏は明石の君に「みをつくし恋ふるしるしにここまでもめぐり逢ひけるえには深しな」という歌を贈る。思いがけない源氏からの歌に明石の君も感激して、源氏が田蓑の島で祓えをする際用いる木綿を奉るのに添えて「数ならでなにはのこともかひなきになどみをつくし思ひそめけむ」と歌を返す。日が暮れ潮が満ちて来て、入り江の鶴もしきりに鳴くのを聞いて、源氏は「露けさのむかしに似たる旅衣田蓑の島の名にはかくれず」と一人口ずさむ。

このように語られる住吉参詣に対し、源氏の石山詣ででは、源氏と空蝉が出逢うのは逢坂の関である。空蝉の一行は常陸の国から都に上ってくる途中、たまたま逢坂の関で源氏の石山詣での行列と出逢うこととなる。

関山にみな下りゐて、ここかしこの杉の下に車どもかきおろし、木隠れにゐかしこまりて過ぐしたてまつる。

（中略）九月晦日なれば、紅葉のいろいろこきまぜ、霜枯れの草むらむらをかしう見えわたるに、関屋よりさとはづれ出でたる旅姿どもの、いろいろの襖のつきづきしき縫物、括り染のさまもさる方にをかしう見ゆ。御車は簾おろしたまひて、かの昔の小君、今は衛門佐なるを召し寄せて、「今日の御関迎へは、え思ひ棄てたまはじ」などのたまふ。御心の中いとあはれに思し出づること多かれど、おほぞうにてかひなし。女も、人知れず昔のこと忘れねば、とり返してものあはれなり。

行くと来とせきとめがたき涙をや絶えぬ清水と人は見るらむ

え知りたまはじかしと思ふに、いとかひなし。（関屋(2)三六〇―三六一）

逢坂の関の外で源氏一行のために道を空けている空蟬一行を見て、源氏は空蟬の弟でかつての小君、今は衛門佐と呼ばれる男を呼び寄せ、「今日の御関迎へは、え思ひ棄てたまはじ」などと仰せになる。源氏の言葉を聞いた空蟬は昔のことを思い起こして「行くと来とせきとめがたき涙をや絶えぬ清水と人は見るらむ」と口ずさむが、源氏は私のこうした思いなどご存じあるまいと思う。

源氏が石山から都に戻ると、衛門佐が源氏の下に参上する。

佐召し寄せて御消息あり。今は思し忘れぬべきことを、心長くもおはするかなと思ひゐたり。「一日は契り知られしを、さは思し知りけむや。

わくらばに行きあふみちを頼みしもなほかひなしやしほならぬ海

関守の、さもうらやましく、めざましかりしかな」とあり。「年ごろの途絶えもうひうひしくなりにけれど、心にはいつとなく、ただ今の心地するならひになむ。すきずきしう、いとど憎まれむや」とてたまへれば、かたじけなくて持て行きて、「なほ聞こえたまへ。昔にはすこし思し退くことあらむと思ひたまふるに、同じやうなる御心のなつかしさなむいとどありがたき。すさびごとぞ用なきことと思へど、えこそすくよかに聞こえかへさね。女にては負けきこえたまへらむに、罪ゆるされぬべし」など言ふ。今はましていと恥づかしう、よろづのことうひうひしき心地すれど、めづらしきにやえ忍ばれざりけむ、

逢坂の関やいかなる関なれば繁きなげきの中をわくらん

夢のやうになむ」と聞こえたり。あはれもつらさも忘れぬふしと思しおかれたる人なれば、をりをりはなほのたまひ動かしけり。（関屋(2)三六二―三六三）

源氏は衛門佐に託して空蝉に「わくらばに行きあふみちを頼みしもなほかひなしやしほならぬ海」と歌を贈る。空蝉は今は一層恥ずかしく、何かにつけて面はゆい気持がするが、珍しいお手紙に堪えきれず「逢坂の関やいかなる関なれば繁きなげきの中をわくらん」と唱和する。

四　西、海、神を表象する女性と東、山、仏を表象する女性

以上、源氏の住吉参詣と石山参詣の記述を比較してみると、対になった表現、類似した表現が多々見出されるが、その中でも源氏の絶対的な王者性を支える根拠となる東、山、仏と西、海、神という表象が一対のものとして表現されている箇所があることが注目される。

例えば、住吉神社は京の西方に位置し、海の神を祭る社であるのに対し、石山寺は京の東に位置する山の寺であり、住吉神社が西、海、神を表象するのに対し、石山寺は東、山、仏を表象すると考えられる。また、明石の君が西の畿外の明石から畿内の住吉にやって来るのに対し、空蝉は東の畿外、常陸から畿内の都に戻って来るが、このことは明石の君に西、空蝉に東という属性を賦与することになろう。

さらに、明石の君が明石の海岸から海を舟に乗って住吉神社に参詣にやって来ること、彼女が住吉の神の加護

を受けていることから、明石の君は西、海、神を表象する女性と見ることができよう。

それに対し、空蝉は常陸から陸路牛車に乗って上京する。関屋巻は以下のように語り起こされる。

伊予介といひしは、故院崩れさせたまひてまたの年、常陸になりて下りしかば、かの帚木もいざなわれにけり。須磨の御旅居も遙かに聞きて、人知れず思ひやりきこえぬにしもあらざりしかど、伝えきこゆべきよすがだになく、筑波嶺の山を吹き越す風も浮きたる心地して、いささかの伝へだになくて年月重なりにけり。限れることもなかりし御旅居なれど、京に帰り住みたまひて、またの年の秋ぞ常陸は上りける。

（関屋(2)三五九）

空蝉は、桐壺院が崩御された翌年、常陸介となった夫に伴われて常陸国に下り、常陸で数年過ごした後、源氏が都に召還された翌年、任期を終えた夫とともに京に戻ることになる。空蝉は常陸で源氏の須磨退去の知らせを聞くが、源氏との交信を絶たれていた様が「伝えきこゆべきよすがだになく、筑波嶺の山を吹き越す風も浮きたる心地して、いささかの伝へだになくて年月重なりにけり」と表現される。この「筑波嶺の山を吹き越す風も浮きたる心地して」は、「甲斐が嶺を嶺越し山越し吹く風を人にもがもや言つてやらむ」[5]（古今集・巻二十・東歌・一〇九八）を、常陸にある筑波嶺に置き換えて、都から来る人に言づてを頼みたいが、なかなか信頼できる人もいないの意を表現したものと解されるが、それと同時に彼女の住む常陸と都を隔てる山として筑波嶺が挙げられていることは、空蝉と山との関係を示すものとして注目される。さらに、空蝉が源氏と再会するのは逢坂の関であるが、逢坂の関は山の中にあることから、空蝉に山という属性を賦与することができよう。

なお、空蝉は帰京し、源氏と歌を交わした後しばらくして、夫と死別することになる。夫の常陸介は自分の死後、空蝉を丁重に世話をするように子供たちに言い置くのであるが、

しばしこそ、さのたまひしものをなど情づくれど、うはべこそあれ、つらきこと多かり。とあるもかかる

も世の道理なれば、身ひとつのうきことにて嘆き明かし暮らす。ただこの河内守のみぞ、昔よりすき心ありてすこし情がりける。「あはれにのたまひおきし、数ならずとも、思し疎までのたまはせよ」など追従し寄りて、いとあさましき心の見えければ、うき宿世ある身にて、かく生きとまりて、はてはてはめづらしきことどもを聞き添ふるかなと人知れず思ひ知りて、人にさなむとも知らせで尼になりにけり。ある人々、いふかいひなしと思ひ嘆く。守もいとつらう、「おのれを厭ひたまふほどに、残りの御齢は多くものしたまふらむ、いかでか過ぐしたまふべき」などぞ。あいなのさかしらやなどぞはべるめる。（関屋(2)三六四―三六五）

というように、常陸介が亡くなると、しばらくの間子供たちはうわべだけは親切に振る舞うが、空蝉には辛いことが多い。その上、常陸介の息子、空蝉にとっては義理の子供にあたる河内守（空蝉巻の紀伊守）が空蝉に言い寄ってくるようになり、空蝉はつらさの余り誰にも知らせず出家し尼になってしまう。

関屋巻はここまで語られて閉じられるのであるが、関屋巻の最後の部分で空蝉の出家が語られるのは、物語作者が空蝉に仏という属性を与える必要を感じたからであろう。先に述べたように明石の君は、西の畿外、明石から舟に乗って海から住吉神社に参詣し、源氏との歌の贈答も難波の海の上で行っており、西、海、神を表象すると捉えられる。それに対し、空蝉は東の畿外、常陸から陸路都に向かうが、源氏との再会は逢坂の関という山の中であり、また、先に指摘したように関屋巻冒頭の都から遠く離れた常陸での生活も「筑波嶺の山を吹き越す風も浮きたる心地して」と語られており、東、山を表象すると見ることができる。しかし、彼女に仏という属性はどこにも見出せない。が、その空蝉が出家することによって、彼女に初めて仏という属性を賦与することが可能となる。空蝉の出家という行為は、彼女に仏という属性を賦与し、彼女が東、山、仏を表象する存在であることを示すために、どうしても語られねばならない事柄であったのだろう。

五　源氏の国土支配を正当化する論理

私はかつて、光源氏の絶対的な王者性が東、山、仏を表象する女性と西、海、神を表象する女性を娶ることによって正当化されると指摘した。すなわち、若紫巻で北山を訪れた源氏一行が北山山頂に登り、都の方を眺望する場面において、源氏が眼下に広がる風景を「絵にいとよくも似たるかな。かかる所に住む人、心に思ひ残すことはあらじかし」と賞賛したのに対し、お供の者たちが

「これはいと浅くはべり。他の国などにはべる海山のありさまなどを御覧ぜさせてはべらば、いかに御絵いみじうまさらせたまはむ」、「富士の山、なにがしの岳」など語りきこゆるもあり。また、西国のおもしろき浦々、磯のうへを言ひつづくるもありて、よろづに紛らはしきこゆ。（若紫(1)二〇二）

と語っている箇所に対し、河添房江が「「富士の山、なにがしの岳」は、つづく「西国のおもしろき浦々、磯のうへ」に対峙する包括的な表現といえるだろう。この東と西の水平軸、そして山と海の垂直軸の二元にこそ、王権支配のコスモロジーが集約的にたち顕れているのではないか」と指摘する(6)のを承けて、東と西の水平軸による国土支配の正当性の根拠は大嘗祭にあり、山と海の垂直軸による国土支配の正当性の根拠は『古事記』日向神話にあると想定し、さらに東、山を表象する二人の女性、紫の上と末摘花が仏を表象するのに対し、西、海を表象する女性、明石の君が神を表象するとして、光源氏が絶対無比の王者性を獲得し得たのは、東、山、仏を表象する女性と西、海、神を表象する女性を娶ることによって、国土のあらゆる空間を支配し、神仏の庇護を受けうる資格を獲得したことによると想定した。

大嘗祭を支配の根拠とする東と西の水平軸の支配は、東を表象する紫の上と末摘花、西を表象する明石の君を

娶ることによって、『古事記』の日向神話を根拠とする山と海の垂直軸の支配も、国つ神である山の神オオヤマツミの娘、イハナガヒメとコノハナノサクヤビメに相当する末摘花と紫の上、国つ神である海の神ワタツミの娘であるトヨタマビメに相当する明石の君を娶ることによって成立する。また、仏の庇護の下にある紫の上、末摘花を娶ることで、源氏は仏法の俗世における理想的な王、転輪聖王や普賢菩薩となり、神の庇護の下にある明石の君を娶ることで神の王、海竜王となる。(7)

このように、源氏の王者性が東、山、仏を表象する女性と西、海、神を表象する女性を娶ることによって正当化されるとするならば、源氏が自身の人生における最大の危機であった須磨、明石の流離を乗り越え、都に戻り、政権の中枢に復帰することが可能になったのも、東、山、仏を表象する女性と西、海、神を表象する女性を娶ったことによるということになろう。とすれば、源氏は都の西に位置する海の神の社と、都の東に位置する山の上にある寺にお礼参りの参詣をする必要が当然生じてくる。

源氏が都に召還された翌年の秋に住吉に参詣するのは、須磨の浦の暴風と雷雨から源氏を護り、源氏の祈りに応えて源氏を都に復帰させてくれたことに対するお礼参りという意味があったことは確かであろう。と同時に西、海、神を表象する社に参詣し、西、海、神を表象する明石の君と再会を語ることで、彼の王者性を保証する西、海、神を表象する娘、明石の君を娶ることで、西、海への支配を確固たるものとし、神の庇護を受け得たことへの願はたしの意味があったのではなかろうか。また、住吉参詣に続いて、物語では源氏が願をかけたことも語られていない石山寺に参詣するのも、石山寺が都の西の山の上にある寺院、つまり東、山、仏を表象する寺であり、東、山、仏を表象する空蟬との再会を語ることで、彼の王者性を保証するもう一方の論理、すなわち、源氏が東、山、仏を表象する紫の上と末摘花を娶ることによって、国土の東、山を支配し、仏の加護を受けることができたことへの願はたしを行ったことを示そうとしたものと考えられる。東、山、仏を表象する女性と西、海、神を表象する女性を娶ることが彼の王者性を保証するという論理は、物語作者が帝位に就くことのない源氏に絶対的な王者性を与えるために案出した国土支配の正当性の根拠であった。

ただし、物語の読者の立場から見ると、源氏が都に帰還した後、住吉に願はたしの参詣に赴く必要は感じられたであろうが、石山寺に願はたしに参詣する必要は感じられなかったのではなかろうか。物語の読者は源氏と空蟬との再会が語られることに不審は持たなかったであろうが、何故それが源氏の石山詣でにおいてなされねばならなかったのかということには、余り注意を払わなかったと思われる。しかし、物語作者にとっては、源氏と空蟬の再会を語るのと同様、いやそれ以上に、源氏の石山寺参詣を語ることは重要なことであった。すなわち、物語作者の立場からすると、源氏の王者性の根拠となるのが、東、山、仏を表象する女性と西、海、神を表象する女性を娶ることにある以上、源氏が生涯最大の危機を乗り越え、これ以降絶対的な王者として君臨する道を歩み始めるという節目の時期に当たって、彼の王権の根拠となるものへの感謝とこれ以降の加護を期するため、また物語の読者に源氏の王者性の根拠を再確認させるため（もちろん、これに気付かない読者も多数いることは承知の上で）、都の西にある海の社だけではなく、都の東に位置する山の寺へも源氏を参詣させる必要があったのではなかろうか。

なお、源氏は明石巻で須磨から明石に移動したことで西の畿外に出たが、関屋巻で石山に参詣することで東の畿外に足を踏み入れている。あるいはこうした事実も、源氏が絶対的な王者として君臨するための重要な条件であったのかもしれない。

六　源氏と明石の君、空蟬——再会の場で詠まれた歌の対称性

ところで物語は、源氏の住吉参詣での明石の君と再会の場面で三首の歌を記し、石山参詣での空蟬との再会の場面でも三首の歌を記す。この合計六首の歌を詠じられた順に配列し、詠み手を示し、番号を付けると次のようになる。

1みをつくし恋ふるしるしにここまでもめぐり逢ひけるえには深しな　（源氏）
2数ならでなにはのこともかひなきになどみをつくし思ひそめけむ　（明石の君）
3露けさのむかしに似たる旅衣田蓑の島の名にはかくれず　（源氏）
4行くと来とせきとめがたき涙をや絶えぬ清水と人は見るらむ　（空蟬）
5わくらばに行きあふみちを頼みしもなほかひなしやしほならぬ海　（源氏）
6逢坂の関やいかなる関なれば繁きなげきの中をわくらん　（空蟬）

まず、これらの歌の簡単な解釈を試みる。1から3までは澪標巻で詠まれた源氏と明石の君の歌である。

1は源氏から明石の君への贈歌で「みをつくし」に「身を尽くし」と「澪標」を掛け、「縁」を意味する「えに」に「江」を掛ける。「澪標」「しるし」「江」「深し」が縁語となる。一首の大意は「身を尽くして恋したっている甲斐があって、ここでもあなたと巡り逢った縁は深いことです」となろう。

2の歌は1の歌に対する明石の君の返歌で、「なには」に「何は」と「難波」、「かひ」に「甲斐」と「貝」、「みをつくし」に「身を尽くし」と「澪標」を掛け、「難波」「貝」「澪標」が縁語となる。大意は「人数にも入らぬ身の上、何の値打ちもない私ですのに、どうして命をかけてあなたを恋い慕うことになったのでしょう」となる。

3は明石の君から田蓑の島で禊ぎをする際に用いる祓えのための木綿を贈られた際の源氏の独詠歌。「雨により田蓑の島を今日ゆけど名には隠れぬものにぞありける」（古今集・巻十七・雑上・九一八・貫之）を踏まえた歌で、「露けさのむかし」とは、悲嘆の涙にくれた須磨、明石への流離の時期のこと。「田蓑の島」に「蓑」、「名には」

に「難波」を掛ける。大意は「涙で濡れる私の旅衣は昔の流離の時と同じです。雨を防ぐ蓑という名を持つ田蓑の島に来ても、涙の雨に濡れることです」となる。

4から6は関屋巻の源氏と空蝉の歌である。

4は源氏一行と空蝉一行が逢坂の関で出逢った時、源氏が空蝉一行の中にいた空蝉の弟、衛門佐を召して空蝉に「今日の御関迎へは、え思ひ棄てたまはじ」と言づてしたのに対する空蝉の独詠歌。「堰き止め」の「堰き」に「関」を掛け、「絶えぬ清水」は当時逢坂の関近くにあり、歌にもしばしば詠まれた「関の清水」を詠み込みつつ、それに自らの絶えぬ涙を寓意したもの。また、「行くと来と」という表現に関しては、「（空蝉が）行く時も来る時も」という解釈と「行く源氏も来る空蝉も」とする解釈があるが、本居宣長が『玉の小櫛』で

> 空蝉のみづからの事にて、常陸へゆくとても、今又かへりくとも、涙をせきとめずといふ也、二つのとは、とての意也、注に、源氏と空蝉と、往くと來と行きちがひて云々、とあるはひが事也、源氏の君の、我を思ひて、涙をせきとめ給ふと、みづからよむべき事かは、又ゆきちがひてせきとめがたきとは、いかなる事にか、心得ず、

と指摘するように[8]、「（空蝉が）行く時も来る時も」と解するのが妥当であろう。この歌の大意は「行きも帰りも堰き止めがたい私の涙を絶えることのない関の清水とあなたは御覧になるのでしょうか」となろう。

5は石山詣でから帰った後、衛門佐が源氏の下を尋ねて来た時、源氏が衛門佐に託して空蝉に贈った歌で、「あふみち」に「逢う道」と「近江路」、「かひなし」に「甲斐なし」と「貝なし」を掛け、「貝」と「海」が縁語となる。ただし、「なほかひなしやしほならぬ海」は、「淡水湖だから貝がない」と解釈することもできようが、淡水湖でも貝が生息すること、『河海抄』に『後撰集』恋一に収められた貫之の「塩ならぬ海ときけはやよとゝもにみるめなくして年のへぬらん」を引いて、「しほならぬ海」では「海松布がない＝見る目がない」の意を込め

ているとする解釈に従い(9)「見る目がないので甲斐がない」と解釈することにする。大意は「たまたま行き逢ったのが近江路つまり逢う道なので、あなたとお逢いできると頼りにしましたが、やはり甲斐のないことで、お逢いすることができませんでした」となる。(10)

6は5の源氏の歌に対する空蝉の返歌。「逢坂の関」に「逢ふ」、「嘆き」に「木」を掛ける。一首の大意は、「逢うという名を持つ逢坂の関はいったいどのような関であるので、茂っている木々をかき分けて進み、こうも多くの嘆きをすることになるのでしょう」となろう。

以上、澪標巻の住吉参詣における源氏と明石の君との再会の際詠じられた歌と関屋巻の石山参詣とその後の場面で詠じられる源氏と空蝉の歌の解釈を試みたが、1から6までの歌の表現を順を追って見ていくと、1が「みをつくし」を詠み込むのに対し、2も「みをつくし」を詠じて共通し、2が「数ならでなには」という表現に「難波」という地名を詠み込のに対し、3は「名にはかくれず」という表現に「難波」を詠み込み連続する。また、3「露けさのむかしに似たる旅衣」と涙を詠ずるのに対し、4も「行くと来とせきとめがたき涙をや」と涙を詠じて連続し、4と5は、4が「行くと来と堰きとめがたき」、5が「わくらばに行きあふみち」と、ともに「行く」の語を詠み込むと同時に、4が「せきとめがたき」に「関」を掛け、5が「あふみち」に「近江路」を掛け、かつ4が「絶えぬ清水」、5が「しほならぬ海」というようにいずれも打ち消しの助動詞「ず」の連体形＋体言という形を取っている点でも共通する。5と6は、5が「行きあふみち」に「近江路」という地名を掛詞として詠み込むのに対し、6は「逢坂」という地名に「逢ふ」を掛詞として詠み込み共通する。このように1から6までの歌は前後の歌と共通性を持つことによって連続する。

また、1から6までの歌の詠み手を性別で見てみると、1男、2女、3男、4女、5男、6女というように、男の詠んだ歌と女の詠んだ歌が交互に配列されている。その結果、3と4の対を中心にその外側の歌の対応の仕方、すなわち澪標巻に詠まれた歌と関屋巻に詠まれた歌を3と4の対、2と5の対、1と6の対というように対称的に見てみると、1が男で6が女、2が女で5が男、3が男で4が女となり、一方の歌の詠み手が男の場合、もう一方の歌の詠み手は女となり、また逆に一方の歌の詠み手が女であれば、もう一方の歌の詠み手は男ということになる。

さらに、澪標巻の源氏と明石の君の再会で詠まれる三首と関屋巻の源氏と空蟬との再会の場面で詠まれる三首を比較してみると、二首は男性と女性の贈答歌、すなわち源氏から明石の君へ贈歌と明石の君の返歌、源氏から空蟬への贈歌と空蟬の返歌であり、残りの一首は澪標巻では源氏の独詠歌、関屋巻では空蟬の独詠歌ということになる。

そのうち3と4は、3が源氏の独詠歌であるのに対し、4は空蟬の独詠歌であり、歌の内容も3が「雨により田蓑の島を今日ゆけど名には隠れぬものにぞありける」（古今集・巻十七・雑上・九一八・貫之）という歌を踏まえながら、「田蓑」という地名に「蓑」の語を掛けて、雨を防ぐ蓑という名前を持つ島に来ても、昔明石に流離した時と同じように雨ならぬ涙で旅の衣が濡れることだと、男が女を思い涙に暮れる様を詠ずるのに対し、4は「これやこの行くも帰も別つゝ知るも知らぬもあふさかの関」（後撰集・巻十五・雑一・一〇八九・蟬丸）という歌を念頭に置きつつ、(11)「（逢坂の）関」に「堰き」の語を掛け、「関」すなわち「堰」であるにもかかわらず、かつて源氏と別れて都から東国に下った時も今東国から都に上る時も涙を堰き止めることができないと、女が男を思って涙に暮れる様を詠じて対をなす。また、3は「田蓑の島」とあることから海辺の歌と解されるのに対し、4は「関」「清水」という表現から逢坂の関の歌、つまり山での歌と解される。

2と5の対は、3が男の独詠歌、4が女の独詠歌であったのに対し、2が明石の君すなわち女の返歌であるのに対し、5は源氏つまり男の贈歌というように、詠み手の性別は2と5の対と全く反対の関係になっており、返歌と贈歌という点でも対立している。また、2が「何は」と「難波」、「身を尽くし」と「澪標」という二つの掛詞を用いるのに対し、5も「逢ふ道」と「近江路」、「甲斐」と「貝」の二つの掛詞を用いて共通し、かつ2が「数ならでなにはのこともかひなきに」と詠ずるのに対し、5は「なほかひなしや潮ならぬ海」と、いずれも「かひなし」の語を共有する。また、「数ならで難波」、「潮ならぬ海」といった類似の表現も見受けられる。2は「難波」「澪標」といった語から海辺の歌と解されるのに対し、5は「近江路（逢ふ道）」「潮ならぬ海」といった表現から山で詠まれた歌と判断される。

1と6を比較してみると、1が源氏の贈歌であるのに対し、6は空蝉の返歌である。1が男の贈歌であるのに対し、6は女の返歌であり、2と5の関係と全く逆な形となっている。1が初句に「澪標」と「身を尽くし」の掛詞を用いるのに対し、6は初句に「逢坂」と「逢ふ」の掛詞を用い、1が「えに」に「江に」と「縁」を掛け「江には深し」と「縁は深し」の意味を重ね、「澪標」「しるし」「江」「深し」が縁語となるのに対し、6は「なげき」に「嘆き」と「木」を掛け、「繁き嘆き」と「繁き木」の意味を重ねる。1は「澪標」「しるし」「江」といった縁語が用いられていることから海辺で詠まれた歌と解されるのに対し、6は「逢坂の関」「繁き木」といった縁語が用いられており、山で詠まれた歌と判断される。

このように1から6までの歌を見ると、一つの連続した流れを形成すると同時に、澪標巻の住吉参詣における源氏と明石の君の再会の場面に詠じられた1から3までの三首と、関屋巻の石山参詣における源氏と空蝉の逢坂の関での再会とその後の贈答の場面に詠じられた4から6までの三首が、3と4の間を境として、3と4、2と5、1と6というように対応し、3と4の対を中心に左右対称の構造を形成する。

また、1が「みをつくし」に「澪標」と「身を尽くし」を掛けるのに対し、4は「せきとめがたき」に「関」と「堰き」を掛けて対応する。1が「みをつくし恋ふるしるしに（中略）逢ひける」と詠ずるのに対し、5は「わ

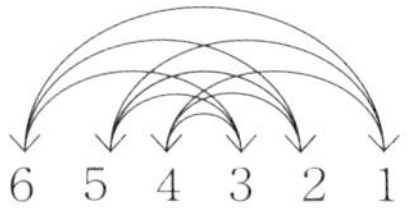

くらばに行きあふ」と、ともに「逢ふ」の語を詠じて対をなす。2が「何は」と「難波」を掛けるのに対し、4は「関」と「堰き」を掛け、かつ2が過去推量の助動詞「けむ」で歌を終えるのに対し、4は現在推量の助動詞「らむ」を歌の終わりに用いてある事柄の原因、理由を求めて共通する。また、2が「などみをつくし思ひそめけむ」と詠ずるのに対し、6も「繁きなげきの中をわくらん」と詠じて、2と4同様、2と6もある事柄に対する原因、理由を求めて対をなす。3と5、3と6も、3が「田蓑の島」、5が「近江路」と「甲斐」、3が「田蓑の島」、6が「逢坂の関」といずれも掛詞を有する地名を詠じて共通する。とすると、1から6までの歌は、3と4の対を中心に3と4、2と5、1と6というような同心円状の左右対称の対応関係を持つのみでなく、3と4の対を中心として1と4、1と5、2と4、2と6、3と5、3と6が交差した形で対応する左右対称の対応関係をも形成していることになる。1から6までの対応関係を図示すると、上の図となる。

以上、澪標巻における源氏と明石の君の再会の際に詠じられる歌三首と関屋巻で源氏と空蝉との間で詠じられる歌三首を比較してみると、澪標巻の最初の一首目から関屋巻の最後の六首目までの歌は、共通の言葉や表現によって連続性を有し、かつ澪標巻に収められた三首と関屋巻に収められた三首は、その中間すなわち澪標巻の最後の歌3と関屋巻の最初の歌4の対を中心として左右対称の対応関係を構成していることが確認される。このことは澪標巻の源氏と明石の君の再会の場面で詠じられる三首の歌と、関屋巻で源氏と空蝉の間で詠じられる三首が澪標巻の最後の一首と関屋巻の最初の一首の対を中心に左右対称の対応関係を形成するよう注意深く詠まれ、配置されていることを示していよう。

物語作者は源氏の住吉参詣で明石の君と再会する場面と石山参詣で源氏が空蝉と再開する場面およびそれに続く場面を描くに当たって、それぞれの場面に詠まれる歌が相互に対応し、左右対称の対応関係を形成するといった表現の細部にまで注意を払いつつ、物語を描いたことが推測されるが、このことからも物語作者が澪標巻の住吉詣でと関屋巻の石山詣でを一対のものとして語ろうとする強い意欲が窺われる。

七　源氏と明石の君、空蝉——源氏との関係の相違

見てきたように、澪標巻の住吉参詣と関屋巻の石山参詣は、物語作者によって一対の場面として語られることが意図され、極めて類似した形で語られていることは明らかであるが、しかし全ての部分が同等の関係で対応しているわけではないことも留意する必要があろう。

源氏と明石の君の再会の場面における歌について見ると、源氏が二首、明石の君が一首というように男の歌が一首多いが、源氏と空蝉の再会の場面では源氏が一首、空蝉が二首で女の歌の方が一首多い。澪標巻においては、最初に源氏が明石の君に歌を贈り、明石の君がそれに答えるという贈答がまずなされ、その後源氏の独詠歌が詠まれるが、関屋巻においては、空蝉の独詠歌がまず詠まれ、その後源氏の贈歌に対する空蝉の返歌が詠じられる。

源氏と明石の君の贈答は以下のように語られる。

難波の御祓などことによそほしう仕まつる。堀江のわたりを御覧じて、「いまはた同じ難波なる」と、御心にもあらでうち誦じたまへるを、御車のもと近き惟光うけたまはりやしつらん、さる召しもやと例にならひて懐に設けたる柄短き筆など、御車とどむる所にて奉れり。をかしと思して、畳紙に、

みをつくし恋ふるしるしにここまでもめぐり逢ひけるえには深しな

とてたまへれば、かしこの心知れる下人してやりけり。駒並めてうち過ぎたまふにも心のみ動くに、露ばかりなれど、いとあはれにかたじけなくおぼえてうち泣きぬ。

数ならでなにはのこともかひなきになどみをつくし思ひそめけむ

（澪標(2)三〇六―三〇七）

源氏は明石の君が難波に来ていると聞き、「わびぬれば今はた同じ難波なる身をつくしても逢はむとぞ思」（後撰集・巻十二・恋五・九六〇）という元良親王の歌の一節を思わず口ずさむのであるが、そこには源氏の明石の君への深い思いが表れている。源氏は元良親王の歌を踏まえつつ、明石の君に歌を詠じ、明石の君も自らの身のつたなさを嘆きつつも、源氏の歌を受けて「身を尽くし」思うと切実な恋慕の情を表現する。

源氏が明石の君と歌を交わした後には、

田蓑の島に禊ぎ仕うまつる御祓のものにつけて奉る。日暮れ方になりゆく。夕潮満ち来て、入江の鶴も声惜しまぬほどのあはれなるをりからなればにや、人目もつつまずあひ見まほしくさへ思さる。

露けさのむかしに似たる旅衣田蓑の島の名にはかくれず

（澪標(2)三〇七）

といった叙述が続く。「日暮れ方になりゆく。夕潮満ち来て、入江の鶴も声惜しまぬほどのあはれなるをりからなればにや」という表現は、「難波潟潮満ちくらし雨衣たみのの島に鶴鳴きわたる」（古今集・巻十七・雑上・九一三・詠人しらず）という歌などをもとに描かれた情景であろうが、しみじみとした趣を醸し出し、「人目もつつまずあひ見まほしくさへ思さる」と源氏の明石の君への並々ならぬ思いが表現される。

それに対し、源氏と空蟬が逢坂の関で再会した場面は、

かの昔の小君、今は衛門佐なるを召し寄せて、「今日の御関迎へは、え思ひ棄てたまはじ」などのたまふ。御心の中いとあはれに思し出づること多かれど、おほぞうにてかひなし。女も、人知れず昔のこと忘れねば、とり返してものあはれなり。

行くと来とせきとめがたき涙をや絶えぬ清水と人は見るらむ

え知りたまはじかしと思ふに、いとかひなし。

（関屋(2)三六〇―三六一）

と語られるが、「御心の中いとあはれに思し出づること多かれど、おほぞうにてかひなし」と、源氏が自らの気持ちを素直にあらわすことのできぬ状況で空蝉にありきたり言づてしかしえなかったことに対し、物語の語り手は「かいなし」と表現する。空蝉も源氏からの言づてに昔のことを思い出して心騒ぐが、「行くと来と」の歌を一人口ずさむのみで、「源氏は今の自分の気持ちをお分かりになるまい」と思う。物語の語り手はそれに対しても「いとかいなし」と評する。源氏と空蝉の断絶の深さが窺える。

その後源氏が石山寺から帰ると衛門佐が源氏の下にやって来る。源氏は衛門佐に空蝉への消息を託す。

「一日は契り知られしを、さは思し知りけむや。

　わくらばに行きあふみちを頼みしもなほかひなしやしほならぬ海

関守の、さもうらやましく、めざましかりしかな」とあり。「年ごろの途絶えもうひうひしくなりにけれど、心にはいつとなく、ただ今の心地するならひになむ。すきずきしう、いとど憎まれむや」とてたまへれば、かたじけなくて持て行きて、「なほ聞こえたまへ。昔にはすこし思し退くことあらむと思ひたまふるに、同じやうなる御心のなつかしさなむいとどありがたき。すさびごとぞ用なきことと思へど、えこそすくよかに聞こえかへさね。女にては負けきこえたまへらむに、罪ゆるされぬべし」など言ふ。今はましていと恥づかしう、よろづのことうひうひしき心地すれど、めづらしきにやえ忍ばれざりけむ、

　「逢坂の関やいかなる関なれば繁きなげきの中をわくらん

夢のやうになむ」と聞こえたり。あはれもつらさも忘れぬふしと思しおかれたる人なれば、をりをりはなほのたまひ動かしけり。（関屋(2)三六二—三六三）

源氏は空蝉への思いを打ち明けるが、空蝉は二人の間はかつての逢瀬の時だけのことで、今となっては恥ずかしくおもはゆい気持ちがする。しかし、珍しい源氏からの手紙に歌を返さずにはいられない。歌の傍らに「夢のや

うになむ」とだけ書き添えて、源氏とこれ以上の関係はもはや今の自分にはふさわしくないと心に決める。

源氏と明石の君、源氏と空蝉のやりとりを見てみると、源氏の明石の君に対する思いの方が、源氏の空蝉への思いより強いことが感じられるが、そのことは物語の人物設定からして当然のことであった。明石の君は、明石で源氏と深い愛情で結ばれ後に后となる娘まで儲けた女性であり、住吉の神の加護を受け、紫の上と並ぶ存在として物語の中に位置づけられているのに対し、空蝉はもとは上流貴族の娘であったにしても、今は落ちぶれて一介の受領の妻となった身の上であり、源氏との対等な男女の関係は望むべくもない立場に置かれた女性であった。

八　源氏の国土支配を正当化する論理の再確認

澪標巻の住吉参詣と関屋巻の石山参詣の叙述を比較するに際して、右に述べたような明石の君と空蝉の物語上における人物設定の相違といった点も考慮しなければならないが、ほぼ同時期に行われたこの二つの参詣は、多くの点で相似した形で語られていることは事実であり、やはり物語において一対のものとして語られていると捉えるのが妥当であろう。本稿冒頭でも述べたように、源氏の住吉への願はたしは、明石巻で住吉神社への源氏の祈願が描かれていることから、なされてしかるべきものであったのに対し、源氏の石山寺への願はたしは源氏の石山寺への願掛けが語られていないことから、必ずしも語られなければならないものではなかった。源氏と空蝉の再会を描くだけなら、源氏を石山寺に願はたしに参詣させず、別な形で語ることも十分可能であったはずである。にもかかわらず源氏を石山寺に赴かせたのは、物語作者が源氏の石山参詣を語ることに必要性を感じたからとしか説明の仕様がない。では何故、物語作者は源氏の石山寺への参詣を描く必要性を感じたのか。

物語作者は帝位に就くことのない源氏に絶対的な王者性を与えるため、物語の中に様々な仕掛けを施した。その仕掛けの一つとして重要な意味を持つのが、源氏が東、山、仏を表象する娘と西、海、神を表象する娘を娶ることで、国土支配の正当性を得るという論理であった。すなわち、東と西を支配することで国土支配が可能となるという大嘗祭の国土支配の論理、山の神と海の神の娘を娶ることによって国土を支配することが可能となるとする『古事記』日向神話の国土支配の論理、さらには仏と神の庇護を受けることによって国土支配が可能になるという国土支配の論理という三つの国土支配の論理を統合することによって、源氏の国土支配を正当性を確固たるものとする論理であった。

源氏の住吉参詣、石山参詣が語られる源氏二十八歳の秋は、源氏が一度王者となる道を閉ざされ、須磨、明石の流離しなければならなかった状況から復活し、都に帰還して政権の中枢に位置し、彼の絶対的な潜在王権をいよいよ確立しようとする時期に当たっていた。物語作者は源氏が復活し王者となる経緯を語ると同時に、その経緯の必然性を支えた根拠、すなわち源氏の国土支配の正当性を示す論理に謝意を表しつつ、その源氏の国土支配の正当性を示す論理をもう一度確認しておく必要を感じたのではなかろうか。

源氏が須磨、明石の流離から帰還して、都で王者となる基盤を確保した時点で、東、山、仏を表象する娘と西、海、神を表象する娘を娶ったことが、彼が王者として君臨することの正当性の根拠であることを示すには、源氏を海の神を祭る西の住吉神社と東の山の仏を祭る石山寺に参詣させるというのが、最も効果的で象徴的な行為であった。

と同時に、その参詣の途中で東、山、仏を表象し、源氏と関係を持った女性との都の東の山での再開と、西、海、神を表象し、源氏と関係を持つ女性との都の西の海での再会を語ることは、まさに東、山、仏を表象する娘と西、海、神を表象する娘を娶ることが、源氏の絶対的な王権を支える根拠となっていることを再確認させるためにより有効な手法となった。

物語作者は源氏が都に帰参し、権力を確立した時期を見計らって、十分意図的に住吉参詣と石山参詣を一対のものとして描き、その参詣の途中でかつて源氏と関係のあった東、山、仏を表象する女性と、西、海、神を表象する女性との再会を対照的に描くことによって、若紫巻、末摘花巻で提示された、東、山、仏を表象する娘と西、海、神を表象する娘を娶ることで、源氏の超越的な潜在王権が獲得されるという論理を改めて確認しようとしたと考えられるのである。

1 『源氏物語』は『新編日本古典文学全集』に拠る。
2 玉上琢彌『源氏物語評釈』(角川書店、昭和40年)第三巻、157頁。
3 丸山キヨ子『源氏物語の仏教』(創文社、昭和60年)第一篇、第五章、第三節
4 韓正美『源氏物語における神祇信仰』(武蔵野書院、平成27年)第一篇、第五章
5 『古今集』の本文は『新編日本古典文学全集』に拠る。
6 河添房江『源氏物語表現史』(翰林書房、平成18年)Ⅳ、3「北山の光源氏」
7 拙著『王朝文学の始発』(笠間書院、平成21年)第四章「『源氏物語』と『古事記』日向神話―潜在王権の基軸―」
8 『玉の小櫛』は、『本居宣長全集』第四巻(筑摩書房、昭和44年)に拠る。
9 『河海抄』は、玉上琢彌編『紫明抄　河海抄』(角川書店、昭和43年)に拠る。
10 藤田一尊「関屋巻の和歌」(『源氏物語の鑑賞と基礎知識　蓬生・関屋』所収、至文堂、平成16年)
11 『後撰集』の本文は、『新日本古典文学大系』に拠る。

あとがき

私の『源氏物語』との本格的な出逢いは、大学二年生の時、当時駒場キャンパスに赴任して来られたばかりの篠原昭二先生の講義を受講した時であった。時計台のある校舎の正面から入ると幅の広い階段があるのだが、その階段の裏手のかなり広い教室で、先生は朝日新聞社の『日本古典全書　源氏物語』をテキストにされ、澪標巻を講読されていた。大勢の受講生がいたが、先生はご自身で物語本文を二、三行読まれ、それについてコメントを付けていくという形で授業を進めておられた。

その年の夏休みに、私は『日本古典全書』で頭注を頼りに、初めて『源氏物語』の全巻を原文で通読した。もちろん当時の私の古文の読解力では、頭注を参照しても十分に理解し得ない部分が多かったのであるが、それでも所々でその表現の素晴らしさに感動したのを覚えている。

ただし、当時の私は哲学等の思想書や外国文学（ほとんどが翻訳）、日本の近現代文学を乱読しており、将来自分が国文学を専門に研究しようと決めてはいなかった。『源氏物語』を通読したのも、せめて日本の代表的な古典文学くらいは一度は読んでおいた方がいいだろうと思ったからに過ぎない。むしろあの頃の私は、思想や外国文学に興味があり、自分が専門に研究するならその分野にしようと漠然と考えていた。だが、その一方で外国語を学習していくうちに、外国文学の微妙なニュアンスや文化的背景を理解することの難しさが感じられるようにもなっていた。

そのような時に出逢ったのが、秋山虔先生である。三年生になると（どういう訳か私は駒場に三年間居た）、秋山先生が駒場に授業においでになった。今はどうなっているか知らないが、当時は本郷キャンパスの先生が一年交替で駒場に教えに来られるという習慣があった。最初の授業の時、私は広い教室の後ろの入り口に近い席に座って、先生の来られるのを待っていた。後ろでなにやら人の気配がしたので、何気なく振り返ると秋山先生と偶然目が合った。それが秋山先生と私の最初の出逢いであった。先生は教室の後ろの入り口から入って来られたのだが、私と目が合うと少し恥ずかしげな顔をされたのを今でも覚えている。その駒場での授業で先生がどのような話をされたのか今ではほとんど覚えていない。ただ、実証的な研究ばかりと思っていた国文学の研究に、このような批評的な研究方法もあるのかとの印象を持ったことは明確に覚えている。

私はその年の秋に、国文科に進学することを決めた。その理由は先にも述べた外国文学を理解することの難しさをますます感じるようになったことの他に、当時文学部はフランス文学が最も人気で、仏文科には毎年六十人もの学生が進学していたが、誰も彼もが進学する学科に行きたくないという私の天の邪鬼的な性格も働いていたと思われる。もちろん秋山先生によって喚起された国文学の魅力もあったと思われるが、その時点では平安時代の文学を研究しようと決めていたわけではなかった。

国文科に進学して一年、卒論を書くため専攻する時代を選ぶという段になって、私は自分の専門を中古文学にするか近代文学にするか迷っていた。当時の私は存在論的な問題に興味があり、国文科に進学した後も分かりもしない哲学書などを読んでいたが、そんな私の関心に最も近いテーマというと、中古文学か近代文学しかなかった。当時秋山先生は『古今集』に関心を持たれて論文を書かれ、授業でも度々言及されていたのであるが、その『古今集』の歌が当時外国や日本の近現代詩を読んでいた私に何か近しいものを感じさせて、『万葉集』から『古今集』への歌風の変化はどのようにして起こったのかというテーマで卒論を書こうという気持ちにさせた。

今になって振り返ってみると、随分大胆なテーマを選んだものだと思うが、何も知らない若さというものは恐ろしいものである。ただ、先生方は私がそのような大それたテーマを選んでも何もおっしゃらなかった。当時の先生方は学生の論文の指導にあまり口出しせず、学生の好きなようにやらせるという方針であったようで、そのことが私に幸いしたのか、私は自分の好きなように研究させていただいた。もちろん、当時の国文科には中古に秋山先生、中世に久保田淳先生、近代に三好行雄先生（後に近世に森川昭先生が加わるが）という錚々たる先生方がおられ、その先生方に身近で接し、先生方の授業を受けることでいろいろなことを学ばせていただいていたのであり、それが現在の私の研究の大きな糧となっていることは言うまでもない。

私が初めて雑誌で論文を発表したのは、国文学研究資料館に助手として採用された二年目の年である。資料館の紀要に「古今歌風の成立」というタイトルで発表したもので、卒業論文に取り組んでから七年目のことであった。やはり選んだテーマが大きかった分、ある程度の成果を出すまで様々な紆余曲折があり、暗中模索の時期が続いたが、この論文を出すことでようやく研究者としての道を歩み始めることが可能となった。

資料館で四年を過ごした後、白百合女子大学に奉職したが、当時の白百合女子大学は非常にのんびりとした大学で、授業と研究以外にほとんど仕事がないというありがたい環境にあった。私はそうした環境の中で十分に研究に励むことができ、次第次第に論文の数も増えていった。その一方、それまで上代文学から中古文学全般を研究対象としていた私の研究スタイルに変化が生じ始めていた。上代文学から中古文学への推移の根底にあるものを捉えようと『古今集』や『土佐日記』を中心に論文を書いていたため、『源氏物語』など平安時代の他の作品の研究書を読む時間がなくなってきた。平安時代の文学研究と言えば、『源氏物語』の研究が中心となっていた学界の中で、私は『源氏物語』に関する膨大な研究書を読むことを放棄せざるを得なくなっていた。大学の授業でも『源氏物語』を扱うことはほとんどなく、むしろ『源氏物語』から逃れるように、『古今集』『伊勢物語』『蜻蜻日記』『和泉式部日記』といった作品を取り上げるようになっていった。『源氏物語』の研究書を読まなくなったことで、私は無意識に『源氏物語』から遠ざかっていたのかもしれない。当時の私は、将来自分が『源氏物語』に関する論文を書くことはないであろうと思っていた。

そんな私に転機が訪れたのは、五十歳を過ぎた頃、少し気分を変えるつもりで、『源氏物語』の若紫巻を演習の授業で取り扱った時である。今まで避けてきた『源氏物語』を読み始め、あの北山山頂からの眺望の場面にさしかかった時、ふと東、山と西、海の対比に気が付いた。源氏の潜在王権の議論くらいは、いくら源氏の専門家でなくとも知っていたから、この東と西、山と海の対比は、源氏の王者性を支える根拠となるのではないか。東と西の支配といえば大嘗祭であり、山と海の支配といえば『古事記』日向神話である。それを思い付いた途端、わたしの頭の中の妄想はビッグバンのような膨張を始め、瞬く間に大きく膨らんでいった。しかし、それをすぐに論文にすることは躊躇われた。それまで二十年近く『源氏物語』関係の論文をあまり読んで来なかった私には、その思いつきが新しい考えであるかどうか分からなかった。

それ以降、『源氏物語』の構想に関する主要な研究書を集中的に読む時期が続いた。その中には、かつて読んだ本も含まれていた。河添房江氏の『源氏物語表現史　喩と王権の位相』も既に一度読んでいた本の一つであったが、改めて読み返した時、「Ⅳ光源氏の王権譚、3北山の光源氏」に、東と西の水平軸、山と海の垂直軸という指摘を見つけ、「ああこれだ」と一瞬小躍りした。以前読んだ時の記憶は失われていたが、その図式は無意識に私の脳裏に残っていたのかも知れない。河添氏は東と西の水平軸の支配の根拠を大嘗祭とされていたが、山と海の垂直軸の支配の根拠については触れられていなかった。幸い上代文学から中古文学への流れを研究し、上代の神話の研究にもある程度目を通していた私には、それが『古事記』の日向神話によるものであろうことは容易に想像できた。

こうして、私の源氏物語に関する最初の本格的な論文「『源氏物語』と『古事記』日向神話――潜在王権の基軸――」を発表することになったのだが、その論文を掲載した『古代中世文学論集』第15集に、たまたま掲載されていた於国瑛「『源氏物語』における明石君と〈大堰山荘〉――龍族としての栄華へのステップをめぐって――」という論文に兼明親王の「祭亀山神文」が収載されていた。その兼明親王の祭文の「謹重言、伏見二此山之形一、以レ亀為レ体。夫亀者玄武之霊、司レ水之神也。甲虫三百六之属、在二於北方一、霊亀為二之長一。或背負二蓬宮一、不レ知二幾千里一、或身遊二蓮葉一、不レ知二幾万年一。神霊之至誠無量者也。他山莫レ不レ有レ水、此山豈可レ乏レ水乎。夫水者稟二秋気於庚之金一、盛二正位於北方一、養二春味於震之木一、帰二末流於東南一。群品為レ之亭毒、万物為レ之生育。」という一節を見た時、私の空想はさらに拡がった。大堰は水の地で、北、冬を表象する。そう考えた時、明石の君が大堰に移住した意味が自然と見えてきた。

東と西の水平軸の支配は大嘗祭の支配の論理に基づくものであり、山と海の垂直軸の支配は日向神話の支配の論理に基づくものであること、さらに明石の君が移住した大堰が水の地で彼女に北、冬という属性を与えるという事実、この二つのポイントを押さえれば、二条東院構想から明石の君の大堰移住さらには六条院の成立までの構想の流れが一挙に見えてくる。その後多少の紆余曲折はあったが、この二つのポイントを押さえることができたおかげで、本書に収めた『源氏物語』に関する論文を一続きのものとして書き上げることができた。

秋山先生のお宅には、毎年正月の三日に伺っていたが、「『源氏物語』と『古事記』日向神話――潜在王権の基軸――」を発表した翌年の正月にお宅に伺った際、先生から『源氏物語』の新しい研究と評価していただいた。その後「末摘花論」、「明石の君の大堰移住」といった論文を発表した頃、先生から『源氏物語』をテーマとした原稿の執筆依頼があった。それまで先生は私に『源氏物語』に関する企画に論文の執筆を依頼されることはなかった。私はその依頼が来た時、初めて『源氏物語』の研究者の一員として認められたような気がした。その依頼に応えて執筆したのが、本書の第四章に収めた「北山と大堰、桂――紫の上と明石の君の登場」という論文である。その後しばらくして平成二十七年の夏に本書第二章の基となった「二条東院構想試論」を脱稿し、その秋には校正に取りかかっていた。その年の十二月と翌年の三月の二回に分けて大学の紀要に発表するつもりで、先生にこれをお見せしたらどのようなお言葉がいただけるかと密かに楽しみにしていた。しかし、その年の十一月先生は帰らぬ人となってしまわれた。

あの駒場での出逢い以来、私の研究人生、いや私の人生そのものにおいても、多大な恩恵を与えてくださった先生との記憶を辿った時、深い喪失感を禁じ得ない。この本が刊行された際にも、まず感想をお聞きしたいと思うのは秋山先生であるが、それも今では適わぬものとなってしまった。先生のご冥福を心よりお祈り申し上げる。

なお、本書に収載した論文の初出は以下の通りである。

第一章　王朝女流文学の隆盛――文芸観という観点から
（「王朝女流文学の隆盛―文芸観という観点から―」『古代中世文学論集』第24集所収、平成22年、神典社）

第二章　二条東院構想
（「二条東院構想試論（上）」『白百合女子大学研究紀要』第51号、平成27年12月、「二条東院構想試論（下）」『白百合女子大学　言語・文学研究センター　言語・文学研究論集』第16号、平成28年3月）

第三章　明石の君の大堰移住
（「明石の君の大堰移住（上）」『白百合女子大学　言語・文学研究センター　言語・文学研究論集』

第9号、平成21年3月、「明石の君の大堰移住（下）」『国文白百合』40号、平成21年3月）

第四章　北山と大堰、桂――紫の上と明石の君の登場
（「北山と大堰―紫の上と明石の君の登場」『源氏物語の環境　研究と資料』所収、平成23年、武蔵野書院）

第五章　六条院の成立
（「六条院の成立（上）」『白百合女子大学研究紀要』第53号、平成29年12月、「六条院の成立（下）」『白百合女子大学　言語・文学研究センター　言語・文学研究論集』第18号、平成30年3月）

第六章　住吉参詣と石山参詣
（書き下ろし）

最後に、本書の出版をお引き受け下さった笠間書院の池田圭子社長、ならびに本書の入稿から出版に至る過程で大変お世話になった重光徹氏に厚く御礼申し上げる。私の最初の著書『古今歌風の成立』出版の際、まだ入社したばかりの重光氏のお世話になったが、以来二十年『国文白百合』でいろいろとお世話になりつつ、『王朝文学の始発』そして今回の『源氏物語の表象空間』と私の三冊の著書全てを重光氏のご協力のおかげで出版できたことに深く感謝申し上げる。

平成三十年五月五日

平沢竜介

索　引

●う

●え

●お

●か

●き

●く

●け

●こ

●さ

●し

●す

●せ

●そ

●た

●ち

●ひ

●ふ

●へ

●ほ

●ま

●み

●む

●め

●も

●や

●わ

●を

著者略歴

平沢 竜介（ひらさわ・りゅうすけ）

1952年、長野県生まれ。
東京大学大学院人文科学研究科国語国文学専攻修士課程修了。
国文学研究資料館助手を経て、現在白百合女子大学教授。（文学博士）

著書、論文
『古今歌風の成立』（笠間書院）
『王朝文学の始発』（笠間書院）
『歌経標式　注釈と研究』（共著、桜楓社）
『和歌文学大系　貫之集、躬恒集、友則集、忠岑集』（共著、明治書院）
『歌経標式　影印と注釈』（共著、おうふう）

「『躬恒集』注釈」（一）～（十六）（『白百合女子大学紀要』35号～52号）
「『古今集』羇旅の部の構造」（『国文白百合』41号）
「『古今集』離別の部の構造」（『白百合女子大学　言語・文学研究論集』10号）
「『古今集』物名の部の構造」（『白百合女子大学　言語・文学研究論集』11号）
「紀貫之の詩と批評」（『王朝文学史』所収、東京大学出版会）
「貫之」（『和歌文学論集2　古今集とその前後』所収、風間書房）
「貫之と躬恒、その歌風の相違―修辞技法の検討から―」（『白百合女子大学紀要』32号）
「古代文学における自然表現　『古事記』『万葉』から平安文学まで」（『ことばが拓く古代文学史』所収、笠間書院）
「撰者たちとその周辺―「物名」「誹諧歌」の分析を通して―」（『国文学』49巻12号）
その他

源氏物語の表象空間

2019年（平成31）1月15日　初版第1刷発行

著者　平沢竜介

装幀　笠間書院装幀室
発行者　池田圭子

発行所　有限会社 **笠間書院**
〒101-0064　東京都千代田区神田猿楽町2-2-3
☎03-3295-1331　FAX03-3294-0996
振替00110-1-56002

ISBN978-4-305-70868-7　組版：ステラ　印刷／製本：モリモト印刷
落丁・乱丁本はお取りかえいたします。　（本文用紙：中性紙使用）
出版目録は上記住所までご請求下さい。http://kasamashoin.jp/